スター作家傑作選

日陰の花が恋をして

シャロン・サラ
キャロル・モーティマー

Published by Harlequin Japan,
a Division of K.K. HarperCollins Japan, 2024

Contents

夜は別の顔

Amber by Night

シャロン・サラ
谷原めぐみ 訳

シャロン・サラ

強く気高い正義のヒーローを好んで描き、読者のみならず、編集者や作家仲間からも絶大な賞賛を得る実力派作家。“愛も含め、持つ者は与えなければならない。与えれば100倍になって返ってくる”を信条に、ファンに癒やしと感動を贈り続ける。

主要登場人物

アメリア・アン・ビーチャム……図書館司書。ウェイトレス。
ウィルヘミーナ・ビーチャム……アメリアの大おば。
ローズマリー・ビーチャム……ウィルヘミーナの妹。
エフィ・デッテンバーグ……ビーチャム家の向かいの住人。
レイリーン・ストリンガー……アメリアの友人。
タイラー・ディーン・サヴィジ……農場主。

1

ド大通りに挟まれた裏通りは、車が故障する場所としてふさわしいとは言い難いが、すり減ったユニバーサルジョイントにそんな配慮の余地はなかった。それに、日没間近のチューリップで動いているものといえば風ぐらいのものだし、タイラー・ディーン・サヴィジには多少の修理の心得もあった。

　ピックアップトラックの下に仰向けに寝そべったタイラーは、薄れゆく日の光やら自分の不運やらをののしった。そして、頭上のオイル漏れの箇所を突き止めてふさごうと躍起になるあまり、彼は通りを近づいてくる靴音に直前まで気づかなかった。

　とっさに首を回し、走ってきた女性の姿をまじまじと見た。寝そべった位置からだと首から上はあまり見えなかったが、着ているグレーのスウェットスーツははっきり見えた。なんの特徴もないものだが、平凡なのはそこまでだった。並外れて長い脚、均整のとれた体、走るにつれて魅惑的に揺れる胸。

　称賛を込めて、そしていくぶん習慣から口笛を吹いたタイラーは、女性が足を止めたことにほくそ笑んだ。だが、彼が車の下からはい出て声をかけようとした瞬間、大粒のオイルが彼の鼻筋を直撃し、両側にはねた。彼はしたたるオイルに視界を覆われた。

「くそっ……」布きれをつかんだが、間に合わなかった。彼は再び悪態をつき、布と両手で目を拭《ぬぐ》った。目が見えるようになったときには、女性の姿は消えていた。彼は腹立ち紛れに後部タイヤを蹴《け》り、レイモンド・アール・ショワルターの家へと向かった。町で唯一の自動車修理工場を営むレイモンド・アールは、独身時代、タイラーのいい使い走りだった。

　タイラーは歩きながら、あの女性はいったい誰だったのだろうと考え続けた。彼の知る限り、この町には運動で若々しい容姿を保とうなどという女性は一人もいない。南部の因習に従ってか、女性たちはまだ若いうちに結婚する。そして大半は、幸せな結婚生活を数年送り、産みたいだけ子供を産んだあと、当然のように太り始める。感心するのは、その件に関して、夫たちが誰一人不満を示さないことだった。

　さっきのが幻でないなら、俺《おれ》が女性に対する勘を失うはずもないから、つまりは町に新入りがいるということだ。だが、彼女はいったい誰なんだ？

　タイラーがレイモンド・アールに手助けを頼んでいるころ、アメリア・アン・ビーチャムは、猛スピードで町を出るレイリーン・ストリンガーのぼろ車の助手席で体を丸め、懸命に神に祈っていた。通りで人に出くわすのは、アメリアがこの隠密《おんみつ》行動を始めて以来、初めてのことだ。誰かに見つかりそうになったという事実よりはるかに不安なのは、誰に見つかりそうになったかということだった。

　よりによって、タイラー・サヴィジに！　体を起こして髪を直し、化粧を始めたときもまだ、アメリアは胸がどきどきしていた。サンバイザーをぐいと下げ、顔をしかめる。意気地なし。彼女は今や慣れた支度をせかせかとこなした。胸が高鳴るのも目がぎらぎら輝くのも全部あの男のせい。タイラー・サヴィジ。町の遊び人、独り者、女たらし。それがわかっていても、アメリアの動揺はおさまらなかった。

　思い出す気にならないほど昔から、アメリアはタイラー・サヴィジに恋心を抱き続けていた。残念ながら、彼は見向きもしないが。アメリアは鏡の中の自分をにらみつけて、ため息をついた。でも、アンバーなら……それなら話は別よ。ただし、アンバーになりきる勇気がわたしにあればだけど。

暗い廊下を見張る大型箱時計《グランドファザー・クロック》がとがめるように午前二時を鳴らした。それは、我が家へとこっそり戻ってきたアメリア・ビーチャムが、玄関の扉を閉めて錠をかけ、密《ひそ》かに安堵《あんど》のため息をついた瞬間だった。秘密の夜がまた一つ終わった。今からたった六時間の睡眠にベッドへと誘われ、彼女は部屋へ向かってそろそろと階段を上った。上から三段目は踏まないように気をつけた。そこはきしむのだ。

化粧台の上の鏡に映る美しい顔を見たら、大おばたちは驚くだろう。二人とも誰だか気づかないかもしれない。彼女は鏡に映る自分に顔をしかめながら、ルビーのイヤリングを外した。そして、疲れきった仕草で栗色《くりいろ》の豊かな髪をまっすぐにとかし、ゆったりと一本に結わえた。指をコールドクリームの瓶に突っ込み、口元とまぶたにざっとつける。赤い口紅と金色のラメのアイシャドーを拭ったティッシュをトイレに流す。これで、この家からアンバーの痕跡《こんせき》は完全に消えた。ここはアメリアが住む場所なのだ。

スウェットスーツを脱いでクローゼットの奥に押し込んだとき、寝室の窓の外でふくろうが低く鳴いた。アメリアの秘密の唯一の目撃者だ。彼女は寝間着に着替え、仕事のときに着ていた赤いサテンとは対照的な布地の慣れ親しんだ感触を味わった。

枕《まくら》に頭が触れるや、アメリアの両目は閉じた。自分のため息を聞いたのを最後に、気がつくと朝になり、ウィルヘミーナの声が階段から響いてきた。

「アーメーリア！　寝坊ですよ。遅刻しますよ」

アメリアはうめき、ベッドから転がり出た。こんな最悪の気分を味わうのも自分のせいだが、計画さえうまくいけば、それだけの価値はある。

二人の大おば、ウィルヘミーナとローズマリー・ビーチャムと住むことになったとき、アメリアは背ばかり高くてやせっぽちの九歳の少女だった。宣教師だった両親がメキシコの地震で亡くなったあと、唯一見つかった存命の親戚《しんせき》が大おばたちだったのだ。

アメリアは国から国へ、風習から風習へと自由に移り住む暮らしに慣れていた。オールドミスの大おば二人と住み始めたとき、彼女はカルチャーショックを受けたが、それは大おばたちの側も同じだった。だが、ビーチャム一族は事実を重んじるのが身上だ。正しいことは正しい。親戚は親戚。アメリアが来た。彼女はほかに行くところがない。そこで、大おばたちは彼女を自分たちの小さく幼いレプリカに仕立て、アメリアをこちこちに糊《のり》づけしにかかった。

だが、彼女たちの粘り強さにもかかわらず、アメリアは小学校やハイスクールの間もその個性の大半を保ち続けた。サヴァナ市近くで過ごした大学時代には、多少の独立心すら示した。当時の彼女はごく普通の社会生活を送っていた。熱心な求愛者も現れ、アメリアが彼を大おばたちに紹介するまでになったが、彼との仲がそのまま続くことはなかった。

思うに、彼は将来を考え、妻だけでなく二人の老女まで面倒を見るという責任に気づき、逃げたのだろう。そのときは彼女もショックを受けたが、それは案外早く過ぎ去った。逃げた恋人とともに、アメリアは愛と男性に対する信頼、そして、バージンを失った。それが彼女から独立心を奪い取ったのだ。

時がたつにつれ、アメリアは知らず知らず、老女たちと同じような服装をし、同じような行動をするようになり、大おばたちが描いたとおりの将来像さえ見えてきた。時の流れはまた、傷ついた心もすっかり癒《いや》し、一般の男性に対する信頼も人並みになった。戻らないのはバージンだけ。彼女にはそれを喜ぶ気持ちもちょっぴりある。オールドミスのまま――バージンのまま一生を終えたくなかったのだ。

密かな反乱を起こす気になったのは、変化のない時の流れを実感したせいだった。アメリアには自分の将来が見えた。二十歳、三十歳、さらに四十歳と、同じこの家で、同じ町で、同じ型の服を着た、孤独な自分の姿。生涯独身で！　大おばたちのことは心から愛しているが、二人のようになるつもりはなかった。冒険や興奮が欲しかった。この町が醸し出す雰囲気から逃げ出したかった。

だから、新車が必要なのだ。図書館司書の給料でそれは望めない。ビーチャム姉妹には古いブルーの一九七〇年型クライスラーで十分でも、アメリアは違う。クライスラーでは世界が見えない気がした。

アメリアは浴室へ向かった。急がないと、ウィッティおばにまた大声で呼ばれる。すぐにクローゼットからシャツドレスを出して着替えた。ベージュはあまり似合わないという事実は無視して。

昨夜、大胆に変わった顔は、ふわりと垂らした髪とともに消え、生真面目《きまじめ》な顔が取って代わっていた。

アメリアは力強くブラシをかけ、長い髪を器用に指ですいて、またたく間に高くきっちりと結い上げた。顔を飾るのは、潤い化粧品とごく淡いピンクの口紅だけ。円い黒縁眼鏡をかけ、ため息をつきながら階段を下りる。ミス・アメリアがジョージア州チューリップの図書館司書として一日を始めるときだ。

「お座りなさい」ウィルヘミーナは温めた皿をアメリアの席に置き、ふかふかのパンの大皿を近づけた。

ジュースしか飲む気のなかったアメリアは、皿を脇《わき》に押しやった。「いらないわ、ウィッティおばさん。あんまりおなかが空《す》いていないの」

ウィルヘミーナが片眉を上げた。それは、アメリアに皿を戻させ、座らせるのに十分だった。パンに手を伸ばしたアメリアは、ローズマリーを見てにっこりとした。ローズマリーは二杯目のコーヒーをのんびり飲み、応接間の窓から庭の矢車菊の上でキスをする蝶《ちょう》たちをぼんやりと眺めていた。

「おはよう、ロージーおばさん」アメリアはパンを食べながら言った。

白日夢を破られ、目をしばたたいたローズマリーは、姪《めい》が朝食に現れたことに気づいて微笑《ほほえ》んだ。

ウィルヘミーナはアメリアのドレスと髪をさっとチェックしてから、姪の行儀の悪さを叱《しか》った。「口にものを入れたまましゃべってはいけません」

「やめなさいよ、ウィリー！」ローズマリーは愛する姪の腕を軽くたたき、自家製の桃ジャムの瓶を押してよこした。「たまには気楽に食べさせてあげて」

「この八十何年の間、何度も何度も言ったと思うけど、わたしの名はウィリーじゃありません」

ローズマリーは唇をとがらせた。「だって、アメリアだってあなたを……」

「アメリアはアメリアよ」ウィルヘミーナは言った。「この子が小さいころ、わたしの名が言いにくかったから、短く呼ぶのを許しただけです。でも、あなたのせいよ。この子はずっと、あなたがわたしをウィッティと呼んでると思っていたんだから。ただ習慣になったものを今さら変えるのは無理でしょう」

パンも口論ももうたくさんだ。アメリアは立ち上がり、二人に向けて投げキスをした。

「いってきます」アメリアはそう言って外へ出た。

車で図書館へ向かうアメリアの頭の中を、小さな興奮の火花が飛び交った。わたしは将来を変える一歩を歩み始めている。ナイトクラブでウエイトレスとして働くことは一歩どころか、ひとっ飛びだが。あの仕事でいちばん厄介なのは、週に三回、例の小さな赤い布きれを着ることだ。あれは体の線があらわで、人目を引きすぎる。だけど、手にする報酬を考えれば、恥ずかしいことくらい我慢できる。

アメリアは鼻歌を歌いながら車を走らせ、駐車場に入り、から本通りに出た。少し行ってから、住宅街対になった木蓮《もくれん》の木の下に車を停《と》めた。そこは、南北戦争中にカスパス・アルバート・マーキサイドが略奪目的の北軍の一団を撃退した場所だった。

一九二〇年代、マーキサイド一族は先祖の偉勲をたたえる真鍮《しんちゅう》の記念碑を強く要求した。その記念碑も今やくすんだ緑色に変わり、一族の名もほとんど消えている。一族は三〇年代の大恐慌の際に北へ移住したという噂《うわさ》だが、町の誰一人それを信じていない。なにしろ、生粋の南部人は北部人と一緒に住むくらいなら飢え死にするほうを選ぶからだ。

アメリアは鞄《かばん》と弁当を持つと、記念碑を通りしなに親しげになでた。いよいよ一日の始まりだ。

タイラー・サヴィジは本通りからそれ、マグノリア大通りを郵便局に向かって進んだ。日に焼けた両手はピックアップトラックのハンドルを握りしめていた。レイモンド・アールが手伝ってくれたおかげで、今は仕事に戻っている。必要な肥料の量を頭で計算していたとき、彼は思わず急ブレーキを踏んだ。

エフィ・デッテンバーグは、自分が優先道路の真ん中を横切ったことなどお構いなしに、タイラーの車の前を走り抜けると、縁石に達したところで振り返って彼をにらみつけた。タイラーは自分が〝不良〟と噂されていることをよく知っていた。彼は笑顔でウィンクをして走り去ったが、エフィ以外にも自分を見ていた者がいたことには気づかなかった。

アメリアは返却ポストから出した本を積み上げ、車中の男を見つめまいとした。はしたないのはわかっていても、タイラー・ディーン・サヴィジは何気なく見るだけではすまされない男だった。ゆうべはうまく逃れることができて本当によかった。

とはいえ、彼が身長百八十センチをゆうに超える、ジョージア州チューリップで最も魅力ある男性だということに変わりはない。彼の評判と同じくらい危険でまっすぐな黒髪。セクシーな口元が笑っていないときでも常に笑みをたたえた青い瞳。年ごろになって以来、タイラーと彼の不良っぽいイメージがアメリアの夢を離れたことは一度もなかった。

アメリアはため息をついた。なぜすてきな男性はみなああいう不良なの？　だからといって、なんの問題もない。タイラー・サヴィジのような男はアメリア・ビーチャムのような女に目も留めないからだ。

アメリアは本を持ち上げ、落ちないように抱え直すと、エフィ・デッテンバーグに微笑みかけた。

「おはよう、ミス・エフィ、今日は早いのね」

エフィはまるで地獄からかろうじて逃げてきたかのような狼狽《ろうばい》しきった様子で、しわだらけの骨張った片手を形の崩れた胸に当てた。「あいつを見た？」

「誰のこと、ミス・エフィ？」

「あのサヴィジっていう小僧よ！　もう少しでわたしをひくところだったんだから！　ああいう連中が自由にうろつくなんて許されないわ」エフィは赤と白のピックアップトラックのテールランプが遠ざかっていくのを涙目で見送り、唇をすぼめた。

アメリアは笑いをこらえた。あの〝小僧〟は三十歳を過ぎて、ゆうに男盛りに入っている。

「でも、ミス・エフィ、彼は減速したでしょう」

エフィ・デッテンバーグは大きな音をたててはなをすすった。「はっ！　それでも、ああいう評判の悪い男にはうろつかないでほしいわ」声を潜め、盗み聞きされていないかと肩越しに振り返る。「サヴィジ一族がなんて噂されてるか知ってるでしょ！」

アメリアは胸の高鳴りを無視しようとしたが無駄だった。どんなことであれ、タイラー・サヴィジの噂はいつも気になっている。「いいえ、あまり」

エフィの声はささやきに近かった。「あの一族は密輸屋だったんですって。それに……」深く息を吸い込み、金縁の眼鏡をかぎ鼻にかけ直した。「インディアンの仲間だったとか。だから、あんな真っ黒な髪で、あんなふうに頬骨が張ってるらしいわ」

アメリアは抱えた本で笑みを隠した。「でも、ミス・エフィ、それは二百年も前の話よ。先祖が何をしようと、彼に罪はないわ。寛容なクリスチャンのあなたならそんな偏見は持たないでしょう？」

エフィは鞄をいじりながら、通りの先を見つめた。彼が突然襲ってきて、二人とも沼地に連れ去られそうな気がしてならないのだ。

「それはまあ」エフィはつぶやいた。「とにかく、あの男が遊び人だってことは間違いないわ。いいこと、アメリア・ビーチャム、ああいう男には近づいちゃだめ。すこぶるつきの不良なんだから」

「わかったわ」アメリアは滅入《めい》る気持ちを抑え込んだ。残念だけど、彼はわたしになんの危険ももたらさないわ。「図書館へどうぞ、ミス・エフィ。あなたの好きな手芸の本が入ったの。表紙にすごくすてきなかぎ針編みのショールが載っているわよ」


話題が変わるとエフィは通りを離れたが、アメリアの心からタイラーを離すことはできなかった。

アメリアがそわそわとフォークをいじっていたとき、掛け時計が続けて六回鳴った。大おばたちを寝かせ、レイリーン・ストリンガーと車でナイトクラブに向かうまでに、あと三時間もない。デザート皿に残るチョコレートの筋を何気なくこすったとき、きいという音が静かな部屋に響き、アメリアはたじろいだ。わたしがチューリップの〝あばずれ女〟と同じ店で働いているだけでなく、行き帰りも一緒だと知ったら、大おばたちは引きつけを起こすだろう。

「ウィルヘミーナが眉を寄せた。「アメリア、お皿を引っかかないで！　作法は教えたはずですよ！」

「はい」アメリアはため息をつき、スポード焼きの皿の上に音をたててフォークを落とした。

ローズマリーの額のティッシュのように薄い肌に

しわが寄る。「まあ、かわいそうに。ウィリー、あなた、うるさすぎよ。消化によくないわ。不愉快な食事のせいで潰瘍《かいよう》ができるって何かで読んだわよ」

ウィルヘミーナはあえぎながら言った。「わたしは変なものなんて出してませんよ！」

「料理の話じゃなくて、あなたときどき……」

姉妹の口論が始まって二人の寝支度が遅くなるのが心配で、アメリアは口を挟んだ。ただでさえ時間的にきついのだ。「もういいじゃない、二人とも」にらみ合う二人に構わず、アメリアはぱっと立ち上がり、汚れた食器を片づけ始めた。「洗い物はするから、リビングへ行ってテレビでもつけたら。そろそろおばさんたちの好きな番組の始まりよ」

ローズマリーはおちょぼ口を期待にすぼませ、くすんだピンクの顔をしわくちゃにして、古き良き時代の淑女風の髪をなでつけた。「そうね！『ホイール』って大好き。いつかカリフォルニアに行って、あの番組に出ようかしら。思い出すわ、彼を見てると……。パット・サジャックの笑顔は最高ね」

ウィルヘミーナが顔をしかめた。「ばかなこと言わないで！あんな賭博《とばく》同然の番組。賭事《かけごと》なんて許されないわ。それに――」妹に鋭い視線を据える。「カリフォルニアは遠いわ。飛行機で行くのよ。わたしたち、飛行機は信用してないでしょう」

「もちろんよ」ローズマリーはつぶやき、食堂を出た。「飛ぶのは鳥だけ、断じて。ウィリー、あなたぼけてきたんじゃない？何かで読んだけど……」

姉の顎がぐいと突き出た。「ぼけてなんかいません。だいたい、あなたは余計なものばかり読んで」

アメリアはため息をついた。姉妹がリビングへと消えると、彼女は皿をどんどん重ね始めた。

二時間後、椅子に座ったアメリアは、いったいいつ二人が部屋へ行くのかと気を揉《も》みながらも、懸命に時計を見ないようにしていた。ほっとしたことに、ひょろりとした体をバスローブで包んだウィルヘミーナが階段の上に現れた。その姿はしわだらけで、まるで色褪《いろあ》せた青い鉛筆のようだった。肩に垂れた灰色の長いお下げ髪は、平たい胸をたどり、ローブのゆったりした重ね目の内側へ消えている。

「アメリア、二階へ上がらないの？」大おばが呼びかけた。「じきに八時半ですよ」

大おばたちは早寝早起き絶対主義者で、決してその習慣を変えない。アメリアは下唇を噛《か》んだ。嘘《うそ》をつくのはいやだが、車が買えないのはもっといやだ。

「ええまだ、ウィッティおばさん。この本を読んでしまいたいから。いい場面だからやめたくないの」

ウィルヘミーナは眉を寄せた。アメリアはまた大好きなロマンス小説を読んでいるのだろう。

「そういうくだらないものを読むのはおよしなさい。心が乱れるだけです。『若草物語』になさい。あれはわたしも愛読しましたよ。とても健全な本だし」

アメリアは天を仰いだ。「ええ、覚えておくわ」

大おばが部屋に入ると同時に、アメリアは掛け時計を見上げた。待ち合わせまでに三十分もない。

彼女はため息混じりに本を閉じ、クッションの間に押し込んで、クローゼットへと急いだ。ランニングシューズと仕事に必要なものを入れた鞄を引っ張り出す。最後に暗い階段に目をやると、明かりを消し、玄関の扉にそっと錠を下ろして出かけた。

通りはほぼ無人だった。奇妙な格好と行動を言い訳する羽目にならないよう祈りつつ、アメリアは二ブロック先の角へと向かった。

目的地まで速足で向かうグレーのスウェットスーツは宵闇《よいやみ》に紛れた。今夜は木曜の晩で、もうじきアンバー・チャンピオンがサヴァナ郊外の〈ジ・オールド・サウス〉で働き始める時刻だ。いつもながらありがたいことに、レイリーンは五番街とディラニー通りの角で待っていてくれた。

アメリアが助手席に滑り込むと、レイリーンはくすくす笑った。「まったくもうっ、来ないのかと思ったわよ」そう言って、車のヘッドライトをつけ、ギアを入れた。エンジンががたがたとノッキングする。間違いなく修理の必要がある。

〈ジ・オールド・サウス〉での仕事を得たあとで、そこへ通うのが大変だと気づき、アメリアの喜びは一気にしぼんだ。バス便がまばらにしかないのだ。

レイリーンは、支配人事務所から出てきた背の高い脚線美の女性を見た瞬間、危うくガムをのみ込みそうになった。まさかこんな場所に町の図書館司書が現れるとは、思ってもみなかったのだ。

〈ジ・オールド・サウス〉は男たちで賑《にぎ》わう酒場だ。そういう場所で働く女性は飲み物を運ぶ以外のこともしてくれると思う男は多い。もちろん、レイリーンとしてはちっとも構わなかった。そうやって好みの男に出会えるからだ。ただ、レイリーンはアメリアという人物を知っていた。アメリアをアンバー・チャンピオンとして紹介されたとき、レイリーンは気づかないふりをした。片眉を上げ、噛んでいたガムを反対側に動かしただけで、アンバーを車に乗せてやったのだった。こうしてある種の友情が生まれたことには、二人ともいまだに驚いている。

車が煙を吐き、アメリアはたじろいだが、じきに正常な走行になった。とにかくそうでなくては。もしレイリーンの車がチューリップの目抜き通りで火でも噴いたらおしまいだ。わたしは家の中でロマンス小説を読みふけっているはずなのだから。

そろそろアンバーが姿を現す時間だ。座席のサンバイザーを下げて裏側の鏡を調節し、鞄から化粧道具を出して眼鏡をコンタクトレンズに替えた。

レイリーンはアメリアの栗色の巻き毛をうらやましげに見た。「ねえ、なんでそんなきれいな顔を眼鏡で隠すのかなあ。その髪の色、あたしもやってみたけど、ベッドの枠みたいな真鍮色になっちゃった。それにその目！　絶対いつもコンタクトにしたほうがいいって。そんな目の人、めったにいないもの」

「父がそうだったわ」アメリアは言葉を切り、車が町を出る橋を渡りきるのを待った。がたつく車の中での化粧だけでも十分難しいのに、木の橋の上では不可能だ。「眼鏡のほうが楽なのよ。ウィッティおばさんも眼鏡のほうが専門家らしく見えるって」

レイリーンは目を丸くした。「やれやれ、そのきれいな目を隠してると、十歳くらい老けて見えるのに。どうしても眼鏡をかけるなら、もっとかっこいいのにしたら？　あたし写真で見たんだけど……」

アメリアは微笑み、レイリーンの一方的な話を黙って聞いていた。やがて、車は到着した。

すでに駐車場を車が埋め始めていた。今夜は忙しい夜になるだろう。「着いたわよ」レイリーンは車を幹線道路から脇道へと向かわせた。

アメリアは化粧道具をしまい、最後に髪をふわりとふくらませた。「急がなくちゃ。今夜遅刻したら、トニーがかんしゃくを起こすわ」

二人は車を飛び出し、走った。

「で、タイラー、どうだ？　俺と来年のピーナッツの売買契約をしておけば有利だぞ。相場がどう変動しても、一定した利益を得られるんだ」

タイラーはにやりとした。セス・ヘイスティングズは商品市場の達人だ。それに、父親が地域でも大手の工場を経営していることから信用もできる。

「ああ、セス、うちの作柄が悪くて、おまえとの契約を果たすためにどこかで豆を調達してくる羽目にならない限り、こっちはぼろ儲《もう》けできそうだ」

セスは机の向かい側の男を見た。「なあ、タイラー、そんなことあるはずないさ。おまえは州でも屈指の有能な農場主じゃないか。ジッパーつきのズボンをはき始めて以来、不作など一度もないだろう」

「危ないときはいやというほどあったから、うまくいくのが当たり前とは思えないんだよ」タイラーは椅子の背にもたれ、長い脚をもう一方の膝にかけた。「でも、思いきってやってみよう。今年は政府の支援が期待できそうにないから。農民に理解のある大統領が当選して、農業政策を改めてくれない限り、我々はみんなじきに失業だよ。冗談じゃなく」

「よし」セスがにやりとして手をたたいた。「決まりだ。お祝いといこう！　いい場所があるんだ。〈ジ・オールド・サウス〉は行ったことあるか？」

タイラーは腕時計に目をやり、どこかのクラブで過ごす時間とチューリップ郊外の農場へ車で帰る時間を計算した。ひと休みするぐらい、いいだろう。

「いいや、だが今からそこへ連行されるらしいな」

「シャーマン将軍がアトランタ攻略だ」

タイラーはにやりとした。「この辺りじゃ、そういうことを大声で言わないほうがいいぞ」

セスが声をあげて笑った。「さあ来い、南軍。パーティの始まりだぞ」

「連れてけ、北軍。俺もひと休みだ」

抑えた照明の下で、アメリアは独立記念日の爆竹のように輝いていた。背が高く均整のとれた体は、光るサテンとスパンデックスにぴったり包まれている。歩くと腰についた黒いレース飾りが前後に揺れ、すらりと長い脚には黒い網タイツをはいていた。

客のテーブルの間を忙《せわ》しく動いていたアメリアは、ももの裏側をなでる男の手を懸命に無視して、上からにらみつけた。「少々お待ちください」

男がいやらしい視線を返す。「待ってるよ」

飲み物ののったトレイを、男の膝にたたきつけたいのをこらえ、アメリアは次のテーブルへ向かった。

タイラーと一緒にクラブの暗い片隅の席に着いた

セスが、低く口笛を吹いた。「ひゅうっ」

タイラーは友人の視線を追い、笑い声をあげようとしたが、赤い服の女性を目にしたとたん息をするのも忘れた。とてつもなく長い脚、揺れるレース飾り。彼女は笑みを絶やさずに、伸びてくる手を巧みによけて客の注文を取り、無法地帯を仕切っている。

動転のあまり、タイラーはめまいを感じ、テーブルをつかんだ。彼女の名前を知る前につんのめったら最低だ。彼は好奇心が一気に欲望へと変わるのを感じ、座ったままもぞもぞと身じろぎした。こんなに急にこれほど体が強張《こわば》ったのは、十六歳の誕生日にキシー・ベス・サイラーがふざけて裸で泳ぐのを見たとき以来だ。タイラーは思い出し笑いをした。あの日、そのおふざけを楽しんだのは彼女だけではなかった。以後、彼は農場の池に特別な愛着を持っている。大人の男の仲間入りをした記念なのだ。

「いい女だな」セスがつぶやいた。

タイラーは目をすがめた。いい女という言葉だけでは、彼の意見は言い表せなかった。

セスはテーブルの下にあるタイラーの脚を靴先で突き、にんまりとした。「やったぞ、彼女がこっちへ来る。お互い、今夜は幸運に恵まれてるみたいだな、相棒。ここは彼女の担当のテーブルらしい」

「何になさいますか？」

アメリアは紙にペンを構えて立った。決して男たちの目をのぞき込んだりはしない。正体を知られないための工夫だ。だが、そんなことをする必要はなかった。今の彼女とアメリア・ビーチャムは石炭とダイアモンドくらいかけ離れているのだ。

壁を背にした男がまるで意味不明の言葉をつぶやき、アメリアはつい顔を上げた。とたんに、彼女の心臓は激しく高鳴り、うなじに汗が噴き出した。

二人の視線が絡み合う。濡《ぬ》れたような緑の瞳に、タイラーはとまどった。いや、青色かもしれない。

俺はきっと空を見ているんだ。化粧で覆った彼女の顔が青くなるのがわかった。真珠のように白い歯がわずかにのぞき、下唇に触れる。そして、しだいに唇に食い込むのを見て、タイラーは顔をしかめた。唇を噛みたいなら、俺が喜んで噛んでやるのに。

アメリアはうめいた。どうしよう。こんなことになるかもしれないとは思っていたけど。でも、いったいどうしたらいいの？　彼が町でこの話をしたら、わたしは破滅よ！　なぜ彼が？　なぜここに？

確かに彼が、夢の中の男がすぐそばに座っている。アメリアは逃げたいのをこらえた。そのとき、バンドが騒々しいジャズを演奏し始め、声がほとんど聞こえなくなった。彼女は前かがみになった。「ご注文がよく聞こえなくて。何をお望みですって？」

彼女がかがんだので、ストラップのない赤のスパンデックスに押し込められてこぼれそうになっているバストが、二人の男にはいっそうよく見えた。

タイラーは奇妙な衝動とともに再びめまいを感じた。彼女をテーブルの下に横たえ、あの赤い服をはいで……。驚いたことに、思いが口をついて出た。

「望み？　俺が欲しいのはきみだ！」ああ、なんてことだ。俺は何を言ったんだ？「ああ……いや、すまない。セス、代わりに注文してくれ。俺はちょっと失敬して……場所はどこかな、その……」

アメリアはほっとした。彼は気づいていないようだ。「左側を行った最初のドアです」彼女が言うと、タイラーは大またでテーブルを離れていった。

タイラーはシンクにかがみ込み、顔に冷たい水をかけたが、冷ます必要があるのは体のほかの部分だった。彼は呆然《ぼうぜん》としたまま、顔からしたたり落ちる水滴を眺め、それをペーパータオルで拭った。

「いったい俺はどうしたんだ？」

だが、鏡の中の彼は何も答えなかった。その顔には動揺がそのまま表れていた。すてきとは言えない顔だ。彼女のほうは本当にすてきだったが。彼はペーパータオルをごみ箱に捨て、ドアに向かった。セスはタイラーの前にコーラの入った背の高いグラスを押しやった。「大丈夫か？　酒じゃないほうがいいと思ったんだ。具合が悪そうだったから」

タイラーは肩をすくめた。彼女のせいで動揺したことを認めたくなかった。「大丈夫だ。自分でも、どうしたのかよく……」

黒いレースの何かが視界の端に入った。香水が鼻孔に漂ってくる。こんな暗闇でも、こんな煙だらけの場所でも、タイラーは彼女の気配をかぎ取った。

彼の背後からアメリアが現れ、つまみのピーナッツの小皿を置いた。

彼女の腕が視界を横切った瞬間、タイラーは撃たれたかのようにびくっとした。

アメリアはもう一度彼のほうにかがみ込み、大きな声で言った。「ごめんなさい。驚かせてしまって」

タイラーは再び目を奪われた。青緑色の瞳、ふんわりと顔を包み込む栗色の巻き毛。彼女がもう一度唇を噛んだら、俺は重大な危機に陥ってしまう。

「いいんだよ、ミス……？」セス・ヘイスティングズは笑みを浮かべたまま、彼女が名乗るのを待った。

アメリアは仕方なく従った。

「アンバーです。ほかに何かご注文は？」

彼女の名はアンバーか！　タイラーは彼女の腕をつかんだ。「ある」アメリアはじっと待った。手首をつかむ彼の手に力がこもる。彼女は再びうろたえ始めた。どうしよう、もし今、ここで彼が……。すると、タイラーが耳元で言った。「ナッツを持ってきてくれないか」

セスが訳知り顔でにやりとしてみせたが、タイラーが平静を取り戻す助けにはならなかった。

アメリアはタイラーを呆然と見つめ、テーブルに置いたばかりの皿を彼のほうにそっと押しやった。

タイラーはナッツの皿を見下ろし、仕方なく彼女の手首を放した。「あっ……ああ、ありがとう」

「ほかには何か？」アメリアは返事を待つのも怖いくらいだった。

「もしあったら、大声で叫ぶよ」セスが言う。「じゃあ、ありがとう……アンバー。きみは美人だね」

タイラーは眉を寄せた。セスが彼女をほめたのが気に入らなかった。タイラーはコーラを一気に飲み干し、歩き去るアンバーをグラスの縁越しに眺めた。

セスがにんまりとする。「昔の彼女か？」

「だったらいいが」タイラーは友人の探るような視線に笑みで応《こた》えた。「黙れよ、セス。いい加減にしないと、契約にサインしないぞ」

セスは唇をすぼめ、かしこまった顔でナッツの皿を持ち上げた。「さあ、タイラー、ピーナッツをどうぞ」

2

じきに閉店時刻になる。今夜はアメリアの一生で間違いなくいちばん長い夜だった。タイラー・サヴィジが自分に気づかなかったことにほっとしたものの、不安と動揺はいまだに消えなかった。

アメリアは持ち物をまとめ、胸元に押し込まれたチップをカウンターに出して数え始めた。この二重生活のせめてもの喜びは、車の資金が増えてきたことだ。カウンターの向こう端では、レイリーンも似たような日課にいそしんでいた。

そのとき耳元で声がし、アメリアはびくっとして振り返った。その拍子に、ドレスが少しずり落ちた。片手で胸元を、もう一方の手で札束を押さえ、口をぽかんと開けていると、タイラーがかがみ込み、彼女の胸の谷間に一ドル札をそっと押し込んだ。

「落としたよ」彼はぎこちなく微笑《ほほえ》んだ。

アメリアは息をのみ、その紙幣を引っ張り出した。

「ありがとう」そうつぶやき、くるりと背を向けた。こんな間近で顔を見られたくなかった。

「アンバー……？」

セクシーでものうげな低い声が耳にこだまして、アメリアの鼓動は一気に跳ね上がった。

「なんなの？」アメリアはささやき、紙幣をバッグにつめ始めた。彼から離れなければ、今すぐに。

「今度デートしてくれないか？　ディナーでも、映画でも、ダンスでも、きみの好きなようでいい」

タイラーはそわそわと返事を待った。セスが家へ帰ったあと、ひたすら彼女の様子を眺めて一時間を過ごした。今夜以前に彼女に会ったことがないのは確かなのに、なぜか初めて会った気がしなかった。


一方、アメリアはパニックに陥っていた。

ああ、そんな！　デートに誘われるなんて！　この何年間、わたしの存在を無視してきた彼が、わたしに興味を持ったというの？　今ごろそんなことを言われても困るのに。フェアじゃないわ。だが、アメリアにはしだいにわかってきた。彼は本当に自分を誘ったわけではなく、アンバーを誘ったのだと。

もちろん、本当の自分の容姿がアンバーのものとかけ離れていることは認める。アメリア・ビーチャムの存在に気づかなくても、それはタイラー・サヴィジだけのせいではないのだ。だが、アンバーとしてなら、男の気を引く努力などいらない。美しい顔とこの赤い服だけで十分男たちを誘惑できた。

「お互いのことも知らないのに」アメリアは最後のチップをしまった。「デートだなんてふしだらだわ」

タイラーは耳を疑った。様々な返事を予想していたが、品行を気にするとは意外だった。彼の経験では、ウエイトレスと品行は無縁のものだった。

彼は前かがみになったが、彼女に再び触れるのははばかられた。「きみがデートの誘いを受けてくれれば、お互いもっとよく知り合えるだろう」

アメリアはうめいた。彼の声には彼という人間と同様、抗《あらが》いがたい力があった。彼女は目を閉じ、そして身震いした。彼とデートするなんて無理。感づかれるかもしれない。そうなったらおしまいだ。落胆のため息とともに、彼女は顔を上げた。

「とにかく、ありがとう」アメリアは穏やかに言った。「でも、あまりいい考えとは思えないわ」

タイラーは彼女に呆然《ぼうぜん》と見とれていた。彼女の口が動いている。顔にかかる息でそれがわかったが、彼女の言葉に意識を集中することができなかった。やがて、アメリアは立ち去ろうとした。

「つまり、ノーということなのか？」

冷淡でいようとする気持ちとは裏腹に、アメリアの顔に穏やかな笑みが浮かんだ。「さっき言ったとおりよ。いい考えとは思えないって」あなたはそれがどんなに危険なことかわかっていないのよ。

「俺《おれ》の名はタイラー……タイラー・サヴィジだ。人の気持ちを変えるのがすごく得意なんだ」

そう言って、彼は手を伸ばし、アメリアの目の端にかかっていたほつれ髪をそっと元に戻した。

彼の指がこめかみをなでた瞬間、アメリアは息をのんだ。彼が軽く触れただけではやめないような、そして自分が拒めなくなるような気がして怖かった。

タイラーは彼女を抱きしめたかった。彼女の顔に表れては消える無防備なほどの困惑の表情。冷淡な態度は不安とおびえの裏返しなのだと、彼は察した。

「わかった、きみの勝ちだよ……今日のところは。でも、また来るから、そのときには今夜のような言い訳は通用しないよ。いいね？」

彼の後ろ姿を見送り、アメリアはどっとため息をついた。「勝ちだなんてまさか」つぶやいた瞬間、それこそが自分の問題点だと気づいた。とにかく久しく男性に対して優位に立ったことがない。せめて最近そういうことがあったら、願ってもない男の誘いにあれほどためらうこともなかっただろう。

「ばかね」レイリーンがつぶやく。「なんで追っ払っちゃったの？　あの男の噂《うわさ》、知ってるでしょ？」

「彼、誰なの？」アメリアは危険を避け、彼と初対面だったふりをした。この八年というもの、ロマンス小説を読むたび、ヒーローにタイラーを重ね合わせてきたことを告白してもなんの意味もない。

レイリーンはあきれ顔で相手を見つめた。何を考えているのだろう。アンバーが本当は誰かも、その〝アンバー〟がタイラー・サヴィジを知っていることもお見通しなのに。彼は生まれも育ちもチューリップなのだから。でも、それをどうこう言っても仕方がない。レイリーンは肩をすくめ、指をさした。

「彼は……タイラー・サヴィジ。見た目もいかすし、噂が本当なら、恋の相手としても刺激的みたいよ」

アメリアはうめいた。自分のお尻を蹴《け》飛《と》ばしてやりたいくらいだった。わたしが彼をはねつけて、その評判を落としたなんて驚きだ。彼女は肩を落とし、彼が消えた空っぽの出入り口を見つめた。

「ああ、それなら聞いたことがあるけど、だからどうなの？　あんな人、興味ないわ。本当のわたしはってことだけど」アメリアが自分の二重生活をほぼ認めたのは、レイリーンとのつき合いが始まって以来初めてだが、レイリーンに驚く様子はなかった。

レイリーンがにやりとする。「自分では認めたくないようだけど、本当のあんたはもっと別にあるんじゃない？」そう言って眉をうごめかすと、まるで連動しているかのように、腰もくねくねと揺れた。

アメリアは友人の正直さを笑う一方で、心では素直でない自分を嫌悪していた。正体がばれる危険があっても、タイラーとデートしたかった。そして、その危険に対する不安が彼を拒む理由ではないこともわかっていた。彼を受け入れて、負けてしまうのが怖いのだ。彼は女の心を奪い、放さない男だから。

レイリーンがアメリアの肩をぽんとたたいた。

「ほら、行こう。今夜の仕事はこれで終わりよ」

まもなく、レイリーンの車はチューリップに入り、ビーチャム家から二ブロック先で停《と》まった。

野良犬が車に向かって吠《ほ》えたてたので、アメリアはびくっとした。「ありがとう、また明日ね」

レイリーンはあくびをして、疲れた笑みを浮かべた。「ねえ、もう明日になってるけど」

「確かにね」アメリアは急いで車を降り、歩道ではなく、暗く目立たない路地を選んで家に向かった。

またたく間に家へ入ったアメリアは、後ろ手に玄関扉の錠をかけ、ほっとため息をついた。また一つ偽りの夜が見とがめられることなく終わった。

だが、心の迷いは消えなかった。今夜、一瞬だけ、この二重生活を終わらせたいと思った。何年も夢に見てきた男の誘いを断らねばならなかったからだ。

でも、彼が誘ったのはわたしではない。彼はあの忌々しいアンバーを誘ったのだ。

アメリアは自分自身をねたむという愚かさに疑問すら感じなかった。それほど苛《いら》立《だ》ち、疲れていた。

タイラーは土の中からピーナッツの苗を引き抜き、斑点《はんてん》病の兆候がないか葉の裏側を調べた。そして、茎の先端から小さな飾りのようにぶら下がった未熟な実をつまみ取っては、柔らかい殻の中の豆の大きさや豆の入り具合、虫の有無を確認した。

つい先週、金を払って農薬散布をさせたばかりだし、その費用もばかにならない。帽子を目深にかぶったタイラーは、青く澄んだ空と広がる綿雲を見上げてから、早朝の天気予報で言っていた雨の気配がないかと遠い地平線に目をやった。

彼は灌漑《かんがい》装置が作動中なのも構わず、畑を歩き始めた。長い脚がリズミカルに動き、それに合わせるように水しぶきが彼の体と作物にかかる。整列した深緑色のピーナッツの苗が果てしなく続いていた。

土の下では、ジョージアの肥沃《ひよく》な土壌から栄養を得て、豆が豊かに育っている。だがタイラーは生まれて初めて、豊かな実りを前にしてもなんの満足感も得られなかった。彼に考えられるのは、日没後のことだけだった。〈ジ・オールド・サウス〉というサヴァナ郊外の店、そしてアンバーという名の女性。

「やあ、ボス」男が叫んだ。「これ、止めるかい?」

タイラーははっと目を上げた。一瞬、自分がどこにいるのかわからなかった。彼は灌漑作業の責任者のエルマーに向かって手を振った。

「そうだな」タイラーは熟練した目で空を見上げた。広がる入道雲が雨の気配を示していた。「止めてくれ。今夜は雨の予報だから必要ないかもしれない」

「了解、ボス」エルマーは言い、指示に従った。

「ボスか」タイラーは独りごちた。「自分の気持ちも抑えられない男に農園なんて経営できるのか」

「何か言ったかい?」エルマーがきいた。

「いや、いいんだ、エルマー」タイラーは笑った。「忘れてくれ。単なる独り言だよ」

エルマーも笑った。「そりゃ仕事のしすぎだ。何が問題かっていうと、あんたに女がいないことさ」

タイラーがにやりとすると、エルマーは両手を上げて降参の仕草をした。「そういうたぐいの女じゃないよ、タイ。家庭を作ってくれる女さ。三十も過ぎたのに、まだ独り者なんだからな。そろそろ落ち着いてもらわないと。うちの娘、あんたが車で通るたびにくすくす笑うんだ。あの子が二十一になったときに、あんたをたたきのめすことになるのはごめんだよ。あんたに必要なのは女に惚《ほ》れることだ」

ぴったりした赤いスパンデックスに身を包んだ、背が高く色っぽい女性の姿がタイラーの脳裏をよぎった。エルマー・トリヴァーのぎょろ目の娘などまるで興味はない。惚れた女ならすでにいる。あとはとにかくアンバーのほうもその気にさせることだ。

レイリーンははっと息をのみ、アメリアの脇腹《わきばら》を鋭く突いた。「あら、見てよ！　彼、また来たじゃない！　そろそろ降参して、哀れな男を救ってやったら？　これでもう四回……五回目でしょう？」

アメリアはため息をつき、彼が現れるたびに起こる激しい鼓動と胸の締めつけを無視しようとした。

「六回目よ」アメリアはささやいた。「つけ加えさせてもらうと、またわたしの担当テーブルよ」

レイリーンが笑った。「あら、ほんと。彼のお目当てはわかってるわね？　一人でひと晩中あそこに座って、あんたを眺めてるんだもの。だから、あそこへ行って、いい思い出を作ってあげたら？」

アメリアは友人をにらみつけ、体をくねらせないようにしながら、彼のテーブルへ注文を取りに行った。「ご注文は？」注文用紙の上でペンを構える。

「俺の望みは知っているはずだよ」タイラーは穏やかに言った。「でも、とりあえずコーラを頼むよ」

「コーラならどこの店でもあるでしょう」

「ああ、でも、こんな美人が運んでくれるわけじゃないからね。ハンクは歯が二本ないし、やつのオーバーオールはきみの服みたいにぴったりもしてない。俺の個人的好みを言うと、短くて、ぴったりしていて、黒いレースで、光沢のある赤で……」

アメリアはカウンターに直行した。

彼のほめ言葉を聞くのが少し苦痛になってきた。彼の声が体の奥の秘めた部分を刺激し、視線が体をなぶり、ひどく恥ずかしい反応を起こさせる。アメリアが困惑しきっていることはお互いわかっていた。

アメリアはカウンターにトレイをたたきつけ、注文を叫んだ。バーテンダーはきついジョークを飛ばすこともなく、あわてて注文に応じた。アメリアは後悔し、額をてのひらに押しつけ、目を閉じた。

「ごめんなさい」バーテンダーがトレイに飲み物を置くと、アメリアは言った。「長い一週間だったから」バーテンダーはうなずき、微笑んだ。

アメリアはトレイを持って向きを変え、店の薄明かり越しに奥のテーブルを見つめた。「彼のせいよ！　頭が変になりそうだわ。もう耐えられない。こんなこと、やめさせてやる……今すぐに！」

アメリアは悠然とトレイを掲げて、伸びてくる手や鋭い視線を巧みにかわしながら、客に飲み物を運び、最後にタイラーのテーブルへ向かった。

「はい、コーラ」アメリアは素っ気なく言った。「それから、あなたの勝ちよ！」

タイラーは息もできなかった。

「俺の勝ち？」

アメリアは目をむいた。「意味はわかってるでしょう！　デートのことよ、しらばくれないで」

彼は飲み物を押しやって、立ち上がった。顔と顔が触れんばかりになり、息が互いの頬にかかる。

「いつかな？」

アメリアはぐるりと目を回し、無意識のうちにトレイを胸に押しつけて二人の間をさえぎった。

「早ければ早いほうがいいわ。あなたを店から追い払って、わたしも仕事に戻れるから」でも、そのあとでわたしの心からあなたを追い払うのが問題ね。

「明日の晩は？」

アメリアは一瞬考えて、うなずいた。彼女が立ち去ろうとしたとき、タイラーが呼び止めた。

「アンバー？」

アメリアが振り返る。

「一つ、問題がある」

アメリアは彼の言葉を待った。

「きみの名字がわからない。住んでいるところも」

どうしよう！「えっと……チャンピオンよ。それから迎えはいらないわ。九時にここで」

「そんなに遅く？」彼はもっと時間が欲しかった。

「でなかったら無理よ。わたし、仕事をかけ持ちしてるから。それ以上早くは来られないわ」

「わかったよ」彼は穏やかに言った。でも、必ずきみをものにする。どこかで……なんとしてでも。

「じゃあ、それで。もう仕事に戻らないと」

タイラーの手が彼女のむき出しの肩を包み、ためらいがちに両ひじへと滑り下りた。彼は手に力を込め、アメリアをそっと揺すって振り向かせた。

「後悔はさせないよ、アンバー」

後悔ならとっくにしてるわ。そう思った次の瞬間、アメリアは微笑んだ。人生の半分は後悔の日々だったじゃない。何がいけないというの？　人生を変えたかったはずよ。タイラー・サヴィジとデートするなんていいきっかけだ。今でも彼は気づいていないのだから、これからもきっと大丈夫だろう。

あれはどういう意味だ？　彼女の口元にふっと浮かび、青緑色の瞳へと消えた魅惑的な微笑。アメリアを見送るタイラーは、長い脚の動きにつれて揺れる腰の飾りに見とれ、つのる興奮を感じた。明日は人生最高の夜になるだろう。すべてが思いどおりに運べば、最高の夜がその先も続くかもしれない。


「アーメーリア！」

アメリアは正面階段を駆け下り、食堂へ飛び込んだ。「はい、ウィッティおばさん？」

「走らないこと。叫ばないこと。朝食の用意ができていますよ。もう時間に遅れているわ」

ウィルヘミーナは姪《めい》の前に温めた皿を出し、眉を寄せると、慣れた視線でアメリアの淡いピンク色のシャツドレスを確認した。姪の頬紅が濃すぎるのに気づき、眉間《みけん》のしわを深める。女性はけばけばしくてはいけない。注目を引くのは淑女らしくないのだ。ローズマリーはコーヒーのお代わりを注《つ》いで、姪の隣の椅子に滑り込んだ。「あら、けざはきれいねえ。若いころのわたしみたい。昔はいっぱいボーイフレンドがいたのよ。そうそう、あのころは……」

「お黙りなさい、ローズマリー」ウィルヘミーナはぴしゃりと言った。「この子に変な想像をさせるわ」

アメリアは笑いをこらえた。わたしは二十九歳で、九歳ではないのに。変な想像ならもう、タイラー・サヴィジのせいで頭にあふれそうになっている。

「二人とももてたんでしょうね」アメリアは言った。

ウィルヘミーナが頬を赤らめたのはかなり意外だったが、笑みまで浮かべたのも驚きだった。

ローズマリーがくすくすと笑う。「ほら、ウィリー、ホーマー・レッドベターを覚えてる？　あの人、あなたにすごくお熱で……」

ウィルヘミーナの笑みが突然しぼんだ。「覚えてますとも！　ホーマーは学校のピクニックにわたしでなくシシー・マニオンを誘ったのよ。わたしは絶対に許さなかった。だって、約束していたんですもの」唇をきっと引き結ぶ。「教訓として覚えておきなさい、アメリア。男を信用してはいけませんよ」

ローズマリーは黙らなかった。「まったく！　ホーマーは男なんて年ではなかったでしょう。わたしの記憶が確かなら、ニッカボッカを脱いでまだ三、四年ってとこだった。それに彼がなぜシシーを選んだかみんな知ってたわ。彼女、男の子たちに――」

「ローズマリー！」

アメリアはスクランブルエッグの最後のひと口を頬張ってジュースでのみ下し、にっこり笑った。

「もう時間だわ。いってきます。また夕方にね」

「とにかく」ローズマリーは、会話の中断などなかったかのように言った。「あなたが堅いことばかり言わなかったら、彼だってまた誘ったでしょうに」

「でも、わたしが応じなかったでしょうよ」

そこまで聞いたところで、アメリアは車へと走った。老クライスラーは二度咳《せ》き込んでからやっとエンジンがかかった。ギアをバックに入れると、車は老人のあえぎとともに後ろ向きで私道から出た。自分の車に乗り込む日が待ちきれない。キーを回せばエンジンがかかり、変な音も出さず、祈る必要もない車。チューリップ市立図書館より遠くに行ける車。


タイラーは市内に入り、かつてこの境界線に立っていた速度標識に従ってスピードを落とした。標識は十五年以上も前にハリケーンで吹き飛ばされ、支柱しかないが、制限速度は五十キロなのだ。

開いた窓から吹き込む風が汗まみれのシャツを冷やし、肌にぺったりと張りつく。昨夜の雨はありがたかったが、今日の暑さは我慢の限界ぎりぎりだ。すでに正午近いが、農園まではまだ距離がある。トラクターのタイヤのパンクで予定が狂ったのだ。巨大なタイヤを外すのに一時間近く、それを平床トラクターに積み込むだけでも十分かかった。

タイラーは本通りに入り、ガソリンスタンドへ向かった。パンク修理を待つ間に〈シェリーズ・ステーキ・アンド・スープ〉で食事ができるだろう。高級料理とは言えないが、自分で作るよりはましだ。


アメリアは受話器を持ち替え、図書館のカウンターに身を乗り出して、扉の表示を〝閉館〟に変えた。

「違うわ、ウィッティおばさん、おばさんのせいじゃないの。わたしがお弁当を忘れていったんだから。二人とも午後は園芸クラブでしょう。わたし、〈シェリーズ〉でサラダでも食べるわ」大おばがファストフードと油のとりすぎの危険について熱弁を振るい始め、アメリアは天を仰いだ。「だからサラダを食べるって言ったでしょう。ええ、太りすぎないように」でもおばさんたち以外の誰が気にするかしら。

彼女はそそくさと電話を切り、バッグを持った。

ジェニー・マイクルズは鉛筆を耳にかけ、口の中のガムを反対側に動かした。「あら、タイラー、久しぶり。好きなとこに座って。すぐ行くわ」

「チキンフライとつけ合わせを頼む」

「チキンフライ・セット」ジェニーが注文を叫ぶ。

アメリアが入ってきたのは、ジェニーがキッチンから料理を運ぼうとしていたときだった。ジェニーは動きを止め、耳の後ろから鉛筆を取り出した。

「いらっしゃい、アメリア。注文は？」

「シェフサラダをお願い。あ、それから……」

ジェニーがにやりとする。「わかってる。四分の一のゆで卵、ハムはなし、チキンだけ。それにノンオイルの農園風ドレッシングを添えて、でしょ？」

アメリアは顔をしかめた。「わたしって、そんなにいつも同じ？」

「さあ」ジェニーがウィンクする。「そうなの？」

「とにかくサラダをお願い」アメリアは皮肉っぽく言った。「精神科医のソファーはほかの人に譲るわ」

ジェニーが身を乗り出す。「ソファーっていえば、そこに寝かせたい相手がいるわ」

ジェニーの鉛筆の先を目で追ったアメリアは、危うくカウンターの椅子から転げ落ちそうになった。タイラー・サヴィジがこちらを見ているのだ。

大変！　彼がいるなんて！　どうしよう？　もし彼が……。「あわてないで」アメリアは自分に言い聞かせた。「思い出して、彼は何も知らないのよ」

アメリアの独り言を勘違いして、ジェニーが眉をつり上げた。「まさか。彼は経験豊富だって噂よ。こっちが迫れば、手ほどきしてくれるかも」

二人の視線に、タイラーは気まずさを感じた。自分が話題になっているのは明らかだ。ジェニーなら知っているが、カウンターの女性は誰かわからない。見覚えがある気もするが、好みのタイプとは言えない。きっちり結い上げた髪、思いきり流行遅れの眼鏡と化粧気のない顔。そしてあの母親世代が着るような服。そのうえ、あんなにこまごまと注文をつけるのは、こうるさい証拠だろう。

タイラーの凝視にあわてて背を向けたアメリアを、ジェニーがひじでつついた。「彼、わたしたちが噂してたの、気づいたみたいね」

「当たり前よ。あなた、指さしてたもの」

ジェニーは肩をすくめ、タイラーの注文の品を持ち上げた。「恥ずかしがってちゃ損よ」

アメリアは両手に顔を埋《うず》め、この昼食が無事終わることを願った。ばれるはずがない。図書館司書は、本は積んでも媚《こび》は売らないのだから。

料理が運ばれると、タイラーはウエイトレスに微笑みかけた。おいしそうなにおいが鼻をくすぐり、今夜のことへの期待が心をくすぐった。サヴァナ郊外へ行ってアンバーを誘い出すのが待ち遠しかった。

「ほかに必要なものは？」ジェニーがウィンクをする。「何もないの？」

タイラーはにやりとした。ジェニーが誘いをかけているのはわかるが、こういう軽い誘惑のあしらいは得意だった。「あったら、真っ先にきみを呼ぶよ」

ジェニーはにっこり笑い、足早に立ち去った。

タイラーはがつがつと料理を食べ始めた。ジェニーはいい女だ。だが、アンバー・チャンピオンにあるもの、それがジェニーにはない。長い脚、ぴったりとした赤い服、見たこともないほどの緑の瞳。いや、青だったか？　思い出せなくても構わない。今夜になれば、瞳の色だけでなく、アンバー・チャンピオンをたっぷり知ることができるのだから。

3

店員の視線が気になり、デート用のドレスを選ぶのも楽ではなかった。どれも普段の地味なドレスとは大違いだったが、アンバーはシャツドレスなど着ないし、タイラーが誘ったのはアンバーなのだ。

部屋に戻ったアメリアは、姿見に映る自分の姿を何度も確かめた。店で見たときよりもずっといい。ひじまでの袖《そで》、ごく控えめに開いたスクエアネック、膝下五、六センチくらいの地味なスカート丈。

ただし、色は赤。そして、ぴったりしている。間違ってもアメリア・ビーチャムは着ないだろう。

これを着て出かけるのは至難の業だ。だが、アメリアには計画があった。髪と化粧はいつもどおり車の中でできる。あとは、上にレインコートを羽織ればいい。名案とは言い難いが、ほかに手はなかった。

廊下の先の部屋でベッドの枠がきしみ、その向かい側では床板がきしんだ。アメリアは安堵《あんど》のため息をついた。大おばたちは各部屋で眠りにつくところだろう。日々の儀式ともいうべき習慣があるのだ。

最後にもう一度鏡を見て、アメリアは期待に震えた。あとは香水をつけ、ドレスに合わせた化粧をして、夢見たとおりの夜になることを祈るばかりだ。

だが、コートを羽織ったとたん、アメリアは眉を寄せた。思ったほどの効果はなく、下から赤いタイトスカートの裾《すそ》が七、八センチも見えていた。

まあ、いいわ。今までどおり、運よく誰にも見られないかもしれないし。アメリアは靴を持ち、ストッキングをはいた足で階段を二段ずつ下りた。無事、後ろ手に玄関の錠を下ろし、ポーチへ出て大学時代に買ったバックベルトの黒いハイヒールをはいた。

まだ真っ暗ではなかったが、すでに一番星が出ていた。夜の風がコートの裾をめくる。急いだほうがいい。この赤いドレスを見られないように。

エフィ・デッテンバーグは家の裏口に立ち、不安げに薄暗闇《うすくらやみ》に目を凝らしていた。モーリスがまだ戻らない。どうしたものか。警察に電話しても、この前のように怒られるだけだ。でも、税金は払っているのに。困ったときに助けに来るのが警官のはずだ。

だが、チューリップの警官にミス・エフィの黒い雄猫を捜す気はなかった。特に、春や夏の間は。警官たちは彼女にこの季節の雄猫の習性について丁重に説明してきた。この町で毎年、そのずる賢い猫に似た子猫が数匹生まれるのは周知の事実だった。

エフィは庭の茂みを捜した。「おいで、おいで」

震え声で、しまいには金切り声で叫びながら、エフィは家の角から通りの向こう側まで見回した。そのとき、アメリア・ビーチャムが裸足《はだし》で家を抜け出してきたかと思うとそこで靴をはき始めた。その奇妙な行動を目撃し、エフィの鼓動は速くなった。やがて、アメリアはそわそわと通りを見回してから、ビーチャム家とは反対側の路地を走っていった。

エフィはあえぎながら家の中へ戻った。頭の中がぐるぐる回った。急げば間に合う……。

見られたことも知らずに、アメリアは急いでレイリーンの車に向かっていた。どんな夜になるかわからないけど、大好きなロマンス小説にも負けないはずよ。だって、わたし自身がヒロインなのだから。

アメリアが夢に浸る一方で、エフィは近視の目に双眼鏡のピントを合わせた。拡大レンズで路地をのぞいた瞬間、その場面がはっきり見えた。エフィは息をのみ、二階の寝室の窓に頭をぶつけた。

アメリア・ビーチャムが赤いドレスを着ている。それもあられもないドレスを！　その瞬間、木が視界をさえぎり、エフィは苛立《いらだ》たしげに下唇を噛《か》んだ。「もう」あわててアメリアの姿を捜す。「ああ！」エフィは身を乗り出すあまり、小鳥の水浴び場に双眼鏡を落としてしまった。「まったくもう」痛む頭をなでながら悔しげに下を見下ろす。「驚いたわ。この目で見てなければ絶対に信じないところよ」

モーリスのことなどすっかり忘れ、エフィはベッドにどっかと腰を下ろした。アメリア・ビーチャムが派手なドレスを着て、寒くもないのにコートを羽織っていた。しかも、あのあばずれ女のレイリーン・ストリンガーの車に乗り込んだ。

憶測は様々できるが事実は少ないし、エフィ・デッテンバーグは事実を語るのが身上だ。見たことは当分黙っておこう。なにしろ、アメリアのことは、彼女がここに来て以来ずっと知っている。大おばを心配させるような娘ではないし、すばらしい図書館司書で、いつもいい手芸の本を取っておいてくれる。

エフィは双眼鏡を拾いに階下へ向かった。「でも」エフィは池から双眼鏡の残骸《ざんがい》を拾い上げた。「ウィルヘミーナとローズマリーのところへ来る前のことはよく知らないわ。聞いた話だと……」家の中へ向かう。「野蛮な育ち方をしたらしいし。外国に住んで、そこの野蛮人たちと同じような暮らしをしてたとか。どんな恐ろしいことが魂に刻み込まれているかわかりゃしないわ」モーリスのことなど構わず、エフィはドアを閉めて錠を下ろした。

タイラーは再びバックミラーをのぞき、自分の姿をチェックした。デートでこんなにそわそわしたのは生まれて初めてだ。顔をしかめ、手で髪をなでつけていると、後ろにレイリーンの車が停《と》まった。

彼女だ！　ドアが開き、繭を出る蝶《ちょう》のように、古いグレーのシボレーから彼女が現れた。そのうえ、とてつもなくぴったりした、人目を引かずにおかないドレスを着て。ほかの男に見られないように彼女を閉じ込めようか。それとも、車のボンネットに飾ろうか。優越感と嫉妬心《しっとしん》がめまぐるしく交錯する。

タイラーはどうにか正気を取り戻し、車を降りた。

アメリアとタイラーの顔を見比べ、レイリーンがにやりとした。下手なメロドラマよりおもしろい。

「じゃあ、アンバー。あたしの車で帰るなら、時間に遅れないでよ」レイリーンはクラブの中へ消えた。

タイラーは呆然《ぼうぜん》としていた。「すごくすてきだよ」

あなたもね。アメリアは思ったが、口にしたのは〝ありがとう〟という言葉だけだった。

近づいてくる彼は〈シェリーズ〉で見た、仕事に疲れた汗まみれの男とはまるで違っていた。力強い脚の動きとは対照的に、柔らかそうなグレーのスラックスが揺れ、輝くほど白いシャツの下で筋肉がうねった。角張った顔を縁取る漆黒の髪は、周囲の空気のように濃密だった。アメリアがこれほど何かを求めたのは生まれて初めてだった。手を伸ばして、日に焼けた彼の二の腕に触れたい……あの肌が見た目と同じくらい熱いのか、この手で確かめたい。

駐車場を照らす照明を囲み、蛾《が》が狂ったように舞っていた。柔らかな夜風が執拗《しつよう》な愛撫《あいぶ》のようにアメリアの豊かな髪をなびかせては肩に落とす。暗闇からこおろぎたちが現れ、演奏会の始まりを知らせた。

タイラーはアメリアの唇に触れる髪をねたましく思い、震える手でそれを払いのけた。

「どこへ連れていってくれるの？」

ベッドへさ！「それは行ってのお楽しみだよ」

アメリアはにやりとした。「そういうの好きよ」

「さあ、どうぞ、お姫様。馬車を用意しました」

「ピックアップトラックに見えるけど」

「見た目は偽れるものさ」彼はウィンクした。

アメリアは笑みを消し、黙って車に乗り込んだ。

ああ、タイラー、見た目を偽るのがどんなことか、あなたにはわかっていないわ。

一方、タイラーは自問していた。あの美しい顔から笑みを奪うようなことを何か言っただろうか？

だが、運転席に乗り込んだときには彼女の笑顔は戻っていて、彼は胸をなで下ろした。最初はぎこちないのも当然だ。彼女のことは名前と仕事場しか知らない。そのうちだ。タイラーは自分に言い聞かせた。車は駐車場を出て、サヴァナ市街へ向かった。

ほどなく目的地に到着した。タイラーはアメリアの手を取り、サヴァナ川沿いの歩道へと導いた。辺りには賑《にぎ》やかなナイトクラブの明かりが並んでいる。アメリアの顔にゆっくりと笑みが浮かんだ。

タイラーは二人の指と指を絡め、砂利を敷きつめた道を指し示した。「気をつけて、歩きにくいから」

彼に手を握られているなら、燃える石炭の上だって構わない。アメリアはそう思いながら目を上げた。

「まあ、タイラー！」

そこには蒸気船、ザ・サヴァナ・リバー・クイーン号の堂々とした姿があった。舳先《へさき》から艫《とも》まで飾られた明かりが暗い夜の川へと誘っている。

「もしいやだったら……」タイラーは言いかけたが、彼の腕をつかむアメリアの手がそれを打ち消した。

「川船に乗るのは初めて！」その声に彼は微笑《ほほえ》んだ。

川船の汽笛が急《せ》かすように鳴った。二人が急いで乗船の列に加わり、ほかの乗客らとともに船の手すりに並んだとき、船はゆっくりと岸を離れた。

押し合う乗客を避けるために、タイラーの長い腕が彼女の背中に回された。彼の体に包まれるように守られ、アメリアは期待に震えた。

「寒いのか？」

耳元でささやく声は優しかった。だが、背筋に走った震えは寒さのせいではなく、彼の体が触れた部分がかっと熱くなったせいだった。

アメリアは声も出せず、ただ首を横に振った。

群衆はじきに手すりから離れていき、外の暗闇にいるのは二人だけになった。

タイラーは動きたくなかった。二人きり、暗い船尾で寄り添っていられたらほかには何もいらない。

船の明かりが巨大な外輪を照らし、暗い川に残る波の跡を際立たせていた。町の喧噪《けんそう》はエンジンの低いうなりと外輪が水をかく音にかき消されている。

アメリアはうっとりと眺め入っていた。彼女はふと彼を振り返り、泳ぐいるかを指さしたが、彼の表情を見たとたん、頭の中が真っ白になった。

激しい感情を宿した青く澄んだ瞳、その瞳が謎《なぞ》めいた輝きを放ち、彼女を見下ろしていた。ため息とともに、タイラーは両手を彼女の腕から肩へと滑らせ、長く優美な首をたどり、豊かな髪の中で組み合わせた。そのとき、船体がわずかに揺れた。アメリアはよろめき、次の瞬間、彼の腕の中にいた。

うめき声が聞こえた。それが自分の声なのか彼の声なのかわからないまま、アメリアは体を寄せた。するとためらう間もなく、彼が彼女の唇を奪った。そうしなければ、彼は死んでしまいそうだったのだ。

体を寄せたまま、アメリアは唇を離して抱擁を解いた。彼の胸元に顎を当て、強い麝香《じやこう》のような男性の香りを吸い込んでいるうち、アメリアは彼の体の輪郭が変わり始めたことに気づいた。かすかな興奮と困惑を覚え、彼女はその場から動けなくなった。

立ちつくす彼女の様子から、タイラーは自分の体の強張《こわば》りが悟られていることを知った。

「このことで謝る気はないよ」彼は渋々後ずさった。

アメリアが目を上げる。瞳の青緑色が陰り、深い翡翠《ひすい》色に変わっていた。彼女はあえぎながらも懸命に平静を取り戻そうとして、無理に笑みを作った。

「そのほうがいいわ」とぎれがちな声を神経質な笑いでごまかす。「で、お次は何？　わたしが川に飛び込むとか？　それとも、もっとドライなこと？」

タイラーが声をあげて笑う。その声は意外なほど大きく川面《かわも》に反響した。アメリアは今この瞬間の幸福感にただただ浸っていた。

「やれやれ、きれいなだけじゃなく、冗談もうまいな。俺《おれ》はきみに対するこの気持ちをどうやって抑え込んだらいいんだい、愛《いと》しいアンバー？」

愛しいだなんて！　アメリアの笑みが消えた。

「ねえ、ミスター・サヴィジ、抑え込むことなんてないのよ、ただ楽しめばいいの」

タイラーはにやりとして、彼女を中のラウンジへ誘った。明るくて人がいる場所で何か飲めば、彼女がこの体の中に起こした炎を消せるかもしれない。

わずかでも彼女と一緒にいたくて、タイラーは〈ジ・オールド・サウス〉を指し示す明滅灯をぼんやりと見つめていた。帰らせたくない。こんな形では。「家まで送らせてくれ」彼は懇願した。

彼女の瞳に表れた表情は狼狽《ろうばい》に近かった。「だめよ！　無理だって言ったでしょう。それに、レイリーンとも約束しているし」

彼はハンドルをがっちり握りしめ、わき起こってくる不安と闘った。彼女のあまりの頑《かたく》なさに、今夜何度か浮かんでは消えた考えが頭をもたげてきた。

「独身というのが本当なら、俺に住まいを知られるのがどうしてそんなに怖いんだ？」

アメリアは息をのんだ。「わたしをどんな女だと思ってるの？　わたしは愛する人を裏切るような女なんかじゃないわ」彼が疑うのも当然だと思っても、腹立たしかった。「これだけは言っておくわ。わたしは結婚していないし、結婚したこともないわ」

彼はほっと体の力を抜き、後悔に満ちた声で言った。「なあ、アンバー。俺はただ、ここでさよならにしたくないだけなんだ。きみを送っていけば、少しでも長く一緒にいられるだろう。それだけだよ」

「また明日ここに来るわ」アメリアはため息をもらし、腕時計を見た。「というより、今夜遅くに」

タイラーは彼女の口元がうんざりしたように歪《ゆが》むのを見た。ついさっきまで微笑んでいた口元が。楽しい夜を嫉妬や疑いで消し去ったのは自分だが、アンバーは間違いなく何かを隠している。だが、いつかは話す気になってくれるかもしれない。なにしろ、今夜は最初のデートなのだ。最初で最後にならないといいが。彼は後悔のため息とともに顔を上げた。

「ほら、乗って」レイリーンがクラブの裏口から出てきて、笑顔で手を振りながら近づいてきた。

アメリアはおどおどと彼の膝に片手を滑らせた。最後にもう一度だけ触れたかった。「行かないと」

タイラーは彼女の手をつかみ、ぎゅっと握りしめた。「すまなかった」

「あなたが謝ることはないわ。悪いのはわたしのほうなんだから」あなたが思っているよりずっと。

「楽しかったよ。根負けしてくれてありがとう」

アメリアはどきっとした。「負けるわよ、粘り強いんだもの。それに——」目を輝かせ、彼に反論の暇を与えずに車を飛び出す。「とてつもなくセクシーよ、タイラー・サヴィジ。女は抵抗できないわ」

彼女の言葉に驚き、タイラーはただ彼女とその笑い声が闇に消えるのを見送った。

今夜のことが頭によみがえり、家に着くまでに普段の二倍も時間がかかった。タイラーはチューリップへ入る道を一度、農場へ向かう道を二度見過ごし、へとへとになってやっと自宅へたどり着いた。

彼は低く悪態をつき、車を家の前に停めると、ヘッドライトを消した。こんなに遠く離れた暗闇の中でも、彼女の香りが、笑い声が、手で触れた赤いドレスの滑らかな感触がよみがえってくる。

全身をうずかせたまま、ピックアップトラックを降り、ゆっくりと家の階段を上った。鍵《かぎ》を回し、玄関扉を開く。家の中は暗く、ひっそりと静まり返っていた。両親が隠退してフロリダへ越して以来、初めてタイラーは二人の声を聞きたいと思った。

後ろ手にドアの錠を下ろすと、家の裏で犬が吠《ほ》えた。タイラーはその長く、もの悲しい声に微笑んだ。

「番犬は用済みさ」のろのろとベッドへ向かう。「盗人はもう現れて消えたよ。俺のハートを盗んでね」

レイリーンがアメリアを降ろしたとき、雄猫モーリスも家に戻ってきた。車の音を耳にしたエフィは、顔をしかめ、枕《まくら》を直して眠りに戻ろうとした。年のせいか、このごろはそれが難しくなってきている。

窓から悲しげな鳴き声が聞こえ、エフィは老骨が許す限り急いで一階へ下りた。モーリスのただいまの声に合わせ、二軒先の家の犬が吠え始めた。

エフィは扉を開け、モーリスを抱き上げた。滑らかな毛皮に顔を埋《うず》めると猫がのどを鳴らした。「モーリス、ほんとに悪い子ね。どこへ行ってたの？」

そのとき路地を裸足で駆け抜けるアメリアのほっそりした姿が見え、モーリスはさらなる小言から逃れた。エフィは垂れた小さな胸に猫を抱き寄せ、自分しかいないのに、とがめるように、しいと言った。

ぴったりした赤いドレスも、手に持った靴も、腕にかけたコートもはっきり見えた。「どこへ行ってたの、お嬢さん。いい気なものね！　恥知らず！」

エフィはドアの錠を下ろし、階段を上り始めた。

「まったく……あの子もあんたも恥を知りなさい」

道の向こうでは、アメリアが安堵のため息とともにベッドへ潜り込んでいた。今夜はめまぐるしく……忘れがたくて……不安に満ちていて……でも、どんな不安にも報いるだけのすばらしい夜だった。アメリアは枕に顎をのせ、目を閉じた。かつて冷淡な恋人によって受けた心の傷がようやくふさがり、癒《いや》された思いだった。大きな男性の笑い声と手の感触、そして、その気になりさえすれば自分も愛されるのだという実感のおかげだった。

ただ、それを現実にするには乗り越え難い困難があることはわかっている。今夜、ほんのつかの間、アメリアはアンバーの目を通して天国を見た。なんとしてもそれをもう一度味わいたかった。

寝室のドアの隙間《すきま》から、低く穏やかないびきが聞こえてきた。自分がいびきをかくと知ったら、ウィッティおばは気絶するだろう。

「まあ、アメリア！」ウィルヘミーナの叫び声に驚き、ローズマリーはコーヒーをこぼした。

ローズマリーが顔をしかめる。「ウィリー、なんなのよ！　驚いてコーヒーをこぼしちゃったわ！」

「大げさな。あなたがもともとぼんやりだからよ」

アメリアは精いっぱいの無邪気な笑みを浮かべたが、ローズマリーはばかにされたことに腹を立てた。

「朝っぱらからそんな失礼なことを言うほうがまともじゃないわ」ローズマリーがほつれ髪に触れた。自分で結った髪は今にも崩れそうになっている。

「ねえ、ロージーおばさん」アメリアは優しく言った。「わたしが髪を直してあげるわ」

ローズマリーが微笑むと、アメリアは長い白髪を器用に巻き直し、手際よくヘアピンで留めた。

「おや！」アメリアが自分の席に戻ったとき、ローズマリーが声をあげた。「そういうの、前にも見たかしら。けさのあなた、とっても……」のどをさすりながらため息をつき、アメリアにバターを押してよこした。「うまい言葉が出てこないけど」

「初めてですよ」ウィルヘミーナは困惑顔の妹を無視して、とげとげしく言った。

ウィルヘミーナはショックを受けていた。ローズマリーがなんと言おうとしたかはわかる。アメリアはとても輝いている、と。だが、ウィルヘミーナの意見では、輝いてみえるのは淑女らしくないのだ。

「アメリア・アン、いったいどうしたんです？」

アメリアは首をすくめた。きっちり結い上げたときとは違い、首筋に当たる髪の感触が心地よかった。

アメリアはパンにバターをつけ、平静を装った。

「あら、髪のすごく長い人は重みで頭や首筋が痛むことがあるって、この前雑誌で読んだの。だから、一日か二日髪を下ろして様子を見ようと思って」

ウィルヘミーナは眉を寄せた。ローズマリーは水色の目を丸くして、次なる小言を待った。姪《めい》の変身ぶりには、ローズマリーも驚いたが、彼女は姉の小言をいつも楽しんでいた。妹のこととなると、ウィルヘミーナはなんでもかんでも文句を言うのだ。

「それで？」ローズマリーは促した。

自分の姿が騒動を起こしたことなど気づかないふりをして、アメリアはうなずいた。本当は、階下へ下りる勇気を出すのに十五分もかかったのだが。

「わたし、よく頭痛を起こすでしょう。でも、おばさんは髪を短くするなって言うから……」

「くだらない小説の読みすぎだからですよ、頭が痛むのは」ウィルヘミーナが責めた。

アメリアはそれを無視した。「顔にかからないようにしっかり留めてあるわ。これならじゃまにならないでしょう。それにこうすれば、二十一歳の誕生日にウィッティおばさんがくれた鼈甲《べっこう》の髪飾りも使えるし。たしか、おばさんのお母さんのものよね」

ウィルヘミーナは鼻を鳴らした。痛いところを突かれ、彼女は小言の矛先を変えた。「わたしが知りたいのは、そのドレスをどこで買ったかってこと」

アメリアはわざとらしく驚いて下を見た。この色がウィルヘミーナを苛立たせるのは予想できたし、この質問にも答えを用意していた。

「ああ、これ！　おばさんも新しいシャツドレスを買いなさいって言ってたでしょう。これ、バーゲンセールだったのよ。二十ドルも得したわ」

「いい色ねえ」ローズマリーが口を出す。「わたしくらいのサイズもあった？」

「あなたは柄物は着ないでしょう」ウィルヘミーナが言う。「いつもパステルカラーじゃないの」

「それは姉さんが勝手に選ぶからでしょう」ローズマリーの声が一オクターブ跳ね上がる。彼女はアメリアを指さした。「こういうの好きよ。昔からペイズリー柄は大好き。母さんが青いペイズリー柄のスカーフを持ってたの、覚えてる？　わたし、この古ぼけたピンクの服よりアメリアみたいなドレスのほうがいいわ」下唇が突き出て、無言の抵抗をした。

アメリアはため息をついた。秋色をふんだんに使ったペイズリー柄の服が問題の種になりかねないことはわかっていたが、自然な色合いの茶色や深い琥《こ》珀《はく》色や緑色にぱっと目を引かれたのだ。ただ、大おばたちの口論を引き起こすとは思ってもみなかった。

「昼休みに見てくるわ。でも、おばさんのデリケートな肌の色には暗すぎると思う。もっと明るい色で合うサイズがあれば、そのほうがいいでしょう？」

ローズマリーは満足げにうなずいた。「母さんがよく、わたしのことをデリケートって言ってたわ」

「へえ！」ウィルヘミーナは会話に取り残されたのが不満のようだった。「あなたがデリケートですって……ぐずだっていうならわかるけど」

パンとバターが飛び交う前に、アメリアは仲裁に入った。「ドレスは見てくるわ、ロージーおばさん。それにウィッティおばさん、お母さんの髪留めをつけられてうれしいわ。今日はいい日になりそう！」

アメリアは大おばたちの頬に素早くキスをすると、玄関へ走った。そして、すぐに古い青色のクライスラーに乗り込み、私道を出た。チューリップ市立図書館が待っているのだ。

4

「早く」アメリアは呼びかけた。「礼拝に遅れるわ」

大おばたちが胸に聖書をしっかり抱え、ラベンダーの防虫剤やばらの香水、湿布薬のにおいを漂わせて階段を下りてくる。コルセットに、ひだ飾りのあるドレス。カールしてスプレーでしっかり固めた髪。ウィルヘミーナは、アメリアがバター色のブラウスの裾《すそ》を白いプリーツスカートに押し込むのを見て、満足げに鼻を鳴らした。「聖書はあるの？」

「ええ」アメリアは玄関の台の上に用意した聖書とバッグを指さした。「さあ、ロージーおばさん。先週みたいに歌が始まってから入るのはいやよ」

一八九九年にチューリップに南部バプテスト教会がてきて以来、ビーチャム家の信者席は前から二列目の左側だ。当時、ウィルバー・ビーチャムは十六歳の少年で、今この家でうろうろしている老女二人の父親になるとは想像もしていなかった。

「帽子が見つからないの」ローズマリーが言う。「ついこの前はあったのに。どこに置いたのかしら」

「食堂のサイドボードの上ですよ」ウィルヘミーナが長々とため息をついた。「きのうの夕方、ポーチのぶらんこで見つけたのよ。ねえ、これで知恵があったら、あなた危険人物よ」

アメリアは花飾りのついたつば広帽子を取ってきて、ローズマリーのふんわりした髪に手際よくピンで留め、ドレスのずれたボタンを留め直した。大おばの満足げな笑顔に、アメリアはウィンクをした。

この三年で、ローズマリーはどんどん忘れっぽくなってきた。それが何を意味するのか、アメリアは考えたくなかった。今はとにかく早く行かなくては。

「車で待ってるわ」ウィルヘミーナは宣言し、まるで戦争に向かうかのようにきびきびと出ていった。

「わたしが運転しようかしら」ローズマリーが巻き毛を帽子に押し込みながらつぶやく。

アメリアは驚きを隠してバッグと聖書を手に取り、大おばを外へと導いた。「運転はわたしにさせてくれない？　けさはちょっと急いでいるでしょう」

ローズマリーは、自分がここ十五年以上運転していないことなどまるで頭にないようだったが、結局は姪《めい》の申し出に同意した。「そのほうがいいかもね」

幸い、ローズマリーは素直に後部座席に乗り込み、まるで長旅に出るかのように身だしなみを整え始めた。

教会の駐車場に入ると、格調高いオルガンの音楽が開いた戸口からもれ、通りにまで響き渡っていた。エフィ・デッテンバーグは絶好調のようだ。

町の非公式な放送局とも言えるエフィは、教会の公式なオルガン奏者でもあり、お気に入りは今日弾いているような古い賛美歌だった。《我が山小屋》は、教会が粗朶《そだ》小屋で、改心した放蕩《ほうとう》者が勝手に牧師を名乗っていた時代からの軽快で明るい歌だ。

アメリアは大おばたちと教会の階段を上るのに悪戦苦闘していた。それぞれの骨張ったひじを手で支え、扉へ向かう。もうすぐ着くというところで、ローズマリーが八十代の老婆ではなく八歳の子供のようにくるりと向きを変え、階段を下りようとした。

「聖書を忘れたの。すぐ戻るわ」

「ああ、神様」アメリアは息をのみ、大おばが転ぶ前に腕をつかんだ。「待って、わたしが取ってくる」

ウィルヘミーナはあえぎながら周囲を用心深く見回した。人に聞かれたら、ビーチャム家の評判はずたずたになる。「アメリア！　今日は日曜ですよ。みだりに神の名を口にするものじゃありません」

アメリアはわびるように微笑《ほほえ》み、よろめくもう一人の大おばを支えた。と同時に、大きな壁に正面からぶつかった。忘れもしない、たくましい筋肉と麝《じゃ》香《こう》の香り。力強い両手に支えられたアメリアは、必死にうろたえまいとして、礼の言葉をささやいた。

そんな！　タイラーが、彼が教会に来るなんて！

真っ赤になった相手を見て、タイラーは微笑んだ。ビーチャム家の姪は変わり者だというが、本当だ。

「あら、おはよう、タイラー・ディーン！」ローズマリーは彼の腕の下に片手を滑り込ませた。「久しぶりねえ。フロリダのご両親はお元気？　わたしも行ってみたいわ。ここの冬は耐えられないもの」

あたふたと階段を駆け下りたアメリアには、タイラーの返事は聞こえなかった。彼女は鼓動をどどろかせながら、やみくもに車まで走った。

タイラーが彼女を支えたのはとっさの行動だが、駆けていく彼女を振り返ったのは好奇心からだった。

白いプリーツスカートに隠れていても、脚が抜群に長いのがわかる。緩めのブラウスも、ひどく肉感的な体を隠しきれていなかった。なぜ今までビーチャム家の姪の体つきに気づかなかったのだろう？

アメリアはさっきの素早さが嘘《うそ》のようにのろのろと階段を上った。息切れはしているが、そのせいではない。階段の上でタイラー・ディーン・サヴィジが大おばたちの間に立ち、例の澄んだ青い瞳で彼女の様子をつぶさに眺めているからだ。

「ミズ・ビーチャム」頭を下げて通り過ぎるアメリアに、彼は声をかけた。彼女はなぜ髪をまとめているのだろう？　でも、それがなぜ気になるんだ？

「ミスター・サヴィジ」アメリアは答えたが、幸い、彼女以上に早く中へ入りたがっている人物がいた。

評判を気にするウィルヘミーナは、町の不良といるところを人に見られたくなかった。彼女はほかの二人をがちょうのひなのように従えて中に入った。

アメリアは信者席にそっと座り、密《ひそ》かに安堵《あんど》のため息をもらした。ばれなくてよかったわ。

だが、まもなく、タイラー・サヴィジが必要以上にこちらを見ていることに気づいた。礼拝中に数回、彼は鋭い視線を向けてきた。一度など、何か意外なことを発見したかのように、目を丸くして鼻孔をふくらませた。アメリアは息をつめ、両目を閉じて必死に祈った。目を上げたときには、彼は彼女の存在すら気づかないかのようによそを向いていた。

「感謝します、神様」アメリアはささやき、賛美歌が終わると同時に、ぐったりと席にもたれた。

「よかったこと」ローズマリーが姪の膝をたたく。

「何がよかったの、ロージーおばさん？」

「今あなた、神に感謝したでしょう」ウィルヘミーナに脇腹《わきばら》を突かれ、ローズマリーの笑みが消えた。

「痛いっ」ローズマリーは憤然と姉をにらんだ。

「しっ！」ウィルヘミーナがささやく。

アメリアはタイラーのことを、ローズマリーは怒りを一瞬忘れて、ウィルヘミーナに従った。

一方、タイラーのほうはやたらとビーチャム家の姪を見てしまう自分をいぶかっていた。彼女には、どこか見覚えがあるような……。

そうか！　アンバーを思い出させるんだ！

首筋に汗が噴き出し、タイラーは目を閉じて、ゆっくりと息を整えた。教会は女のことを考える場所ではない。俺《おれ》はどうかしている。あのオールドミスの姪が俺のアンバーに似ているだなんて。

もう一度だけビーチャム家の席を見たが、やはり奇妙な既視感を覚えた。タイラーはそれを振り払い、賛美歌集を手に取って、ミス・エフィの演奏に合わせて《十字架の陰に》を歌った。自分が思いもよらぬほど天国に近づいていることも気づかずに。

反対側の席で、アメリアは自分の人生にタイラー・サヴィジがそぐわないことを痛感していた。

教会での一件からずっと、アメリアは落ち込んでいた。大おばたちはそれに気づいていたが、原因は見当もつかなかった。ローズマリーは彼女の好物をあれこれ勧め、ウィルヘミーナも心配して、ときおり不必要な笑顔を見せるほどだったが、効果はあまりなかった。アメリアは二晩続けて泣いた。やまない頭痛に悩まされた末、彼女は思い知った。自分を取り戻して新たな人生を考えなければ、正気を失ってしまう……タイラーを失いかけているのと同じに。

「食料品のリストはできた？」アメリアがきいた。

ウィルヘミーナはうなずき、姪にリストとクーポンの束を渡すと、ぎこちなく姪の肩をたたいた。

「これで全部だけど、もし欲しいものがあったら、買っていいのよ。チョコレートミックスのアイスクリームとかマシュマロ入りのクッキーとか。昔はそういうクッキーが好きだったでしょう？」

アメリアは良心がうずいた。おばさんたちはわたしが悩んでいることに感づいている。日数がたてば、二人はますます心配して、そのせいでわたしも罪の意識に苦しむことになる。アメリアはため息をつき、大おばを温かく抱きしめ、老いた頬にキスをした。

ウィルヘミーナはすまなそうな表情で抱き返した。

「わたしたち、あまり感情豊かなほうじゃないから、あなたの気に染まないかもしれないけど……」

「そんなこと」アメリアは反論した。「今のままでいいの。おばさんやロージーおばさんに変わってほしいなんて、ちっとも思ってないわ。本当よ」

いつになく感情を表したことに照れてか、ウィルヘミーナはぼそぼそ言った。「とにかく、急がなくていいわ。今夜の夕食に間に合えばいいから」

「わかったわ」アメリアは言った。「いってきます」

アメリアは家を出た。これ以上くよくよするのはやめよう。落ち込んでいたせいで、おばさんたちを不必要に心配させてしまった。わたしの人生に何が起ころうと、それはほかの誰でもない、自分のせいだ。自分のしたことでみんなを苦しめる必要はない。

タイラーはピックアップトラックのドアをばたんと閉めて、ハンドルを握り、ぼんやりと自分の畑を見つめた。考えるとつきを悪くしそうでいやだが、今年は大豊作になりそうだ。すべてが順調に進んでいる。この広大な緑の下にあるピーナッツの一トン当たりの予想価格もかなりのものになるだろう。

しかし自分の人生も農場経営と同じくらいうまくいってほしいと思うのは高望みだった。起きている時間のすべて、眠る時間の大半を、アンバーが占領していた。だが、どんなにがんばっても、自分の心と彼女の与える重圧を軽くする解決法は見つからなかった。彼女が私生活をあれほど隠しているという事実も重くのしかかっていた。彼女のことは信じている。少なくとも、信じたいという気持ちは確実にある。彼女はきっぱり、ほかに男はいないと言っていた。その言葉を、彼女を信じるしかないのだ。

「しっかりしろ」タイラーはポケットを探って、食料品の買い物リストを確かめ、町へ向かった。

エフィは似たようなクッキーの箱の表示を見比べていた。一つは低脂肪、もう一つは低カロリー。

「昔は脂肪とかコレステロールとか気にしなくてよかったのに」エフィは誰に言うともなく言い、二個とも棚に戻した。「家に帰って自分でクッキーを作ればいいわ。何が入っているか悩む必要もないし」

通路の先に見覚えのある姿を見つけ、エフィは目をすがめた。見間違いでなければ、あれはアメリア・ビーチャムだ。ただし、今回は裸足《はだし》でもタイトな赤いドレス姿でもふしだらな髪でもなかった。

エフィは決然とした笑みを浮かべ、通路をふさぐようにその場にショッピングカートを残した。ここの棚の買い物がすんでいないし、アメリアと話が終わるまで、ほかの人にじゃまされたくなかった。

アメリアはリストのいちばん下の文字が買うものなのか、ただのメモなのか悩んでいた。ローズマリーは意味もなくメモを残すのが大好きなのだ。

この文字はオレンジでなく、プルーンかしら。

アメリアは念のためにプルーンジュースとオレンジジュースを両方買うことにした。

「こんにちは、アメリア」

アメリアはため息をこらえた。「ミス・エフィ」

エフィは世間話で時間を浪費するような人間ではない。もし輪廻《りんね》というのが本当にあるなら、エフィ・デッテンバーグは刺客の生まれ変わりかもしれない。なにしろ、正確に急所を突いてくるのだから。

「アメリア、余計なお世話なのはわかってるけど」

アメリアは目をぐるりと回した。いったい何？

「でも、この前の晩、あなたが路地を走っていくのをこの目で見たわ。どうしてもあなたに言わなくちゃと思って。若い女性があんな時間に……」

アメリアの全身の血が引いていった。この二重生活を始めて以来ずっと抱えてきた不安がたった今現実になった。そのうえ、見られた相手が相手だった。

アメリアの声は冷静だったが、心臓はかごに捕らわれた野鳥のように暴れ狂っていた。「ええと、それは確かにわたしだった？」

エフィは顔をしかめた。この子は否定するつもりだ。「ええ、確かよ。ただ木がじゃまになって、あなたがどの車に乗り込んだかは確信がないけど。たぶん、あのストリンガーの車よね。あの女は……」

ああ、もうおしまいだわ！　レイリーンの車に乗り込むところを見たというなら、エフィは二階の窓から双眼鏡で見ていたのだ！

「どうしてそれがわたしだと思ったのかしら」アメ

リアは素っ気なく言った。

あなたが自宅から出てくるのを見たからよ、とエフィは思ったが、声に出しては言わなかった。

アメリアはリストに目を落とし、買い物で忙しいふりをした。「お会いできてよかったわ、ミス・エフィ。でも、わたし、この買い物を終わらせないと。ウィッティおばさんが待っているの」

ぽかんと口を開けたエフィを残し、アメリアはさっさとカートを押してほかの通路へ向かった。

「へえ！」エフィは苛立《いらだ》った。「嘘はお見通しよ」

エフィは自分のカートへ直行した。市立図書館の司書は嘘つきだわ。エフィは表示のことも自分で作ろうと思ったことも忘れ、二つのクッキーの箱と買い物かごをつかみ、レジに向かった。人に会う用もあるし、することもたくさんあって忙しいのだ。

アメリアはうろたえることもなくレジを通った。だが、代金を払っているときも、エフィの刺すような視線をうなじに感じていた。アメリアは振り返らずに買い物袋をつかんで出口へと走った。

マーケットを駆け出た瞬間、強固な物体が視界に入ったが反応するには遅く、アメリアはちょうど入ってきた男性と正面からぶつかった。

二人の間のすべてのものが押しつぶされた。彼女の体……相手の胸……買ったばかりの品物。次の瞬間、あらゆるものが落下した。彼女の眼鏡も相手の帽子も。アメリアは買い物袋をつかみ、卵の上に落ちた眼鏡を愕然《がくぜん》と見つめた。彼女がつかんだのは食料品ではなく、相手のベルトのバックルだった。

「もうっ」アメリアは袋の中に残ったものを確かめた。ジュースがこぼれたら、大事なグレーのドレスだけでなく相手のブーツまで汚してしまう。

タイラーは人が近づいてくるのに気づいたが、それが誰かなど考える余裕はなかった。最重要課題は脇にどくことだった。その女性は彼を犠牲にして自殺を図ろうとしているかに見えたが、彼としては煉《れん》瓦《が》壁代わりに突っ込まれるのはごめんだった。

「気をつけて」彼は叫び、その女性が挟まれないように、閉まりかけた自動ドアを押さえた。

女性が彼の膝を滑り落ちる袋をつかもうとした拍子に、髪が彼の手に引っかかった。タイラーが外そうとすればするほど、髪はますます絡まった。そうこうするうちに、ふと気づくと女性は袋と一緒に彼の両膝をつかんでいた。うんざりするやら気恥ずかしいやらで、彼は下を向いた。と同時に、自分が何を言おうとしていたのかも忘れてしまった。

この髪！　この見事な髪には見覚えがある。日の光を受け、豊かな栗色《くりいろ》の巻き毛が滝のように肩に流れ落ちている。彼は深呼吸をしてひざまずき、その髪に触れようとした。そのとき、女性が顔を上げた。

彼の動きが凍りついた。この瞳！　この魅惑的な青緑色は前にも見たことがある。川船での夜に……

夢の中で……そして、あのクラブで。この瞳を持っているのはアンバーという名の女性ただ一人だ。

ようやく我に返ったアメリアは、顔を上げて、愕然とした。そんな！　タイラーだったなんて！

アメリアはあわてて食料品の中から眼鏡を探し出し、うろたえながら鼻にかけた。無言のまま、震える手で垂れ落ちた髪をまとめ直した。タイラーが床に落ちたヘアピンを拾い、黙って手渡したときも、彼女はぼそぼそと礼を言うことしかできなかった。

タイラーがぽかんと見つめる前で、アメリアはつぶれずに残った食料品を袋に戻し始めた。

アメリアは逃げるように車に向かった。エンジンをかけ、車を急発進させた。とにかくタイラーから逃れて、家へ帰ることしか考えられなかった。

タイラーはビーチャム家の姪とその行動に唖然《あぜん》として、ただただ見つめていた。頭に血が一気に上り、そして足まで駆け下りた。じっとしているべきなのか、それとも彼女を追うべきなのか。そこへ、エフィ・デッテンバーグがせかせかと店を出てきて、彼を避けるようにして通りを歩いていった。

「俺はきっと夢を見ているんだ」彼はつぶやいた。「いや、ミス・エフィが夢に出てくるはずはない。俺の夢に出てくるのはアンバーという女性だけだ」

彼は振り返り、遠ざかるクライスラーのテールランプを再び見つめた。小さな笑みが浮かび、青い瞳がほとばしる喜びにきらめく。笑みは顔に広がり、そして、定位置の口元におさまった。

「もう絶対に逃がさないよ、スイートハート。どんなお遊びのつもりか知らないがゲームは終わりだ」

今の心境は〝興味をそそられた〟どころではなかった。驚きを通り越して笑みが浮かび、しまいに彼は声をあげて笑い出した。気が狂ったのでなければ、なんと俺はビーチャム姉妹のオールドミスの姪に恋してしまったらしい。ただし、俺が恋した女性は真《ま》面目《じめ》で退屈な図書館司書ではない。情熱的で陽気で、そして最高に魅力的な女性だ。

彼が笑い出したとき、エフィは半ブロックほど先にいたが、彼女にはその悪党が真後ろにいるかのように声が聞こえた。彼女は足を速めて家へ向かった。

「世の中、どうなってるの?」エフィはつぶやいた。「女には危険な時代になったわ。誰を信用したものやら。いいえ、近ごろじゃ、誰一人信用できやしない」

家への最後の角を曲がると、モーリスが庭先に座ってひげをなめていた。エフィは猫を抱き上げた。

「ねずみのにおい! モーリス、このけだもの! おなかを壊すのはわかってるでしょうに」

エフィは猫を叱《しか》りつけつつ家へ向かった。残念ながら今回はじゃまが入らず、モーリスは自分の無分別と図書館司書の嘘と荒くれ男の評判に対する小言をたっぷり受けることになった。

5

事実を知ったせいで、タイラーは丸一日呆然《ぼうぜん》と過ごした。心を奪ったかわいい魔女が気難しい司書になりすましている……それとも、その逆なのか。

タイラーにできるのは日没まで待つことだけだった。日が落ちて月が昇れば、アンバーが姿を現す。とにかく最後に一度あのクラブへ行って、このジレンマをアンバーに突きつけることだ。彼女は答えを出せないだろうが、彼にはそれが答えになるのだ。

彼は剃刀《かみそり》を当てやすいように顎を傾け、横目で顔を見ながら、一日で伸びたひげを剃《そ》った。

今夜はなんとしてもかっこよく見せなければならない。アンバーにノーと言わせないくらい魅力的でなければ。アフターシェーブローションをつけ、彼は鏡の中の自分に向かってにやりとした。だが、もし彼女がノーとしか言えない女性だったら……。

しゃれた服に着替え、車へ向かいかけたとき、彼は贈り物を忘れたことに気づき、きびすを返した。赤いばらの花束は冷蔵庫をほぼ占領していた。彼は花束を取り出し、ジュースと牛乳を定位置に戻した。ワインを用意しなかったことが悔やまれるが、考えてみれば、乾杯の酒が必要ならアンバーが出してくれる。それが彼女の仕事なのだから。

準備が整い、彼は口元をほころばせながらサヴァナ郊外へ向かった。彼女を困らせるのが待ち遠しい。

アメリアは不安でたまらなかった。近ごろ、タイラーの姿を見ていない。少なくともアンバーは。教会で自分の偽りの生活を思い知らされて以来、罪悪感にさいなまれてきた。マーケットでのことは別だ。

あのときはアメリアだったし、難は逃れたのだから。

彼にばれなくてよかった。あわてたのも彼のブーツをジュースで汚したせいだと思っただろうし。

もし気づいたのなら、彼はあの場で怒ったはずだ。

ミス・エフィに噂《うわさ》の種を提供するところだった。

バーテンダーが注文の品を作るのを待ちながら、アメリアは眉を寄せた。エフィという爆弾をどう処理すべきかが悩みだ。見られた相手が最悪なのだ。

それに今日、エフィに嘘《うそ》をついてしまった。それを察したようなのに、エフィが沈黙を守っていることが不気味だった。彼女が秘密を守るはずがない。

「ねえ……あれ、見て」レイリーンがつついた。

「えっ?」アメリアはレイリーンの視線を追った。

入り口に立つ男を見た瞬間、アメリアは息をのんだ。白いスラックス、瞳の色を際立たせる淡い青色のシャツ。惚《ほ》れ惚《ぼ》れするほどすてきだった。花束はわたしへのプレゼントね。アメリアの胸は高鳴った。


「早く」レイリーンが急《せ》かす。「注文は運んでおく。行って、あの愛に燃える男の望みを確かめたら?」

アメリアはにやりとした。レイリーンは妙な言い回しが好きで、今月は〝プレスリー月間〟だった。

「彼の炎を消すものが必要なようね」

レイリーンはアメリアの腕をつかみ、眉をつり上げた。「消しちゃだめ、煽《あお》るのよ。さあ」

照明の暗さで頬の紅潮が隠れることに感謝して、アメリアはタイラーのテーブルへ向かった。

彼女が近づくと、タイラーは立ち上がった。「やあ、ダーリン」優しく言い、彼女の口の端にひどく控えめだが、それでいて忘れられないキスをした。

「こんばんは、タイラー」こんな場所でなく、こんな格好でもなかったらよかったのに。

タイラーは紙に包んだ花束を手渡したが、アメリアの目に涙が浮かぶのを見て、驚きを隠せなかった。

「大丈夫か?」ふいに自分の知らない何か恐ろしい

ことに彼女が苦しんでいるような気がした。

「大丈夫。ただ、花をもらったのが初めてだから」

「まさか」彼は言い、化粧室につながる通路の暗がりに彼女を導いた。「でも、初めてが俺《おれ》で申し訳ないとは言わない。きみの特別な存在でいたいから」

「まあ、タイラー、あなたはもうわたしの特別な人よ。あなたには想像もつかないくらい！」

わかる気がする。「それはうれしいね」タイラーは彼女の腰に両手をはわせ、背中を強く引き寄せた。

「花をどかしてくれ。したいことがあるんだ」

花束を持つアメリアの腕がだらりと垂れ、タイラーは思いのままに唇を重ねた。しっかりと、だが優しく、彼の舌は本能の導く道をたどった。唇の端から始め、真ん中へ移動し、そして反対側の端へ。

唇と唇、体と体が中心で重なり、アメリアは身震いをしてあえぎをもらした。壁とタイラーに挟まれて身動きができず、彼女は気も狂わんばかりだった。

そして、彼の舌が口の中へ、彼の両手が二人の体の間へ滑り込んだ瞬間、彼女は我を忘れた。

タイラーはこれほどすぐ感情が抑えきれなくなるとは思っていなかった。アメリアはばらを落として彼にしがみつき、彼と同じくらい、いや、それ以上の情熱で応《こた》えた。彼はうめき、決意のすべてを忘れた。こんなに暗い通路でなければよかったのだが。

「だめだよ、ダーリン」息を吸い込み、少し平静を取り戻して、彼は優しく言った。「ここまでするつもりはなかったんだ」愛《いと》しい彼女の瞳に困惑の表情が浮かんだので、彼は微笑《ほほえ》んでみせた。「いや、それは正確じゃないな。本当はもっとずっと先までもくろんでいたんだ。ただし、今ここでじゃなく」

アメリアは頬を赤らめ、彼のシャツで顔を隠した。タイラー・ディーン・サヴィジが店に入ってきた瞬間から、彼女はこの二十年間でウィルヘミーナにたたき込まれてきた良識を残らず失ってしまった。

「タイラー。あなたがわたしを狂わせるのは事実よ」

　タイラーは深く息を吸い込んだ。今が爆弾を落とす潮時だ。本当は言いたくないくらいだった。言ったとたん、彼女が体を引くのはわかっている。たとえ一時的でも、彼女を手放すのは耐え難かった。

　タイラーは歯を食いしばり、態度を決めた。きみが本当にアンバー・チャンピオンなら、いつかこの埋め合わせはしよう。だが、もしきみがアメリアでもあるなら、幾晩もの眠れぬ夜の償いはしてもらう。そうすれば、そうしたときだけ俺たちはずっと一緒に眠れぬ夜を過ごすことができるのだ。

　彼は彼女の耳に鼻をすり寄せた。「アンバー？」

「うん？」

「店は日曜の朝は休みだろう。それで考えたんだ」

　アメリアは緊張した。なんだかいやな予感がする。

「一緒に教会へ行かないか？　友達に会わせたいんだ……きみを見せびらかすのさ。どうかな？　チューリップの教会の礼拝はきみも気に入ると思うよ。そのあとでうちに来ればいい。ピクニックをしてもいいし。うちの農場や作物を見せてあげるよ。俺の持ち物でほかに見たいものがあればなんでも」

　タイラーはにやつきながら、自分が最後に言った言葉が理解されるのを待った。彼女の驚いた顔からして、性的な暗示は伝わったらしい。彼女のうろたえた瞳で残りの提案も伝わったことがわかった。

　アメリアは壁から離れた。「ねえ、タイラー、無理だわ。そうしたいのはやまやまだけど。無理よ」

　彼は渋面を作った。「きみが何か隠していない限り、理由がわからないな。ほかに男はいないと言っただろう。あれは嘘だったのか、アンバー？」

　彼の渋面は偽りだったが、動揺しきったアメリアは気づかなかった。こういう事態になるかもしれないことはわかっていた。ただ、エフィに見つかった直後に起こるとは思ってもいなかったのだ。

ああ、いったいどうしたらいいの？

真実を話したとして、素性を偽っていたことを彼がどう思うか想像もできない。多くの男はだまされることを嫌う。それどころか、タイラーのようにセクシーな男がセクシーさのかけらもない図書館司書にたぶらかされたと知ったらどうなるのだろう。

「いいえ、嘘なんかついてないわ。でも、わたしの私生活でまだ解決しなくてはならないことがあるの。解決できたら、いちばんにあなたに知らせるわ。それまで、わたしを信じて待っていて」

タイラーはアメリアに背を向けた。懸命に笑みをこらえ、本音を明かすまいとして。彼女は予想どおりの反応をしている。計画どおりだ！

彼は肩を落とし、声を低めて、傷ついたふりをした。「できるかどうかわからないよ、アンバー。信頼は相互的なものだ。俺はきみを信じている。だが、きみは事情を話せるほど俺を信頼してはいないらしい。この関係がうまくいくとは思えないね」

彼は立ち去ろうとした。アメリアは動揺した。初めて愛した男を失いかけている。すべてはわたしが自分を偽ったせい。彼が恋した女は存在しないのだ。

「タイラー！　待って！」

だが、彼は首を振っただけで立ち去った。アメリアは床の花束を見下ろし、壁のほうを向いた。この場で死のうとしたら、どのくらいで死ねるかしら。

レイリーンが戸口から顔を出し、その様子を見て、顔をしかめた。「ねえ、大丈夫？」

アメリアは涙を拭《ぬぐ》い、笑みを作った。泣くのは家に帰ってからだ。ここで泣くのは淑女らしくない。

「平気よ」アメリアは上を向き、床の花をまたいだ。

アメリアは化粧台の上の鏡に映る自分を見つめ、数日前のように髪を下ろそうかと考えていた。眠れぬ夜でくまのできた目が、心から愛したただ一人の男性を存在もしない女に取られたことを責めている。

アメリアはブラシをつかみ、髪をいつもどおりに高く結い上げた。「わからないわ。ただ車を買いたかっただけで、人生を台無しにしたかったわけじゃないのに。なぜこんなことになってしまったの？」

最後のヘアピンが頭皮を強く突き、アメリアはその痛みに浸った。罰には足りないくらいだ。奇跡でも起きない限り、タイラーはもう戻ってこない。

ドレスのベルトを締めると、姿見の前で左右に回り、裾《すそ》からスリップが見えないか確かめた。大丈夫だ。ベージュの長いスカートから長い脚が伸びているだけだった。ベージュはやっぱり似合わないわ！

一瞬、デート用に買った赤いドレスを着ようかと思ったが、大おばが心臓発作を起こしそうなのでやめた。これ以上騒動を起こすつもりはなかった。

「アーメーリア！」ウィルヘミーナが階段の下から叫ぶ。「支度はできたの？　遅刻するわよ」

アメリアは天を仰いだ。毎朝の恒例行事だ。今まで一日も遅刻したことがないのに、ウィルヘミーナはアメリアを急かすことに義務感を持っている。

「今行くわ」アメリアは声をかけた。

「ほら、お弁当よ」ウィルヘミーナは紙袋を姪《めい》の手に押し込んだ。「図書館に着いたら、忘れずに冷蔵庫に入れなさい。ツナは悪くなるから」

「わかったわ」アメリアは出かけようとしたが、ふと足を止めて振り返った。

ウィルヘミーナは姪の姿を確かめた。いかにも淑女らしい控えめで整った身なりだ。「何か忘れ物？」

「ええ」長く深いため息をもらし、アメリアは大おばのやせた肩に両腕を回し、慣れ親しんだばらの香水の香る襟元に顔を埋《うず》めて、大おばを抱きしめた。

ウィルヘミーナは驚いた。こんなに感情的な姪はめったに見ない。「まあ、アメリア！　ほら、ほら」ぎこちなくアメリアの背中をなでる。「行きなさい」

ウィルヘミーナは素早くはなをすすって感情を押し隠した。

アメリアは再びため息をつき、外へ向かった。

「今夜、アップルダンプリングを作るわ」ウィルヘミーナが呼びかけた。さっきまでその予定はなかったが、姪が抱きついてきたときに思いついたのだ。

アメリアが足を止め、にっこりとした。「うれしい。二個入るくらいおなかを空けておくわ」

アメリアが車で出ていくと同時に、ローズマリーが花畑からポーチへ戻ってきた。しおれた矢車菊の花束がかごから落ちそうになっている。かごには引き抜いた雑草から、アザレアの花壇で捕まえた亀《かめ》まであらゆるものがつまっていた。

ローズマリーはベランダの心地よい日陰の籐椅子《とうい す》にへたり込んだ。「開いた窓から聞こえたわ。アップルダンプリングを作るのは特別なときだけよね」

ウィルヘミーナは唇をすぼめた。その理由が義務感ではなく愛情だと認めたくなかった。「そう？」

ローズマリーは帽子をいじくり、それとかごを椅子の脇《わき》に置いた。「そうよ。誰かの誕生日だっけ？」目がぱっと輝く。「独立記念日はまだよね？」

「ローズマリー！」ウィルヘミーナが鋭い声をあげた。かごから亀がはい出てきた瞬間、二人は何を話していたかも忘れた。「かごに亀がいるわ！」

ローズマリーは目をくるりと回した。「知ってるわよ。自分で入れたんだもの。ときどき思うわ、あなたって何してもほめてくれないわね、ウィリー」

ウィルヘミーナが眉を寄せる。「ねえ、どうしていつも花かごに亀を入れるの？」

「ほかのどこに入れるの？」ローズマリーには意外な質問のようだった。「ポケットには入らないし」

「本当ね。なぜそれを考えなかったのかしら」

ローズマリーはにっこりした。その天使のような笑顔は年齢よりずっと若く見えた。彼女は姉のしわだらけの手をなでると、椅子にもたれ、急に吹き始めた風を楽しんだ。「いいのよ、ウィリー。だからこそ、あなたにはわたしがいるんじゃないの」

タイラーは目をすがめ、アメリアが車を停《と》めるのを見守った。ついさっきから吹き始めた強風が、彼女のスカートを長く形のいい脚に張りつけている。あのさえない外見の下に隠れた魅力を知る男は自分一人だという満足感に、彼はにやりとした。

彼は図書館が開くのを四十五分間待った。めったに来ないので開館時間を知らなかったが、ぜひ図書館司書としてのミス・アメリア・アンに会いたかったのだ。アンバーをうろたえさせたように、うまくアメリアを困らせるつもりだった。

見事な体の輪郭を際立たせ、彼一人の目を楽しませてくれる風に、タイラーは感謝した。アメリアは図書館の錠を開け、中に入った。彼女が表示を〝閉館〟から〝開館〟に替えたとたん、彼は動いた。

タイラーが入ってきたとき、アメリアは本に押すスタンプの返却日を替えているところだった。彼女は素早く二度つばをのみ込んだ。司書として勤めて以来、タイラー・サヴィジが図書館に現れたのは初めてだ。その意味を考え、彼女の頭は空回りした。

「おはよう、ミス・アメリア」彼は穏やかに言った。

「ミスター・サヴィジ」

短く簡潔な挨拶《あいさつ》。ゆうべ立ち去ったことを、彼女はまだひどく怒っているようだが、正確には俺が置き去りにしたのはアメリアでなく、アンバーだ。

タイラーはゆっくりと微笑み、驚いた顔の彼女と鼻を突き合わせるくらいまで身を乗り出した。

思わぬ彼の行動に驚き、アメリアは動くことも忘れた。彼の息が唇にかかるのを感じたとたん、彼女はあわてて体を引き、眼鏡をかけ直した。

「何かお役に立てることがありました？」アメリア

が言うと、彼の青い瞳が輝いた。失礼な人！　わたしの申し出を変なふうに深読みしているんだわ。

彼は背筋を伸ばした。「そうとも言えるな」

アメリアには、熟練した仕事ぶりを彼に見てもらえるという喜びがわずかながらあった。彼女は旧式のカード目録の上に手をかざし、彼が依頼する本を探そうとした。「それはよかった。ご要望は？」

「なんて言うか……ゆうべは眠れなかったんだ」

アメリアの顔に驚きが広がった。

「だから、普段は観《み》ないテレビの深夜番組を観た」

これにはなんの反応もなかった。「それで？」

「その番組でおもしろそうな本を紹介していてね。ひまなときに読むのにちょうどよさそうなんだ」

アメリアは驚いた。様々な面を持つタイラーだが、読書家だとは思いもしなかった。「題名は？」

彼は思い出そうとするかのように天井を仰いだ。

「セックスに関する本だったと思うんだが」

アメリアは懸命に口ごもらないように、そして彼と目を合わさないようにして言った。「と言うと？」

「思い出した！　確か『セックスの歓《よろこ》び』って題名だった。おもしろそうだろう。読んだことがあるかい？」

美しい青緑色の瞳の中に驚きと興味のないそぶりが表れては消える様子を、タイラーは楽しんだ。流行遅れの眼鏡で隠れてはいるが、彼女が苦しんでいながらも興味を引かれているのがわかる。

「さあ、そういう覚えは……」アメリアはカード目録を探り始めたが、市立図書館の書棚にその本がないことは確かだ。エフィ・デッテンバーグが図書館の役員にいて、そんな本が認められるはずがない。

昨夜の彼の仕打ちに抗議の叫びをあげたいのを懸命にこらえ、アメリアは震える指でカードをめくった。突然、彼の手が伸びてきて、そっと彼女の髪をなでた。アメリアは卒倒寸前になり、ぱっと体を引いて、驚きの目で彼を見上げた。

「葉っぱのかけらがついていたんだ」

うろたえるアメリアに、彼はウィンクした。アメリアは目をむいた。わたしが――いえ、アンバーが知らないところでほかの女にちょっかいを出すなんて。そういうことをやりかねない男なのよ！

タイラーは身を乗り出し、ささやきに近い声で言った。「で……きみの経験はどう？」

アメリアの思考回路は狂い、一瞬、彼がなぜここにいるかも忘れてしまった。「どうって？」

「だから、〝セックスの歓び〟のことだよ」

アメリアは真っ赤になった。彼は本のことだけを言っているわけではない。それはお互いわかっている。彼女はカードの続きをめくろうと下を向き、深いため息をついた。なぜか指はXの場所を探していた。当然かもね。タイラー・サヴィジに対するわたしの感情はX指定――成人向けの映画並みだもの。

「そういう題材の本はこの後ろです。ついてきて」

喜んでついていくよ、ダーリン。

アメリアが背を向けると、タイラーは素早く入り口に向かった。彼女に悟られないうちに、玄関の錠を下ろし、〝開館〟の表示を〝閉館〟に替えた。

「こっちです」アメリアが呼びかけた。

「今行くよ」彼は彼女を追い、書棚の列を抜けた。

タイラーは彼女に背後から近づき、棚との間に押しつけるように立った。その瞬間、アメリアは手にしていた二冊の本を危うく落としそうになった。

荒い息をうなじに感じ、アメリアは目を閉じた。うなじをなでる彼の指先を求めて体が震えた。

「後ろのほうは温かいね、アメリア？」

「何をしてるかわかってるの？」ばかげた質問だった。彼が何をしているかは十分わかっている。わからないのは、彼女自身が何をしようとしているかだ。

「柔らかそうな肌だね」彼はささやいた。「見た目どおりに触り心地もいいのかな？」

「タイラー・サヴィジ！」

それだけ言うのがやっとだった。わたしの存在を無視してきた彼が今になってなぜ？　さらに悪いことに、アメリアはこの成り行きを喜んでいた。自分はこの裏切り者の恋人に身を任せようとしている。

「よくそんなになれなれしいことができるわね」アメリアはなじった。「ろくに話したこともないのに」

タイラーはため息をつき、手を伸ばして彼女の髪から一本だけヘアピンを引き抜いた。「確かにそうだが、それは俺だけのせいとは言えないよ。町で会っても、きみはこちらを見ようともしなかった」

ヘアピンが床に落ちた。タイラーは片側に移動してアメリアが後ずさるのを難なく阻み、彼女の顔を両手で包んでかがみ込んだ。眼鏡の角に鼻がぶつかり、彼は低く毒づいて、眼鏡を書棚の上に置いた。

アメリアはパニックに陥った。ぎりぎりまで追いつめられ、逃げ場はどこにもなかった。「やめて、今すぐ」彼女がささやく。「あなたにはこんな……」

権利はない、と言うはずだった。だが、その唇を彼の唇が覆い、優しく執拗《しつよう》に愛撫《あいぶ》すると、アメリアの頭から抵抗の言葉が消えた。この人を愛するのは自然なことよ。彼に抱かれるのは自然なこと。わたしはずっと、そして今も彼を愛しているのだから。

だがそのとき、アメリアはふと考えた。だとしたら、アンバーはどうなってしまうの？

「アメリア？」重ねた唇の間から、タイラーのささやき声がもれ、彼は体を離した。

アメリアはよろめいた。「何？」

「今夜、夕食につき合ってくれないか？　きみのことをもっとよく知りたい。きみさえよければ、俺のことも知ってもらいたい。どうかな？」

そんな！　今夜は仕事なのに。まるで悪趣味な喜劇だわ。アンバーとしても彼とデートできないのに、アメリアとしてもだめになるなんて！

もっともな答えを見つけるための時間稼ぎに、アメリアはかがみ込んでヘアピンを拾った。「無理よ。わたし……その、先約があるの」

アメリアは眼鏡をかけ直し、彼に抱かれたときの感覚を思い出すまいとした。

タイラーは落ち込むふりをした。「いいよ。わかった。信用してもらえないのは俺が悪いんだ。だが誓って言うが、俺の評判は根も葉もない噂《うわさ》だよ」

アメリアは懸命に怒りを抑えた。ゆうべアンバーを抱いたばかりなのに、今日はまるで違うものを求めるなんて。いったいどういう男なの？　わたしには信用できない。彼は二人の女を欺いているのだ。

「あなたにはサヴァナ郊外に恋人がいるんだと思ってたわ」アメリアは言ったが、彼の瞳があやしく光るのを見て、はっと息をのんだ。口元も引きつったようだったが、それは見間違いかもしれない。

「俺自身もそう思っていたよ」彼は穏やかに言った。「だが、彼女のほうはそう思っていなかったらしい。俺は彼女の好みじゃなかったんだな」

「違うわ！」アメリアは叫んだがすぐに自分のうかつさに気づき、卒倒しそうになった。「つまり……その、自分でもよくわからないけど、とにかく今夜は無理、それだけよ。あなた、この本が必要なの、必要じゃないの？」彼の鼻先に本を突きつける。

タイラーは自分の本能と闘っていた。本能はすぐに彼女を抱き上げ、正直に話せと命じている。だが、この女性にあるのが美しさだけでないことは確かだ。知性と、そして多くの偽り。それが入りまじった魅力を、彼は手放したくなかった。

「いらないと思う」彼は出口へ向かった。「何が欲しいのか自分でもわからないんだ。ただ、俺が惹《ひ》かれる女性たちは、俺に対して同じ感情を抱いていないらしい。もう終わりにするべきかもしれないな」

アメリアは唖然《あぜん》とした。つまり、彼はアンバーとアメリアの両方を捨てるつもりだというの？

「今夜が無理なだけで、ずっとデートできないわけじゃないわ」アメリアはあわてて言った。

タイラーは足を止めたが、振り返りはしなかった。顔がほころぶのを抑えきれなかったのだ。彼は考えてみるとばかりにうなずき、錠を開けた。

「うれしいね」静かに言う。「また拒否されても耐えられるだけの勇気が出たら電話するよ。じゃあ」

彼は表示を〝開館〟に戻し、静かに外へ出ると、猛スピードで車を走らせ、町を離れた。車を停め、外へ出たところで、彼はやっとにやりとした。考えれば考えるほどおかしかった。なぜかはわからないが、とにかくなんとしても、あの二人と結婚するつもりだった。その考えの不条理さに彼は声をあげ、膝をたたいて笑い始め、しまいには息が苦しくて車にもたれかかるほどだった。

6

アメリアは走っていた。が、路地をではない。隠れるのはやめたのだ。スウェットスーツとテニスシューズ姿で堂々とレイリーンの待つ角へ向かう。

エフィは正面の窓辺に立ち、カーテンの陰からのぞいていた。驚いたことに、アメリアは手を振って通り過ぎていく。エフィはむっとした。「だまされないわよ」エフィは新しい双眼鏡を手に二階の窓へ向かった。アメリアが何をしているのか、この目で確かめてやる。よからぬことなのは間違いない。

アメリアの心臓は高鳴っていた。だが、それは走ったせいではなく、心が弾んでいるからだった。やっと決心がついた。今はそれを友人に伝えるだけだ。

「早いのね」レイリーンが言った。

「わたし、行かないわ」アメリアは簡潔に言った。「決心したの。ボスに伝えて。わたしが辞めるって。あそこには二度と行かない。わかってくれる？」

いい友人になってくれたレイリーンをがっかりさせたくなかったが、偽りの生活は限界に達していた。

レイリーンはにやにやしながら車を降りた。「こうなると思ってたわ。ばれちゃったの？」

アメリアは肩をすくめた。「ばれてはいないと思うけど、そうなる前に終わりにしようと思って」

「もう！　あたしが文句を言うとでも思ったの？」

アメリアは友人の首に抱きついた。通りを通る者には丸見えの場所だということも構わなかった。

「あなたにはいくら感謝してもしきれないほどよ」

アメリアの声はこみ上げる涙で震えていた。「仕事がなくなっても惜しくないけど、あなたと出かけられないのが寂しいわ。あなたは本当の友達だもの」

「あら、あら」レイリーンははなをすすった。「あたしも寂しいわ。けど、あんたは大事に思ってくれるほかの誰かのところへ戻ったほうがいい」

アメリアは肩をすくめた。「二人とももう寝てるわ。でも、本当、戻らないと。もう暗いから。ほら、日が暮れてから淑女が出かけるのは危険だもの」

二人は顔を見合わせ、噴き出した。二人は数えきれないほどの夜の時間を一緒に過ごしたのだ。

「さあ、もう行かなきゃ」レイリーンは車に戻った。

アメリアは手を振り、車のテールランプが見えなくなるまで見送ってから、家へ向かった。秘密が一つ終わった。だが、頭の中はタイラーを失ったことへの後悔でいっぱいだった。

彼のことを思うと、涙がこみ上げてくる。タイラーはアンバーを捜してクラブへ行くだろう。だが、二度と彼女を見つけることはできない。アメリアは心の底からタイラーを求めていたが、彼はアンバーを求めている。実際にはもう存在しない女を。

アメリアの足取りは重かった。確かに彼から誘いは受けたが、彼が本気だったとは思えない。結局、彼はアンバーにふられて、自分の魅力を確かめたくなっただけだろう。アメリアはため息をついた。オールドミスの図書館司書にまで断られて、いったい彼は今どんな気持ちでいるかしら？

アメリアは歩道の石を蹴《け》り、鼻を鳴らした。彼の惨めさなんて、わたしの半分もない。こんな思いをしてわたしが得たものは、車を買う資金だけ。それも以前よりずっと魅力を失い、すっかり色褪《いろあ》せていた。心の中は、黒い髪と青い目、心を熱くさせる微笑《ほほえ》みを持つ大きな男性が占領しているのだった。

アメリアは家の中へ戻り、扉を閉め、錠を下ろした。アメリア・アンが永久に我が家へ戻ったのだ。

通りの向こうで、エフィが双眼鏡をテーブルの上に乱暴に置いた。「見たわ。確かに抱き合ってた……あの女と、人目もはばからずに。親しい友達みたいに笑い合っていたし。でも、アメリアはなぜ行かなかったのかしら？　もしかして……」階下でモーリスが散歩をせがんで鳴いた。「おいで」エフィはアメリアのことをしばらく脇《わき》に置き、モーリスの要求をかなえてやることにした。

タイラーは痛みを感じていた。あらゆる関節や筋肉が痛む。夜に熟睡するため、三日続けて疲労の限界まで働いたが、その決意もむなしく、懸命に避けようとしている女性の夢を見てしまうのだ。

だが、彼には計画があった。彼女がクラブを辞めたことは知っている。あとは、もうタイラーはアンバーと会わないからアメリアがためらう必要はないのだと、アメリアがわかってくれればいい。とにかく、そう願っている。だからこそ我慢しているのだ。

彼は豊かな実りを地中に抱える緑の畑を見つめた。

じきに日が暮れる。仕事を終える時間だ。彼は渋々家へ向かったが、一人で家に入るのはとても耐えられそうになかった。今夜ぐらい、計画を緩めてもいいだろう。ちょっと……彼女に電話するだけだ。もしかすると、彼女の声を聞けば、計画がうまくいっているかどうかがわかるかもしれない。

「なんだか悲しそうね」夕食が終わり、ローズマリーが言った。「大丈夫なの？」

気持ちそのままに肩を落としていたことに気づき、アメリアはぱっと背筋を伸ばして微笑んだ。「大丈夫よ。でも、心配してくれてありがとう。もっとパイはいかが？　ウィッティおばさんはまた腕を上げたわね。カスタードは昔からお得意だったけど」

ローズマリーはうなずき、デザートの皿を受け取った。ウィルヘミーナは妹のお代わりをじろりと見てから、いっそう鋭い視線を姪《めい》に投げかけた。

自分がとりとめもなく話していることは、アメリアもわかっている。ただ、それを大おばたちに悟られたくなかった。ローズマリーの気をそらすのはごく簡単だ。そうでなくても、よく脱線するのだ。だが、ウィルヘミーナはまるで違う。過去と空想の中に生きているのではなく、現在にしっかりと両足を据えている。年々、その鋭さが増してきたくらいだ。

「また髪を下ろしたのね」ウィルヘミーナが言った。「まだ頭が痛むの？」

アメリアは泣きたくなった。頭痛はほんの始まりだ。胸の至るところが痛み、まだ心臓が動いているのが不思議なくらいだった。タイラーに会えないのが寂しかった。彼の声を聞き、からかうような微笑みを見たかった。なにより、彼の腕の中が恋しかった。だが、すべては自分が悪いのだ。

アメリアはため息をつき、結局こう答えた。「そうじゃないわ。ただ、変化が欲しかったの。人にはときどき変化も必要だと思うの、そう思わない？」

眉間《みけん》のしわを深めた姉とは逆に、ローズマリーは目を輝かせた。「思うわよ。どう、ウィリー？　ねえ、覚えてる？　母さんが応接間の絨毯《じゅうたん》を替えたがって、父さんが色のことで怒ったこと。あのときは最高におかしかったわね。二人とも何週間も口をきかなくて。あれって、あなたが花柄のピンク色が父さんの頭のはげと同じ色だって言ったせいよね」

ウィルヘミーナは目をぐるりと回し、懸命に笑いをこらえた。確かにあれは滑稽《こっけい》だった。「ええ、わたしが五つか六つのときよ。ばかにするつもりじゃなかったけど父さんはいつまでも忘れなかったわ」

「それは父さんのはげがどんどん大きくなっていったからよ」ローズマリーが言った。

アメリアは声をあげて笑った。たとえ何を失っても、わたしには大切な家族がいる。この二人を失うくらいなら、わたしは死んでもいい。

そのとき、電話が鳴った。

部屋が静まり返る。衝撃が広がり、誰もが互いを見つめた。夜に電話がくるなんて！　実際、電話がくること自体、めったにないことだった。

ローズマリーの興奮ぶりは、リー将軍が玄関に現れたどころではなかった。「電話よ！」

「電話なのはわかってます」ウィルヘミーナが言った。「でも、こんな時間に誰かしら？」

アメリアも驚いた。この前電話が鳴ったのがいつか思い出せないくらいなのだ。「まだ七時半よ、ウイッティおばさん。でもとにかく電話に出ないと」

「だめよ」ウィルヘミーナは玄関の台へ向かった。「わたしが出るわ。誰だか知らないけど、こんな時間に電話するなんて、きつく言ってやらないと」

ローズマリーは落胆した。姉がどなったら、相手は二度と電話をかけてこない。夜に電話がくるのはとても社交的なことなのに。ローズマリーは社交的なことが好きだった。華やかな昔に戻りたかった。

「もしもし！」ウィルヘミーナの声は非難に満ちていたが、相手の声とその申し出を聞き、その不機嫌さは狼狽《ろうばい》に変わった。ウィルヘミーナはアメリアを振り返り、まるで角でも生えたかのように彼女を見つめた。「あなたによ。タイラー・サヴィジから！」

「あら、すてき」ローズマリーが声をあげた。「あの青年は好きよ。思い出すわ、彼を見てると……」

アメリアは唖然《あぜん》としたまま、大おばから受話器を受け取った。タイラーの低く懐かしい声が鼓膜に響いたとき、懸命に笑みをもらさないようにした。

「もしもし？」

タイラーはにやりとして、緊張を解いた。彼女は電話口に出てきた。つまり、話をする気はまだあるということだ。彼はベッドに寝そべり、受話器をほんの少し口元に近づけた。アメリアと一緒にいられない分、せめてベッドで彼女の声を聞こう。静寂に耐えてきた今までの暮らしより、そのほうがましだ。

「元気だった？」彼はきいた。

「ええ、まあ」

タイラーの耳には彼女が意図した以上のものが伝わった。声ににじむ苦悩と恋しさ。それは彼の感情そっくりそのままだから、わかるのも当然だった。

「この前のデートの話、考えてみてくれたかい？」

彼は本気だったのね！うれしさのあまり、アメリアは泣きたいくらいだった。声をあげて笑いたかった。だが、背後にウィルヘミーナがいては、淑女らしいイメージを保つしかない。

「少しは」アメリアは小声で言った。「実は、あなたに手を貸してほしい問題があるの」

タイラーは受話器を握りしめ、目を閉じてうめいた。こっちにも問題はある。それでとんでもなく苦しんでいる。今後五十年間、アメリアと愛し合えれば、問題は解決するのだが。ただし彼女が……。

「俺《おれ》にできることなら喜んで。その問題とやらをいつ会って話し合えばいい？」

「土曜はどう？　あなたが忙しくなければ」

ハニー、きみに会うためなら、畑の豆を全部掘り出したっていい。「それなら大丈夫だ」

「よかった。じゃあ、わたしがあなたの……」

「だめだ！　俺がきみの家に行く。迎えに行くから。ほかの場所はだめだ、いいね？」

その瞬間、アメリアは何かをふと思い出しかけたが、ウィルヘミーナのあえぎと、ローズマリーが喜んで手をたたく音で、思考の流れがとぎれた。

「わかったわ。電話してくれてありがとう」

こちらこそ、タイラーは思った。そして、アメリアが電話を切ると、彼はにやりとした。

「これはいったいどういうことです？」ウィルヘミーナがつめ寄った。

「どういうことって？」

「あんな男に会うことよ。しらばくれるのはおよしなさい。わたしの言う意味はわかるはずです。なぜあの男が電話してきたの？　わたしに隠れて彼と会っていたの？」ウィルヘミーナは憤慨しきっていた。

「ウィリー、この子は二十九よ。誰と会うのも自由でしょう。あなたに隠れてだろうと、納屋に隠れてだろうと」ローズマリーは自分の冗談にくすくす笑った。「それに、あの青年のどこが悪いの。だいたい、彼の母親はあなたの学校時代の友達でしょう」

ウィルヘミーナは鼻を鳴らした。「でも、あの男の評判はとんでもないわ。ほら、たしか……」

「ばかばかしい」ローズマリーが言う。「何年も前のことよ。今は落ち着いてるわ。それに、若気の至りぐらいない男は男じゃない。父さんだって……」

ウィルヘミーナは昔話を繰り返されたくなかった。事件があったとき、母親はニューオーリンズに帰ると息巻いた。それを父親が必死で説得して止めたのだ。ウィルヘミーナは金切り声になった。

「きのうはバッグの置き場所を思い出せなかった人が、七十年近く前のことを全部覚えてるのが理解できないわ。おかしいわよ。まるきりおかしいわ」

「おかしくないわ」ローズマリーは言った。彼女の痛烈な言葉でほかが押し黙ったのは初めてのことだ。

「わたしが昔のことを覚えているのは、そのころがいちばんだったからよ。あとは年を取る以外、何も起こらなかったもの。何一つ起こらなかった」

「一つあるわ」アメリアは言った。「わたしがおばさんたちのところへ来たでしょう」

姉妹は互いを見つめ、めったに見せない笑みを交わした。「本当ね」二人は声を揃《そろ》えた。「あなたがわたしたちのところへ来てくれたわ」

タイラーの電話の件はしばし忘れられた。ウィルヘミーナが思い出したのは、眠りにつこうとしたときだった。何をするにももう遅かった。でも、常に明日という日がある。明日なんとかすればいい。

「彼が来たわ！」ローズマリーは叫び、タイラーにノックをする間も与えず、玄関扉をぐいと開けた。

「おはよう、タイラー・ディーン」ローズマリーは言った。「どうぞ。アメリアもすぐ来るわ」

タイラーはにやつくまいとしたが、無理だった。ローズマリー・ビーチャムは思わずつり込まれそうな笑みを浮かべている。それは彼女のオーガンザ地のドレスとテニスシューズによく似合っていた。

「散歩ですか？」

「ええ、そう。健康にいいでしょう」

「そうですね。散歩は俺もたまにしますよ」

二人の共通点に、ローズマリーはにっこりした。彼の漆黒の髪も輝く瞳も気に入った。この家に男性の客が来たこともうれしかった。ローズマリーを喜ばせるのは簡単だが、ウィルヘミーナはそうはいかない。彼女を満足させるものは、そうそうないのだ。

彼女が部屋に入ってくるのを見て、タイラーはどうやって共通点を見つけたものかと悩んだ。「ミス・ウィルヘミーナ、またお会いできて光栄です」

ウィルヘミーナはうなずいた。「おかけになって。アメリアはじきにまいりますから」

「どうぞお先に」タイラーは言い、ウィルヘミーナが席に着くまで、黙って椅子の脇で待った。

ウィルヘミーナは腰を下ろした。行儀がいいことは認める。淑女の扱いを心得ている男性を久しぶりに見た。ただし、ウィルヘミーナの周囲に男性がいたのは、はるか昔のことだったが。

「ところで、ご用件は？」ウィルヘミーナはきいた。

タイラーはたじろぐまいとした。本当のことを言ったら、相手はすぐにでも銃を持ち出してくるだろう。あなたの姪を史上最悪の方法でベッドに連れ込みたいと白状するわけにはいかない。面倒を起こさないにはどう答えればいいだろう？　彼が答えを探しているそのとき、アメリアが部屋に入ってきた。

「まあ、アメリア、なんてきれいなの！」

ローズマリーの言葉はタイラーの気持ちそのままだったが、彼のほうは言葉にならず、ただうなっただけだった。まるでみぞおちを蹴られたようだ。何カ月も使っていない筋肉が、場違いな部分まで含めて活気づいた。彼は深呼吸をして両目をつぶり、十数えてから目を開け、懸命に見つめないようにした。

アメリアは新しいドレスを着ていた。シャツドレスだが、ノースリーブで、普段より丈が短く、見たことがないほど美しいピンク色だった。いつものおもしろみのないまとめ髪ではない。ゆったりとうなじに垂れた髪は揃いのピンクのリボンで結ばれ、いくつもの小さなカールがふんわりと顔を包んでいる。

アメリアにはコンタクトレンズをする勇気はなかった。アンバーだと彼に見抜かれたらおしまいだ。

だから、図書館にいるときと同じように鼻には眼鏡がのっている。相変わらずアメリアのままだが、ほんの少しだけアンバーの部分をにじませたのだ。

　ウィルヘミーナは懸命に苛立《いらだ》ちを抑えた。初めてのことばかりなのが気に入らない。というより不慣れなことはすべていやなのだ。父さんが満足していたのだから、わたしもこのままで十分よ。男性を信じることは変化を意味する。わたしは変わらないわ。

「二人でどこへ行くつもり？」彼女は詰問した。

　アメリアは二人の大おばの頬にキスをした。

「それはあとのお楽しみ。帰ってきたら話すわ」

　大おばたちと同様に、タイラーもアメリアが何を考えているかわからなかったが、実のところ、まるで気にしていなかった。この女性と一緒に過ごせるなら、どんなことでもやってみるつもりだった。

「支度はできてるわ」アメリアが言った。

　タイラーはぱっと立ち上がり、二人の老女に手を振った。先に立って玄関の階段を下りるアメリアのヒップが左右にゆっくりと揺れる。彼はそれを眺めながら、汗をかかないように気をつけた。

「どこへ行くんだ、アメリア？」

「あなたにお願いがあるの、タイラー」

　ああ、ダーリン、俺もぜひお願いしたいことがあるよ。「なんなりとどうぞ」

「よかった！　じゃあ、サヴァナまで連れていって。わたし、車を買いたいの」

　タイラーはうれしくて笑いたいのをこらえ、うやうやしくアメリアを車に乗せると運転席に乗り込んだ。アルバイトの理由はこれか！　男に出会うためにクラブで働いていたわけではなかったのだ。夜遊びや派手な服のためでもない。車が欲しかったのだ。

　そのとき、ふとある不安が頭をよぎり、タイラーは暗い表情を彼女に向けた。「役に立てるのはうれしい」彼は静かに言った。「ただし、きみが車を買って、チューリップの町を離れるつもりでないなら」

「まさか！　年を取りすぎないうちにちょっと町の外を回ってみたいだけ。大おばやこの町から離れるつもりはないわ」アメリアは頬を赤らめた。「ほかの誰かからも。世界中の車とお金をもらってもね」

タイラーは微笑んだ。これほど誰かにキスしたいと思ったのは生まれて初めてだ。彼は彼女の言う〝ほかの誰か〟にすべての望みをかけた。その誰かは俺だ。そうでなければ生きていけない。

「わかった、で、車種は決めているのかい？」

「一万二千ドルで買えて、わりと新しい型で、色は赤ならどれでもいいの。わたし赤が好きだから」

タイラーはにやりとした。赤か！　彼女には驚かされることばかりだ。「赤だね、ダーリン。任せてくれ。日が暮れるまでに買ってこよう」

アメリアは運転席の男をちらりと盗み見た。こういう男に女が求めるものは一つ。それはお金にも赤い車にも関係ないこと。彼女は自分の思いに顔を赤らめ、あわてて窓の外へ目を向けた。

だが、タイラーはその視線に気づいて、彼女に考える暇も与えずに体を引き寄せた。おかげで、彼がギアを入れ替えたりブレーキを踏んだりするたび、二人のももが触れ合った。アメリアはぐっとつばをのみ、デニムに包まれた長くたくましい脚を見つめまいとしたが無理だった。無視するには彼は魅力的すぎた。車はサヴァナの町外れにさしかかった。彼を無視したいと思う女なんているはずないわ。

「この車が気に入った？」タイラーがきいた。これが三度目の試乗だが、そのたびに、アメリアの目の輝きは明るくなっていった。

「ええ！　小型で経済的だし、4ドアだから大おばたちが乗り降りしやすいわ。なにより赤だもの！」

タイラーはにやりとした。確かにこれほど真っ赤な車も珍しい。販売員は消防車色と言っていた。

「わかった、交渉は任せてくれ。もう少し値引きできると思うんだ。余った金は税金や名義変更代に使えばいい。ここで待っててくれ。やってみるから」

アメリアはうなずき、椅子に座って待った。すごく欲しそうな顔をすると値段が下がらない、とタイラーに言われている。彼女は懸命に彼への思いを頭から締め出そうとした。でなければ、〝何か〟をすごく欲しがっている顔になってしまうからだ。

アメリアが大おばたちにどう話そうかと考え始めたとき、タイラーが戻ってきた。

「決まったよ。車はきみのものだ。一万二百ドルの小切手を書いたら、乗って帰ろう」

アメリアは思わず彼の腕の中へ飛び込んだ。

「ああ、タイラー。ありがとう！　ありがとう！　わたし一人じゃとても無理だったわ」

タイラーは彼女を抱き留めたとたん、自分のしようとしていることを悟った。話し終えた直後で、彼女の唇が少し開いている。乱れた息からはペパーミントの香りがした。タイラーは彼女の頭をつかんで引き寄せ、アメリア・アンを味わった。

大きく力強い唇に、なだめるように、せがむように攻め立てられ、アメリアは理性のすべてを失った。

「ああ、タイラー」彼が名残惜しそうに体を引くと、アメリアはため息混じりの声をもらし、顔を上げた。

そのとたん、タイラーは彼女の眼鏡を取り上げた。

「それしか言えないのかい？」彼はからかった。

「返して」彼女は眼鏡を奪い取ってかけ直した。

「言うことはたくさんあるけど、時と場所を選ぶわ」

彼女が眼鏡の後ろに隠れるのを、タイラーはにやにやしながら眺めた。この女性がどうしても欲しい。ただ、どれが本当のアメリア・アンで、どれが偽物なのかがわからないが。

それを最初に目撃したのはエフィだったが、彼女は窓に向かう途中でモーリスのしっぽを踏んでしまった。猫は悲しげに叫び、階段へ向かった。愛猫を慰めるか、のぞき見か。結局、のぞき見が勝った。

レースのカーテンを開けたエフィは赤い小型車がビーチャム家の私道に入るのを眺めていたが、アメリアが生意気に鳴らしたクラクションに驚かされた。

エフィは、家から出てきた姉妹の驚いた顔も見た。あの秘密を知ったら、そんな驚きではすまないわよ。

これで謎《なぞ》がすべて解けた。アメリアが新車の資金をどうやって稼いだかもわかる。なぜなら男好きで有名なレイリーンと一緒だったのだから。哀れなウィルヘミーナとローズマリー、嘘《うそ》つきの姪にだまされて。

あの二人に知らせるのがわたしの義務だ。どうしたものか迷っていたが、これで心が決まった。エフィは義務という言葉が大好きだった。
7

大おばたちがポーチの階段を下りてくるのを、アメリアは息をつめて待った。ローズマリーの喜びの笑顔もウィルヘミーナのしかめ面も予想どおりだ。

「どういうことです？」ウィルヘミーナがきいた。

「驚かせようと思って。お金を貯《た》めて、自分で買ったのよ。この車、すごくガソリンが経済的なの」

「今の車も燃費はいいわ」ウィルヘミーナは言った。

ローズマリーは有頂天だった。昔から赤いものが大好きなのだ。「それはこの町から出ないからよ」

ウィルヘミーナはアメリアを失う不安に捕らわれ、タイラーが三人の暮らしに割り込んできたことに動揺していたが、この車を見て少しほっとした。「だから、あの男の手助けが必要だったのね」

アメリアはうなずいた。「それもあるけど彼のことは好きよ、友人として。親切で心の広い人なの」

「ばかな！」ウィルヘミーナはそれしか言葉が出なかった。今日はとんでもない日だ。アメリアが初めて男と出かけたと思ったら、今度は新車に乗って帰ってきた。ウィルヘミーナは大きな変化を好まない。

「彼、ハンサムね」ローズマリーが言った。「車に乗ってみたいわ。みんなで出かけない、アメリア？わたし助手席がいいわ。乗り物酔いするから」

「車になんて酔わないでしょう」姉が言う。

「だって、あのとき気分が悪くなって吐いて……」

「教会のピクニックのときは食べすぎのせいよ」

アメリアが止めに入る。「さあ乗って。ロージーおばさんが助手席よ。ウィッティおばさんは次ね」

姉妹は車に乗り込み、口論は終わった。


タイラーはこっそり眺めていた。アメリアがゆっくりとだが、確実にウィルヘミーナを負かすのを見て、彼はにやりとした。老女二人が新車に乗り込むと、彼はその場を離れた。だが、どんなに遠く離れても、アメリアの唇の感触は消えなかった。

彼は身震いをして、髪をかきむしった。彼女を愛するのに生涯をかけても足りないくらいだった。

エフィは車で出かける三人を見ていた。そして、あざけるように鼻を鳴らすと、靴をはき替え、バッグを持って、余計なお節介をするために出かけた。


アメリアはレーズンの箱をカートに入れ、店の男性店員のにやつきを懸命に無視しようとした。こういう態度をとられるのは初めてではない。それは五日前、新車を買って帰った日から始まった。

ガソリンスタンドで、食料品店で、図書館の中でさえ奇妙な視線を浴び続けた。ひそひそ声が聞こえ、そばに行くと止まる。今まで彼女に見向きもしなかった男たちが訳知りの笑みを向けてくる。

状況はどんどん悪くなっていくようだった。町に広がる噂《うわさ》が誰のせいかは明らかだ。深夜の外出を目撃した人物は、レイリーンのほかに一人しかいない。ミス・エフィ！　町でいちばんのおしゃべりだ。

アメリアはため息をつき、店員の低い口笛を無視して、カートをレジに押していった。こんなことはじきに終わるわ。何も悪いことはしていないもの。そもそも、図書委員会が給料を出し惜しみしていなければ、アルバイトをすることもなかったのだから。

「買い物はおすみですか？」レジ係はアメリアをちらりと見た。このお堅い図書館司書がどうやって新車の代金を貯めたかは聞いている。個人的には、大金を払ってこんな女とデートする男がいるのが不思議だが、よほど楽しいことでもするのだろう。

アメリアはうなずき、財布を取り出した。若い店員が品物を袋につめ、車まで運んだが、彼は去り際にアメリアのヒップをなでた。彼女はショックで、彼をひっぱたくべきか、逃げ出すべきかもわからなかった。アメリアは運転席に座り込み、額をハンドルに押しつけ、涙をこらえた。新しい車を買いたいという罪のない願望が悪夢に変わってしまった。

エフィはアメリアの車をのぞき込み、ハンドルに頭を預ける彼女を見て、軽蔑《けいべつ》の笑みを浮かべた。夜家にいるまともな女なら、疲れることもないのよ。

「また夜遅く出かけたの？」

アメリアは歯を食いしばり、涙を押しとどめた。

「あいにく違うわ。頭が痛いだけ。近ごろよく頭痛がするの。何かよくない空気が漂ってるみたい」

アメリアはエンジンをかけ、車を発進させた。今の言葉をエフィがどう解釈しようと構わない。ごまかすのはやめたのだから。ただ、噂が耳に届く前に、真実を知らせるべき人物が二人いる。

彼女は食料品を家に運び、大おばたちを捜した。二人はリビングにいて、ゲーム番組のことで言い争っていた。普段なら微笑《ほほえ》むところだが、今のアメリアは恐れていた。真実を知った二人が、今度は姪《めい》を家から追い出すかどうかで言い争うのではないかと。

アメリアがテレビの前に立ち、スイッチを切ると、二人の口論はぴたりと止まった。アメリアの青い顔と奇妙な振る舞いが一気に二人の注意を引いた。

最初に口を開いたのはウィルヘミーナだった。

「何があったの?」

「具合でも悪いの?」ローズマリーがきいた。

アメリアはかぶりを振り、二人の脇《わき》の椅子に座り込んで、わっと泣き出した。

ウィルヘミーナはぎょっとした。こんなアメリアは初めてだった。きっとタイラー・サヴィジのせいに違いない。「あの男ね!　どうせろくなことにならないだろうと思ってましたよ!」

アメリアの泣き声は大きくなるばかりだった。

ローズマリーは急にしゃきっとなった。姉は結果を責めるばかりで、理由を尋ねようとしない。ローズマリーはさっとアメリアの隣に座り、姪の震える肩を抱きかかえ、優しくなでた。

「どうしたの?　話してごらん。どんなことでも話して。わたしたちはあなたを愛しているのよ」

それはいちばん言ってはいけない言葉だった。その言葉は、偽りの暮らしを始めて以来、アメリアが抱えていた罪の意識をいっそう深めただけだった。

「全部わたしが悪いの」アメリアは言った。「でも、こんなことになるとは思いもしなかったし、おばさんたちに嘘《うそ》をつくつもりもなかった。ただ、車を買うためのお金を稼ぎたかっただけなの」

ウィルヘミーナとローズマリーは顔を見合わせた。姪が何を言っているのかさっぱりわからない。

「続けて」ローズマリーが言った。「聞いてるから」

アメリアは話し始めた。ウィルヘミーナの顔は青白くなり、それから真っ赤になった。ローズマリーは目を丸くして唇をすぼめたが、やがて顔をしわだらけにしてうれしそうに微笑んだ。

「つまり、酒場で働いて、例のキュートな短い服を着ていたってこと？」

ウィルヘミーナは妹をねめつけた。ローズマリーにかかると、論点がまるでずれてしまう。「何を着ていたかは関係ありません。この子が自分やわたしたちの恥になることをするはずがないわ。問題は誰かが話を大きくしたことね。評判の悪い女性とアメリアが一緒に仕事場に通ったことを、誰かが誇張したのよ。アメリアが同類のはずはないのに」

アメリアは大おばたちに抱きついた。「わたしがばかだったわ。おばさんたちはわかってくれるはずなのに。嘘をつくつもりはなかったのよ。すぐに話すつもりだった。でも、できなくて、先延ばしにすればするほど言いづらくなって。ずっとあそこで働くつもりはなかった。車の資金が貯まるまでって」

両手を握り合わせ、上品に膝に置いていたローズマリーが、目を輝かせて、身を乗り出した。「本当に給金とチップで全額稼いだの？」

アメリアはうなずいた。

「すごいわ！　わたしもそこで働けるかしら？」

「ローズマリー！」ウィルヘミーナの声が響いた。

「お金の余裕ができるわ」ローズマリーは姉に向かって下唇を突き出してから、アメリアのほうに向き直った。「その店、わたしのサイズの服もある？」

大おばへの愛があふれ、アメリアは涙目で微笑んだ。「ロージーおばさんなら大歓迎だと思う。だけど、寝るのがすごく遅くなるから、美容に悪いわ」

ローズマリーの明るいブルーの瞳から期待の色が消えた。彼女は背中を丸め、ため息をついた。「そうねえ。睡眠は必要ね。消化にも大切だし」

「そうよ」アメリアは相づちを打った。

「さて!」ウィルヘミーナが言う。「選んだ仕事には賛成しかねるけど、あなたにはなんの落ち度もないと思うわ。そもそも図書委員会がしみったれなのが悪いんです。それから、噂の出所はたぶん向かいの住人でしょうね。きっちり言ってやらないと!」

「そのままにしておいて、ウィッティおばさん。こそこそしたわたしが悪いんだから。噂はそのうち消えるでしょう。とにかく、そう願ってるわ」

不覚にも、アメリアは再び泣き出してしまった。ウィルヘミーナは姪を二階へと導きながら、自分たちは少しも腹を立てていない、となだめた。

ローズマリーはアメリアの部屋に入る二人を見つめていた。エフィ・デッテンバーグに対する怒りで、頭がうまく働かない。わたしが考えるに……。

そのとき、考えがひらめいた。アメリアがこの町の男たちのことで困っているなら、それは別の男に解決させればいい。男は自分の壊したものを自分で直すべきだと、父さんがいつも言っていたわ。

ローズマリーはキッチンへ向かった。銀行のカレンダーの脇に鍵《かぎ》の束がかかっている。彼女は断固たる態度で掛け釘《くぎ》から鍵束を外し、裏口へ向かった。

古いクライスラーにエンジンをかけようとした瞬間、不安がよぎった。最後に運転したのは相当前だ。しかし、一度覚えたことを完全に忘れるはずがない。

エンジンは一度でかかった。クラッチを踏もうとして、シートがいちばん後ろまで下がっているのに気づき、ローズマリーはため息をついた。シートを合わせている暇はない。大事な使命があるのだから。

がたがたと揺れ、咳《せ》き込みながらもエンジンは指令に精いっぱい応《こた》えた。無事にバックで私道を出たのは相当な幸運だった。車のギアにとって不運だったのは、そのあと運転者がローではなくトップに切り換えたことだった。アクセルが踏まれ、車はタイヤをきしらせて通りを走り出した。ローズマリーは笑みを浮かべ、髪をなびかせながら角を曲がった。

タイラーはトラクターを小屋に入れた。ほこりにまみれ、疲れきっている。ピーナッツ畑の手入れは割に合わないが必要な仕事だ。彼が明日に備えてトラクターの点検を始めたとき、その音が聞こえた。

最初は風の音を勘違いしたのかと思った。肩をすくめ、オイルをチェックしようとすると、再び音が聞こえた。彼は静かに立ち上がり、耳を澄ました。

誰かの車が猛スピードで走ってくるらしい。車が通過しているのか、サムター川の橋板ががたがたと鳴った。外へ踏み出したタイラーは、見覚えのあるぽんこつ車を目にして、驚きのあまりよろめいた。

アメリアだ。あんなに猛スピードで！　不安がわき起こった。きっと何か悪いことなんだ！　その瞬間、タイラーは思い出した。彼女には新しい車がある。なぜまた古い車に乗っているんだ？

車は横滑りし、土ぼこりを舞い上げながら、彼の家の私道へと急カーブを切った。顔をしかめ、家へ向かいかけた彼は、運転者の頭がダッシュボードからほとんど見えないことに気づいた。誰が運転者かわかったとたん、タイラーは走り始めた。

「こんにちは、タイラー・ディーン。いい天気ね」

「ミス・ローズマリー」彼はそれしか言えず、相手を車から引きずり出さないようにと自分に言い聞かせ、ドアを開けた。「いったいなんのまね――失礼、何をしてるんです？　アメリアに何かあったんですか？　電話をくれれば、こっちから行ったものを」

ローズマリーはすっかりうれしくなった。思ったとおり、彼は頼りになるわ。ひとことも話さないうちから、アメリアのことを心配してくれたもの。

「心配してくれてありがとう。ほかにどうしたらいいかわからなくて。アメリアは泣き出すし……」

タイラーは凍りついた。アメリアが？　泣いている？　鋭い痛みが彼の胸を貫いた。肉体的だろうと精神的だろうと、アメリアが苦しむなんて考えるだけで耐えられない。彼は老女の肩をつかんでこちらを向かせ、かろうじて叫ばずに尋ねた。

「アメリアはなぜ泣いているんです？」

老女は唇を突き出し、目を怒りでぎらつかせた。

「わかってるの、すべてエフィ・デッテンバーグのせいよ。あの人がアメリアの噂を流してたのよ。アメリアは車を買うためにアルバイトをして……」

タイラーはため息をついた。彼女はついに大おばたちに打ち明けたのか。俺《おれ》にもそうしてくれたらいいのに。だが、状況が多少違うのはわかっている。

「噂のことはどうしてわかったんです？」

ローズマリーはアメリアがした話を繰り返した。

タイラーは黙り込んだ。彼の顔は青くなり、そして怒りに紅潮した。

「つまり……彼女は至るところでそんな目に？」

ローズマリーは巻き毛を激しく揺らしてうなずき、怒りをいっそうつのらせた。「そうよ！　ガソリンスタンドの男なんて、土曜日は特別料金かってきたそうよ。食料品店の店員はあの子の――」顔を赤らめ、目を伏せる。「とにかく、どこへ行ってもひそひそ声。あの子はすっかりまいっているわ」

タイラーは唇を引き結んだ。怒りを抑え込むためにできるのはそれだけだった。彼はローズマリーの細い腕の下に手をさし入れ、家へと導いた。

「どうぞ、ミス・ローズマリー。服を着替えて、お宅まで送ります」老女が反論しないように罪のない小さな嘘を加えた。「点検が終わるまであの車には乗らないほうがいい。変な音が聞こえましたから」

変な音とは、車が郵便受けを壊したときの音であることは黙っていた。それはあとで修理すればいい。

ローズマリーは自分のことは自分でする性分だが、

車の修理は理解の域を超えている。「まあ、じゃあ、お願いするわ。こうやって話せてよかった。あなたならきっと、どうするべきかわかるでしょう」

「ええ」タイラーは短く答えた。「何をするべきかはちゃんとわかってますよ」

彼は三十分ほどでローズマリーを送り届けた。老女がよたよたと家に入るのを見て、胸をなで下ろし、彼は天を仰いでにやりとした。アメリアの冒険心と独立心がどこからきたのかがわかった。と同時に、目下の問題を思い出した。彼はもっと若かったころそのままの炎を瞳に燃やし、大通りに車を走らせた。


ローズマリーがスカートの裾《すそ》をひらめかせ、キッチンに駆け込んできた。「聞いた?」

「ドアを閉めて、ローズマリー。風が強いから」ウィルヘミーナが文句を言った。「で、聞いたってなんのこと? あわてないで座って。ずいぶん長い散歩だったわね。わたしたち朝食を待っていたのよ」

アメリアはオレンジジュースから目を上げた。ローズマリーの瞳には見たこともない輝きがあった。

ローズマリーはため息をつき、腰を下ろした。

「けんかの話を聞きたくないなら、わたし……」

「けんかって?」アメリアとウィルヘミーナが声を揃《そろ》えて問い返した。

ローズマリーは微笑み、椅子にもたれた。発言権を得たからにはしっかり話すつもりだった。

「きのう、タイラー・サヴィジがガソリンスタンドへ行って、ヘンリー・ブッチャーの鼻を殴ったようよ。噂だと……」もったいをつける。「彼がヘンリーの耳に何事かささやいて、そのあとヘンリーはコンクリートを一面血だらけにしたって。ヘンリーはただその場に突っ立ったまま殴られたそうよ。まるで当然の報いを受けるみたいに」

ウィルヘミーナは顔をしかめた。彼女は暴力を認めないのだ。

　アメリアはがっかりした。この話にはもっと先があるような気がする。「噂はそれだけ?」

　ローズマリーはにっこりした。「それから、彼は食料品店に行って、あの若い店員をやり込めたんですって。ほら、ジュエルとTボーン・アーミテージの長男よ」深呼吸をする。「とにかく、彼は店員を死ぬほど脅して、店員は恐怖のあまり吐いたって。彼は指一本触れてないのよ。ただ話をしただけ」

　アメリアには話の続きがほぼ想像できた。彼女に起こったことを、タイラーは聞きつけたらしい。それに、昨夜ローズマリーが帰ってきた直後、大おばたちはかなりの口論をしていた。アメリアは部屋にいたが、ローズマリーが車で町のどこかまで出かけてきたらしいことはわかった。だが、自分の不幸に落ち込んでいたために、ローズマリーがどうやって帰ってきたか知る前に眠ってしまった。けさになって外を見たが、クライスラーは戻っていなかった。ローズマリーの話を聞いて、アメリアは大おばがタイラーの車に乗ってきたのではないかと思った。

　ウィルヘミーナは顔をしかめた。「暴力には賛成できないけど……」意味ありげな目つきでアメリアを見る。「彼はなぜそんなことをしたのかしら?」

　アメリアは赤くなった。

　ローズマリーは自分の皿を見た。「パンケーキを食べるの?」報告を終え、食べ始めるつもりだった。

　ウィルヘミーナがため息をつく。妹のことだから、今日はこれ以上きいても無駄だ。「ええ。パンケーキよ。ねえ、帰ってから手を洗ってないでしょう」

「そうだわ!　洗ってないと思う。すぐに戻るから。最初に焼いた分はアメリアにあげて。遅刻すると困るから」ローズマリーはあわてて出ていった。

　アメリアは皿を見下ろした。図書館へ行き、陰口を言う人たちの相手をするなど考えたくもない。

姪の不安を察したウィルヘミーナは唇をすぼめ、わかる身を乗り出した。「負けてはいけませんよ、わかるわね、アメリア・アン。好きなように言わせておきなさい。わたしたちは真実を知っていますからね」

アメリアはまばたきをして、必死に泣くまいとした。このことではもう十分泣いたはずだった。「ええ、わかってる。もう泣いたりしないわ」

「結構！」ウィルヘミーナが言う。「じゃあ、パンケーキの用意を手伝って。でないと、遅刻するわよ。隠れているなんて思われたくないでしょう？」

アメリアは大おばの違った一面を見たかのように、はっと目をみはった。「ええ、隠れるつもりはないわ。ビーチャム家の女は逃げたりしないのよね？」

老女は動きを止め、フライ返しを手に姪を振り返った。「それはどうかしら。時代が変わり生活も変わるという事実からわたしたちが逃げていなければ、あなたに嘘をつかせることもなかったのよね？」

話はそこで終わり、ウィルヘミーナは作業に戻った。アメリアはさっきの話について考え、ふと笑みをもらしそうになった。これはほんの始まりかもしれない。よくはわからないけど、タイラーはわたしのために戦ってくれたみたい。まるでロマンス小説そのままね。こんなことがこの町で起こるなんて！

タイラーの評判は高まるばかりだった。噂は町中に知れ渡っている。彼がアメリア・ビーチャムのために戦ったこと、彼女に関する陰口が実は侮辱にすぎないと知り、彼が事態を解決しようとしたこと。言うまでもなく、陰口はぴたりと止まった。

エフィはタイラーが自分の家にも現れ、同じようなことをするのではないかと、ほんの少し心配していた。自分のしたことに良心がとがめたが、義憤がそれを認めなかった。思うに、おいしいものを食べたら、その代価を払うのは当然なのだ。

アメリアの評判には別のひねりが加わった。少しずつ、彼女は町いちばんの魔性の女になっていった。噂は女性の人生を驚くほど変えてしまうものなのだ。

タイラーはバックミラーでもう一度身なりを確かめ、ピックアップトラックを降りた。彼は将来に対して今までにないほど前向きになっていた。それはビーチャム家の女性三人のことを考えるようになったことだ。アメリアのいない人生など考えられないことはすでに自覚している。彼女には花嫁付き添い人が二人揃っているが、それも結構だ。アメリアを自分のものにできるなら、どんな形でもいい。彼は決然と顎を突き出し、二階建ての古い家の前に車を停《と》め、地元の花屋で買ったばかりの花束をつかんだ。玄関まで行くと、彼は二度ノックをして待った。

出てきたのはウィルヘミーナだった。二人は長い間、互いの目をのぞき込んでいた。批評、値踏み。先に口を開いたのはタイラーだった。

「ミス・ウィルヘミーナ、電話してから来るべきだったのでしょうが、真っ向勝負が好きなたちなんです。姪御さんを誘うお許しをもらいに来ました。これはあなたに」

ウィルヘミーナがさし出された花束を受け取ったのはとっさの反応だった。だが、黄色いグラジオラスの花束に鼻を埋《うず》めたのは純粋な喜びからだった。

わたしの好きな花がどうしてわかったのかしら？

「それじゃあ」ウィルヘミーナは小声で言った。「中へ入ってもらったほうがよさそうね」

タイラーは返事をするのが精いっぱいだった。

「そうですね。そのほうがいいと思います」

図書館から戻って三十分もたっていないアメリアは、階下の一大事も知らず、二階で着替えをしていた。職場での一日は予想以上にうまくいったが、タイラーとの関係についてはまだ少し迷っている。彼は車を買う手助けをしてくれたし、わたしの評判を守るために二度も戦ってくれた。それでも、彼がどういうつもりなのかは確かめなければならない。

それ以上考えるには疲れすぎていた。アメリアはドレスを脱ぎ、白いスラックスと揃いの長袖《ながそで》のブラウスに手を伸ばした。着古したものだが、柔らかくて着心地がいい。ヒールの低いバックベルトのサンダルを探して、クローゼットの底を漁《あさ》っていると、階下からウィルヘミーナの声が聞こえてきた。

「アーメーリア！」

「今行くわ」

階段の下にタイラーがいるとは思ってもいなかった。彼は穴から出てくるねずみを待つ猫のようにこちらを見ていた。それを目にしたとたん、アメリアは階段を踏み外しそうになった。頭は混乱し、彼がどういうつもりなのかなどどうでもよくなった。

「アメリア」

優しくなだめるような声に導かれ、アメリアは彼に近づいた。クラブのときのように、彼の腕に飛び込みたかった。だが、ここはチューリップで、彼女はアメリアだった。彼女はただ笑顔で彼を見上げた。

「タイラーに夕食を食べていってもらいますよ」ウィルヘミーナが素っ気なく言った。

アメリアは口をぽかんと開けて振り返り、ウィルヘミーナを見つめた。市長に立候補するつもりだと言われても、これほどは驚かなかっただろう。

タイラーは白を上品に着こなした背の高い若い女性から目を離すことができなかった。彼女を抱き寄せ、あの困ったような表情の口元にキスをしたかった。「アメリアに異論がなければ」

ウィルヘミーナが鼻を鳴らす。「あるはずないでしょう。アメリア、食事の準備を手伝って。それまで、ローズマリーがお客様のお相手をするから」

彼とローズマリーが二人きりになることを考え、

アメリアはうろたえた。おばさんは何か変なことを言わないかしら？　おばさんのことだから、何があってもおかしくない。でもわたしの想像どおりなら、おばさんとタイラーの間には連帯関係のようなものができているらしい。だから、きっと大丈夫よ。

「わかったわ」アメリアは肩をすくめ、タイラーに微笑みかけた。ウィッティおばに逆らっても仕方がない。「ロージーおばさんはどこなの？」

「わからないけど、すぐに戻るでしょう。さっき出かけたようよ。たぶん散歩ね」

そう言って、ウィルヘミーナはタイラーを振り返ったが、どう接したものか急に自信がなくなった。

「じゃあ、あなた、テレビのつけ方はわかるわね？　夕食の用意ができたら声をかけますから」

「はい」タイラーはまるでアメリアのようにびくびくしていた。目の前の老女とどうつき合ったらいいかわからなかった。だが、彼女に気に入られるためならどんなことでもするつもりだった。

アメリアたちが部屋を出ていくと、彼はポケットに両手を突っ込み、にやりとした。これは一大事だ。タイラー〝ろくでなし〟サヴィジが百五十年続く旧家の応接間で、姪との交際を許してもらうため、老女の機嫌を取ろうとしているとは。今までの人生でこれほど人に気を遣ったことは一度もない。

彼は忠実にテレビをつけ、椅子に座った。今夜はきっと忘れられない夜になるだろう。

通りの向こうでは、エフィ・デッテンバーグも予期せぬ客を玄関に迎えていた。

「あら、ローズマリー、入って！　あなたが訪ねてくるなんて久しぶりだこと」

「ありがとう、エフィ。でも、ここでいいわ。遊びに来たわけじゃないから」

エフィは青ざめ、一転してかっとなった。頭の変な老婆にがたがた言われるなんてごめんだ。エフィは二人が三歳しか違わないことを完全に無視していた。わたしはなんにも悪いことはしていないわ。

「じゃあ、用件を言って」エフィは言った。「モーリスの夕食を用意しなくちゃいけないから。あの子、待たされるのが嫌いなのよ」

ローズマリーは百六十センチに満たない背を精いっぱい伸ばし、髪をなでつけ、淡いブルーのオーガンザ地のスカートのしわを伸ばした。

「あなたが余計なことをしたのはわかってるのよ」ローズマリーはとげとげしい口調で言った。めったに見せない態度に、エフィはしばし呆然《ぼうぜん》となった。

「なんのことかわからないわ」エフィはローズマリーの背後に目をやった。通りの向こうから、姉のほうが飛び出してくるのではないかと思ったのだ。

「ふうん。あなたは自分の口から出たこともわからないわけね。じゃあ、わたしの意見を言わせてもらうわ」ローズマリーは一歩踏み出し、かさかさの震える指をエフィの顔に突きつけた。「もしわたしが昔、川船のばくち打ちと家出した女だったら、他人のことをあれこれ噂したりしないでしょうね。でも、その女はわたしじゃない。ねえ、エフィ？」

エフィはドアをぴしゃりと閉めてしまおうかと考えた。だが、ローズマリーの表情を見る限り、そんなことをしてもなんにもならないだろう。エフィはぐっとつばをのんで、口を開こうとしたが、言葉にはならなかった。ローズマリーは続けた。

「聞いた話だと、お宅のお父様がナチェズの安宿であなたたち二人を見つけたとか。ただの噂話だとずっと思ってた。噂話っていやだわ、ねえ？」

エフィはうめいた。

ローズマリーは背筋を伸ばし、胸元に留めた時計を見やると、にっこり笑った。「じゃあ、そろそろ夕食の時間だから。今日はポットローストのはずよ。

わたしの大好物の。だから、遅れたくないの」階段を下りかけ、ふと足を止めて振り返る。「こういう話ができてよかったわ、ねえ？」

エフィは小柄な老女がよたよたと通りを渡るのを見送り、息を吸い込んだ。その息は歯の間から低い口笛のようにもれた。ハリケーンが通過したあとにまだ立っていられるだけ自分は幸運かもしれない。しばらくして、ここは憤慨すべきところなのだと気づいたエフィは、遅ればせながら荒々しくドアを閉め、キッチンへ向かった。

「忌々しいおしゃべりばあさんだわ。覚えているような年寄りがこの町に残っていたとはね」

エフィのたった一度の自由への挑戦は挫折《ざせつ》と不名誉を極めて終わった。彼女はその後の人生を費やし、ほかの人々の評判を落とすことで事件を葬り去ろうとしてきた。だが、どうやら彼女は新たなエネルギーのはけ口を見つけなければならないようだ。

8

ローズマリーは髪をなでつけたが、直すどころか乱してしまった。「エスコートつきで礼拝に行くなんてすごく久しぶり。とってもわくわくするわ」

アメリアが黙って大おばの髪を直すのを見て、タイラーは微笑《ほほえ》んだ。「こちらもうれしいです。美女三人と一緒に座るなんて普段はないことですから」

美女という言葉にウィルヘミーナは喜んだが、その取り澄ました表情を変えることはなかった。タイラーがアメリアの腕に手を添えるのを見て、ウィルヘミーナは非難がましく唇をすぼめた。タイラーに触れられ、姪《めい》の表情が明るくなる。そのとたん、奇妙な感情がウィルヘミーナの心をうずかせた。自分が違う選択をしていたら、どんな人生になっていただろうと、ふと思う。彼女はため息をもらした。

「確かにうちの席に男性が座るのはしばらくぶりね」

タイラーが空いたほうの手でローズマリーを支えると、老女はうれしそうにくすくす笑った。

ウィルヘミーナは妹の少女のようなはしゃぎぶりに眉を寄せた。「ローズマリー！　早く来なさい」

大おばたちが先に進み、アメリアとタイラーは数段後ろに残った。二人きりになったのがうれしくて、アメリアは何か言おうと彼を振り返ったが、その瞬間、キスに出迎えられ、頭の中は空っぽになった。

タイラーは自分を抑えきれなかった。アンバーがちらちらと見え隠れし、アメリアの清純な外見の下に隠れたものを思い出させるのだ。彼女の唇は温かく、開いていた。彼はそれに乗じ、中へ滑り込んだ。

アメリアはそのキスに浸りかけたところで、ここが礼拝客から丸見えの階段の上だと気づいた。彼女は残念そうに顔を赤らめて体を引き、周囲を見回してから、誰もいないことに安堵《あんど》のため息をついた。

タイラーは指先で彼女の豊かな唇をなぞり、体の線を目でたどった。隠すことで女性がどんなに魅力を増すかを初めて知った。アメリアがアンバーよりずっと魅力的だというのは不思議な発見だった。

「謝りはしないよ」タイラーは彼女の腕をつかみ、さっさと大おばたちのすぐ後ろへ引っ張っていった。

彼の座り位置に気づいた会衆はこそこそと話し始めた。タイラーは平然と会衆を振り返った。彼の〝黙るか、それともかかってくるか〟の表情は明快だった。タイラー・サヴィジは公然とアメリア・アン・ビーチャムとつき合っている。それを彼にとやかく言う度胸のある者などこの町にはいなかった。

最悪の時は過ぎたと、アメリアは感じていた。タイラーにすれば、まだほんの始まりだった。なんとかアメリアに、彼女そのものを愛しているのだとわからせなければならない。それが容易でないことは承知している。なにしろ、彼女はアンバーに対する俺《おれ》の愛の告白を聞いているのだ。慎重にならないと、ただのプレイボーイだと思われてしまう。

彼女が打ち明けてくれれば、ことは簡単なのだが。彼女には正面から向き合って認めてほしい。彼女を抱いたときに俺の体がどんなに硬くなるか知っていることを。俺が脈打つ首筋にキスするたび、必ず二回うめき声をもらすことを。俺が見つめただけで彼女の赤いサテンの下の乳首がいつも硬くなることを。

アメリアがいまだに存在を認めない彼女の一面を、俺は知っている。一方の女性とは愛し合う寸前までいって、もう一方とはやっとキスをしたばかりというのは奇妙だ。二人はまったく同一の人物なのに。

牧師が最初の歌を指示すると、エフィはいつにない力強さでオルガンを弾いた。ローズマリーは賛美歌集から目を上げた。エフィも思い知ったようね。熱意を宗教に向ける気になったのはいいことだわ。ローズマリーは満足げな笑みを浮かべた。

ウィルヘミーナのコーヒーケーキの最後のひと切れがタイラーの口の中へ消えた。彼は後ろにもたれ、満足げな笑顔で言った。「ミス・ウィルヘミーナ、あなたはすばらしい料理人だ。両親がフロリダに越して以来、こんなに食べたのは初めてですよ」

ウィルヘミーナは赤面しそうになった。「ありがとう、タイラー」男性を食事に招くと思うと不安だったが、実際はかつての経験ほどひどくはなかった。彼は礼儀正しくエスコート役を申し出てくれたのだから、それに応《こた》えるのが礼儀というものだ。

アメリアは微笑んだが、タイラーの表情に気づいて、笑みを凍りつかせた。今、彼が考えているのはまず食べ物のことではない。

体を愛撫《あいぶ》するような視線がアメリアの顔をじわじ

わとほてらせていく。それでも彼女は彼を見つめ返し、心を奪った男の探るような視線に身を任せた。

彼のまつげが震え、ゆっくり下がった。鼻孔が開いて、まぶたを閉じる。持ったナプキンにしわが寄り、手に力がこもるのがわかった。シャツの前が引きつれ、彼は深呼吸をした。再びまぶたを開けたとき、その瞳には炎が燃えていた。

アメリアはたじろぎ、震える手で水のグラスを置こうとして、皿にぶつけてしまった。彼女は顔を赤らめて揺れるグラスを押さえ、小声でわびた。

ローズマリーは笑いをこらえた。タイラーと姪が見交わす視線に気づき、何が起こっているか見抜いたのだ。男性が家にいるのもいいものだ。「まああ、アメリア、今日はいい天気よ。タイラーと新車でドライブでもしたら？　少し新鮮な空気を吸うといいわ。このところ頭痛に悩まされてるでしょう」

ウィルヘミーナは顔をしかめた。あまりいい考えとは思えない。だが、ためらっているうちに、タイラーが声をあげ、異論を挟みにくくなった。

「頭が痛いのか？」彼は心底心配していた。

アメリアは肩をすくめた。「少し」

「本の読みすぎですよ」ウィルヘミーナが言う。

ローズマリーが天を仰いだ。「何言ってるの。それがこの子の仕事よ。図書館で本の内容をきかれたら困るでしょう。嘘《うそ》でもつけと言うの？」

ウィルヘミーナは目をむいた。妹に怒りをかきたてられ、二人きりの外出を案じたことも忘れた。うっかりローズマリーの罠《わな》にはまったのだ。「この子に嘘をつけなんて言ったことは一度もないわ！」

アメリアはローズマリーの目の輝きに気づいた。策略家ね！　わざと怒らせて気をそらしたのだわ。

タイラーには何が起こったのかわからなかったが、ローズマリーの提案を利用しない手はなかった。

「アメリア、よかったらうちの農場を見に来ないか。

好天続きのおかげで作物もよく育っているんだ」

「それも楽しそうね」アメリアは椅子から飛び上がりたいのをこらえて言った。

　ウィルヘミーナの目が丸くなった。彼女が口を挟もうとしたとき、ローズマリーがわざとジャムの瓶をひっくり返した。スプーンが白いテーブルクロスに落ち、チェリージャムがべっとりとついた。

「ああ、ウィリー、どうしよう！　染みになる前に洗わないと。ここのお皿をどかすのを手伝って」

　ウィルヘミーナはさっと立ち上がり、皿をどかし始めた。ローズマリーはタイラーを振り返り、ウィンクをした。そのかわいらしさに、彼は思わず笑い出しそうになった。アメリアは即座に見抜いていたらしい。二人のロマンスには支援者がいることを。

「早く行きなさい」姉が皿の山とともにキッチンへ消えると、ローズマリーが急《せ》かした。「戻ってきたら、あなたがよろしくって言ってたと伝えておくわ。知らないほうが姉も傷つかないでしょう」

　アメリアはローズマリーに抱きつき、小さなしわだらけの頬に鼻をすり寄せた。「愛してるわ」

　ローズマリーは青い瞳を輝かせてささやき返した。

「それを言う相手が違うでしょう」

　アメリアは驚きに言葉を失った。タイラーを愛している？　本当にそうかしら？　彼女は呆然《ぼうぜん》とした状態でタイラーに導かれるまま外へ出た。

　タイラーはアメリアが車に乗り込むのに手を貸してから、ドアに引っかかった彼女のスカートをどかした。そのとき彼の手が偶然彼女のももに触れた。ひだのある布地の上からでも、彼女が律儀に隠しているほっそりした脚が感じられた。彼はアンバーの黒い網タイツ姿を思い出し、ごくりとつばをのんだ。彼女は唇を開き、静かに誘うように息をしている。彼は抵抗できずにかがみ込み、前庭で、それも、エフィの見ている前で彼女にキスをした。

セクシーな唇に侵略され、アメリアはうめき声をもらした。引きしまった唇が誘い、なだめ、誓った。彼がゆっくり体を引くと、彼女は身震いをした。

「準備はいいかい、ダーリン？」

アメリアはまばたきした。準備？　心の準備ならとっくに！「え、ええ！」頬がじわじわと赤らむ。「早く出かけないと、ウィッティおばさんが気づいて……わたしたちがまだここで、その……」

タイラーが笑った。「俺が今考えてることをおばさんが知れば、ここから出してもらえなくなるよ」

その正直さにアメリアは驚いた。車がタイラーの家の私道に入って停《と》まったとき、彼女は初めて、町を出て田舎道を数キロ進んできたことに気づいた。

「着いたよ」タイラーは言った。

「着いたのね」彼女は息を切らして言い、タイラーと目を合わせないようにしながら周囲を見回した。

長い間、二人は無言で座っていた。アメリアの顔に困惑の表情が浮かんでは消える。その様子と強張《こわば》った姿勢が彼の知りたいことをすべて語っていた。

彼女はびくびくしている。

まさにこちらの思うままだ。タイラーの全身の筋肉が痙攣《けいれん》した。彼女を抱いてベッドへ連れていき、二度とこの家から出したくない。だが、今俺にできるのは車を降りる彼女に手を貸すことぐらいだ。

鏡があればいいのに。アメリアはスカートや髪をいじくった。狼狽《ろうばい》を隠して襟をなでつけ、次にベルトを直し始めたとき、彼の手がそれを押さえた。

「アメリア……」

ため息とともに、彼女は目を上げた。

「俺を怖がらないでくれ。きみを傷つけるようなことは絶対しない。きみのためなら蛇とでも戦うよ」

彼が自分のために戦ってくれたことを思い出し、アメリアは緊張を解いて微笑んだ。わたしが知らないと思っているのね。「わかってるわ。でも、すごく変な感じ。ずっと同じ町に住んでいたのに、あなたはわたしに気づきもしなかった」頬を赤らめながらも続ける。「わたしはあなたを知っていた。ただ、あなたはわたしの存在も知らなかったでしょう」

タイラーが彼女を引き寄せ、二人の距離は相手の瞳に映る自分の瞳が見えるほど狭まった。

「過去の愚かさで俺を判断しないでくれ。残念ながら、男は女よりもずっと成長が遅いものなんだ。きみたち女が待つだけの忍耐と知恵を持っているのが幸いだよ」彼は人差し指でアメリアの顎をなぞった。「待っていてくれたきみには心から感謝するよ」

アメリアは彼の腕の中で震えた。「どういたしまして」彼のコロンの香りに、目の前に迫る唇に、彼女はくらくらした。さっきのキスの感触がよみがえってくる。ああ、でも、わたしが欲しいのはキスだけではない。彼といると気が変になりそうだわ。

タイラーは彼女の手をつかんだ。「行こう、このままここにいたら、まずいことになりそうだ」

アメリアは彼に従った。そのまずいことがあとで起こるのね……あとで必ず。彼女には確信があった。

二人が互いを見つめ、互いの話に耳を傾けて歩くうちに、午後は過ぎていった。農場のこと、家族のこと、土地に対する愛着をとうとうと語るタイラーに、アメリアは目をみはった。この人はハンサムな顔とセクシーな体だけではない。働き者で成功もしている。でも、今日彼の違う一面が見えた。自分の所有するものの話になると、彼は所有欲の強さをあらわにした。ああいう考え方に惹《ひ》かれる。

こんなに多くの責任を負っている男性にとって、女はどれほど重要なのかしら。さらに重荷を三つ背負わされたら、タイラーはどう思うだろう。わたしの場合、常に二人の大おばのことを考えなければならない。男性への愛のために、二人と二人の幸せを犠牲にはできない。たとえそれがタイラー・サヴィジのためでも。彼なら二人を愛し、受け入れてくれるはずだ。でないと、互いの関係はうまくいかない。

犬が頭を上げて鼻をひくつかせ、それから、前足に頭を預けて目を閉じた。アメリアはそのものうげな仕草に微笑んだ。知らぬ間に靴が脱げていて、冷たい風がつま先を刺激した。彼女は椅子の中で両足を縮めた。犬があくびをして、だらしなく仰向けに寝転がる。アメリアは微笑み、伸びをしてから眼鏡を外し、ぶらんこの椅子にゆったりともたれた。

タイラーはレモネードのグラスを両手に持ってキッチンの戸口に立ち、眠るアメリアを眺めた。グラスの水滴が指を伝い落ちる。彼女の呼吸とともに胸が上下し、彼は身震いをして、つばをのみ込んだ。

タイラーはグラスをテーブルに置き、静かにポーチへ出ると、力の抜けた手から眼鏡を取り上げ、手すりの上に置いた。そして、アメリアの隣に腰を下ろし、彼女の頭を膝にのせて髪を指ですいた。

彼女がため息をもらし、まぶたがぴくぴくと動く。タイラーはうろたえるほど強い感情に胸を締めつけられた。彼は巧みな手つきでピンを探り、一つずつ外した。しだいにアメリアの髪がほどけていった。

すべて外し終え、タイラーは彼女を見下ろし、ピンを握りしめた。ふいにアメリアが動き、彼はピンを放《ほう》り出して、彼女が落ちないように抱き留めた。

アメリアが困惑して彼を見上げる。タイラーは彼女を押し倒したい衝動に駆られた。その熱く激しい衝動を感じ取り、アメリアは息をするべきか叫ぶべきかわからなかった。タイラーは彼女を膝の上にのせ、胸に抱き寄せた。彼は日差しにぬくもった髪に鼻を埋《うず》め、かすかなシャンプーの香りをかぎ取った。

「抵抗しないでくれ」彼はささやき、彼女の体が緊張を解くのを感じて、安堵のため息をついた。

タイラーの両手が柔らかな腕をゆっくりなでる。アメリアがためらいがちに片腕を彼の首に巻きつけた。その拍子に、彼の手が彼女の乳房にかかった。

アメリアははっと息をのんだが、かえって彼の手に乳房を押しつける結果になり、タイラーを欲望に狂わせた。アメリアは体を近づけるべきか離すべきかわからず、彼の膝の上で身じろぎした。

柔らかなヒップに刺激され、彼のうずきは限界寸前に達した。「頼む、アメリア、動かないでくれ」

アメリアは凍りついた。自分がどこに座っているのか気づいたのだ。いくら世間知らずとはいえ、まるきり無知なわけではない。ヒップの下に感じるものは柔らかいどころか、ひどく座り心地が悪かった。

彼女の動きが止まると、タイラーは緊張を解いた。

その瞬間、アメリアは自分の姿が変わっていることに気づいた。首や背中に髪の重みを感じる。タイラーの顔がぼやけて見えるのは眼鏡がないからだ。

うろたえたアメリアは、ぱっと立ち上がり、ポーチの手すりにあった眼鏡を見つけてかけ直した。風になびく髪を押さえ、とがめるように彼を見る。

「髪が！　わたしの髪に何をしたの？」

タイラーは懸命ににやつきを抑えた。「ピンが二、三本落ちたから、ほかも外しておいたよ」

アメリアは不安になった。彼が気づいたら？　今日は二人の関係の始まりでなく、終わりになるの？

タイラーはため息をついた。彼女が動揺する理由はわかっている。罪悪感だ。さあ、打ち明けてくれ。今すぐ。だが、彼女が黙ったまま時が過ぎ、とうとう彼はかがみ込んでピンを拾い、彼女に手渡した。

「ほらどうぞ。廊下の先にバスルームがある。左側の最初のドアだ。ブラシや櫛《くし》は好きに使ってくれ」

アメリアはピンをつかみ、ドアへと走った。

「ああ、アメリア、話してくれさえすれば」

彼は両手に顔を埋め、体のうずきを無視しようとした。心のうずきはそれよりはるかに激しかった。

帰りのドライブは何事もなく過ぎた。二人は行きと同じ場所に座り、タイラーは彼女が息苦しくない程度に距離を置いた。アメリアは彼に寄り添って座ったが、個人的な話題は意図的に避けた。

私道に入ると、タイラーはさっと車を降りて、助手席側に回った。二人の大おばはポーチにいて、レモネードのピッチャーをのせたテーブルを挟んで、揃《そろ》いの枝編み細工の椅子に座っていた。

タイラーは車を降りる彼女に黙って手を貸した。自分の態度が理不尽だったことはアメリアもわかっていたが、ここで気持ちを説明するのは無理そうだった。彼女は彼の腕をなで、微笑んだ。「あなたと出かけられて楽しかった。農園を回ったり……」

「俺としては、きみの寝姿がいちばん楽しめたよ」

アメリアは顔を赤らめた。「ついうっかり」

「ねえ！」

二人は家の方を向いた。

「呼ばれてるようだよ」タイラーが言った。ローズマリーが椅子から手を振っている。「おわびを言ってから帰るよ。まだ夕方の仕事が残っているんだ」

タイラーはポーチに近づくと、ローズマリーの目の輝きに微笑み、ウィルヘミーナの冷たい叱責《しっせき》の視線には気づかないふりをした。

「遅かったのね」ウィルヘミーナが責めた。

「はい。とても広い農場なので」

彼の返事に、ウィルヘミーナはやや機嫌を直した。本当のことに対して文句を言うこともない。

「見て！」ローズマリーがささやく。「エフィ・デッテンバーグが窓からこっちを見ているわよ」

タイラーは振り返った。カーテンの端に暗い人影が見える。彼の目が険しくなった。あの女が噂《うわさ》を広めたことはわかっている。彼は両手をポケットに突っ込んでねめつけた。相手が女でさえなければ。

ふと、ある考えが頭に浮かんだ。タイラーはアメリアのふいを突いて、振り返りざまに彼女の肩をつかんだ。この前庭で、大おばとエフィの見ている前で、彼は平然とアメリアにさよならのキスをした。

　彼が手を離しても、アメリアは驚きのあまり、微笑むことしかできなかった。

「さよなら、アメリア。またすばらしいご馳走《ちそう》をありがとうございました、ミス・ウィルヘミーナ。楽しかったですよ、ミス・ローズマリー」

　ローズマリーは微笑むと、エフィの家に向かって手を振った。家の主《あるじ》が見ていることは承知の上だ。

　ウィルヘミーナは彼の賛辞にうなずいて応えたものの、その振る舞いには困惑していた。厚かましい男だけど、大胆さは少し買えるわね。少なくとも、紳士らしく意思をはっきり告げたし、人前で堂々とキスをして、アメリアに対する気持ちを示したわ。ウィルヘミーナは鼻を鳴らした。男はあまり好きではないけど、姪に近づけるとしたら、タイラー・サヴィジがいちばんましかもしれない。賢明な結論に満足し、ウィルヘミーナは威圧するような視線を通りの向こうに向けた。そして、カーテンがさっと引かれるのを見て、こみ上げる喜びを感じた。

　アメリアの顔は輝き、鼓動は完全に乱れていた。今日の午後ですっかり彼に恋に落ちてしまった。どんな力でもわたしを彼から離すことはできない。彼はエフィに思い知らせてくれた。非難を受けるのを覚悟で、大おばたちの前で堂々とキスをした。

　タイラーはわたしにはっきりと意思を示したのよ。それにどう応えるかはわたししだいだわ。

　アメリアは彼の後ろ姿を見つめた。このまま行かせてはだめ……ひとことも言わずには。

「タイラー！」

　彼は足を止めて振り返り、じっと待った。

「今日は楽しかったわ」

　彼の顔にゆっくりと笑みが浮かぶ。その笑顔が、アメリアを落ち着かない気持ちにさせた。

「それを言うのはこっちだよ。百パーセントね」

いいえ、わたしも同じくらい楽しんだわ。彼の車が去り、アメリアは思った。体をはう彼の両手を、唇に押しつけられた彼の唇を思い出し、体が震える。わたしのほうがずっと楽しんだのかもしれない。


アメリアが食料品店の駐車場に入ると、レイリーン・ストリンガーが大きな袋を二つ抱え、指にかけたポテトの袋を落としそうになっていた。レイリーンのぼろ車はどこにも見当たらなかった。

アメリアは車から飛び出し、ポテトの袋をすんでのところでつかんだ。「買いすぎじゃないの」

レイリーンがにやりとする。「勇気あるじゃない、あたしに話しかけるなんて。あんたの評判、聞いてるわよ。あたしも顔負けだわね」

アメリアはにらむふりをした。「その口を閉じて車に乗ったら、送っていくわ。車はどうしたの？」


アメリアと一緒に車に荷物を乗せ、助手席に乗り込むと、レイリーンはため息をつき、額の汗を拭《ぬぐ》った。「ふう、乗せてくれてありがとう。うちのは修理に出してるの。今晩には使えるはずだけど」

「こっちこそいつも乗せてもらって。感謝してるの。あなたの友情に、誠実さに……それから……」

二人の関係が醜聞を招いたにもかかわらず、アメリアが友達と思ってくれることが急に気恥ずかしくなり、レイリーンは言った。「ねえ、やめてよ。あたし、たいしたことしてないんだから」

「とんでもないわ。あなたは秘密を守ってくれて、変わらず友達でいてくれた。独善的でご立派な町のお偉方がしてくれたことよりずっとすばらしいわ」

アメリアの苦悩は一目瞭然《りょうぜん》だった。レイリーンは運転席をちらりと見た。「大変だったわね？」

アメリアは目をぐるりと回した。「シャーマン将軍がジョージアに進軍してきたの？」

レイリーンはにやりとした。「少なくともユーモアのセンスはなくしてないわね。聞いたところじゃ、タイラーともうまくいってるらしいじゃない」レイリーンはくすくす笑った。車はアパートメントの前に停まった。「彼、話を聞いて、どんな反応した？」

ハンドルを握るアメリアの顔に、後ろめたそうな表情が広がった。「彼には話していないの」レイリーンが信じられないといった声をあげ、アメリアはあわてて続けた。「でも、話すつもりよ。うまく話題を持っていけたら、すぐに話すわ……必ず」

レイリーンは友人を見つめた。アメリア・ビーチャムはとんでもない世間知らずだ。タイラーが気づいていないと思うなんて。彼は両方の女を抱いたはずなのに。男に慣れたあたしに言わせれば、彼は間違いなくアンバーとアメリアにキスをしているわ。

レイリーンは低く鼻を鳴らし、笑いを押し殺した。彼は知っているはずだ。アメリアだけが思い違いをしている。レイリーンは肩をすくめた。でも余計な口出しはしないことにしよう。彼女は車を降りた。

「ほんとにありがとう」玄関の階段まで荷物を運ぶのを手伝うアメリアに、レイリーンは言った。

アメリアが足を止めた。「友達に恩返ししただけ」

レイリーンは友人を見つめた。本当なのね！　あたしに生まれて初めて友達ができた。批判するのではなく、黙って受け入れてくれる友達が。厚くマスカラを塗ったまつげが涙で濡《ぬ》れた。彼女はそれをまばたきで振り払い、バッグから鍵《かぎ》を出した。

「まあ、そうかもね。乗せてくれてありがとう」

「いつでもどうぞ」アメリアは静かに言った。「いつどんなときでも」

車を見送ったあと、レイリーンはアメリアの言葉を噛《か》みしめた。困ったときに頼る相手がいると思うとうれしかった。決してそれに甘えるつもりはない。ただアメリアがいてくれると思うだけで満足だった。

9

強風に煽《あお》られた雨粒が夜の闇《やみ》を切り裂き、銃弾のように窓をたたく。ふいに始まった雨音に驚き、アメリアはベッドから体を起こした。木の枝が屋根の端にぶつかった。明日は庭に屋根板が散乱しているだろう。痛い出費だが、修理が必要だった。

雷鳴がとどろき、上空を駆け抜ける嵐《あらし》が窓ガラスを揺らした。階下でぱんと鋭い音がした。

「大変、窓までやられたの！」

アメリアはベッド脇《わき》の照明に手を伸ばし、眉を寄せた。停電だわ！　彼女はスリッパをつっかけ、廊下に備えた懐中電灯を握ると階下へ向かった。

懐中電灯の細い光はあまり頼りにならなかった。階段の途中まで来たとき、どさっという大きな音がした。続いて苦しげな低いうめき声が聞こえてきた。

「ウィッティおばさん！　ロージーおばさん！」

彼女は階段を駆け戻った。ローズマリーの部屋へ飛び込んだとき老女はおびえと戸惑いの表情でベッドに座っていた。アメリアは安堵《あんど》のため息をついた。

「ロージーおばさん……どこもけがはない？」

大おばの顎が震えた。「ウィリーがベッドから落ちたみたい」そう言い、ベッドをはい出ようとする。

「動かないで」アメリアは言った。「停電で明かりがつかないの。おばさんまで落ちたら大変だわ。じっとしてて。お願い！　すぐに戻ってくるから」

アメリアは懐中電灯で足元を照らしつつ廊下を横切った。弱い光でも、ウィルヘミーナが床に倒れていることはわかった。ベッドの端から下がったシーツが足首に絡まり、額から一筋の血が垂れていた。

アメリアは老女のそばにひざまずき、脈を確かめた。あった！　弱々しいけど、安定しているわ。

「ウィッティおばさん……お願いだから何か言って」

「アメリア？」

その声は力なく、震えていた。いつものウィルへミーナとは別人のようだった。

「わたしはここよ、ウィッティおばさん。動いちゃだめ。いま助けを呼んでくるから」

そのとき、ローズマリーの声がした。「ウィリーはけがをしてるの？　わたしもそっちに行くわ」

「いいえ、来ないで」アメリアは叫んだ。「わたしが行くまで待ってて」あわてて廊下へ戻ると、ローズマリーは戸口から出ようとしているところだった。

「こっちよ」懐中電灯で大おばを導く。「わたしが助けを呼ぶ間、ウィッティおばさんのそばにいてあげて。おばさん、転んで頭にけがをしているの」

「そんな！」ローズマリーは泣きそうになった。

「ロージーおばさん！」アメリアの声は大きく鋭かった。普段とは違う口調に、ローズマリーは自分が泣きかけていたことも忘れた。「しっかりして。おばさんが頼りなんだから」

ローズマリーははなをすすりながらも、なんとか現実を受け止め、姪《めい》に続いて廊下を横切った。寝室に入り、アメリアはベッドの枕《まくら》を床に置いて、そこにローズマリーを座らせてからタオルを手渡した。

「これを傷口に当てて。救急車を呼んでくるから」

アメリアが廊下へ消えると、ローズマリーは言われたとおりにした。ウィルへミーナに頼れないのは生まれて初めてだった。だが、階段を下りる姪の足音を聞くうち、安堵のため息がもれた。アメリアがなんとかしてくれる。あれはよくできた子だから。

ウィルへミーナがかすかに動いた。「ローズマリー……あなたなの？」

傷口にタオルを当てながら、ローズマリーは自分の手に触れてくるやせた手を握り返した。

「ええ、ウィリー、わたしよ。じっとしててね。今、アメリアが助けを呼びに行ったから。大丈夫よ」

アメリアは勘を頼りに暗い部屋を抜け、電話へ駆け寄った。懐中電灯で手元を照らし、受話器を耳に当てる。だめだわ、電話も不通になっている！

電気もだめ。電話もだめ。どうすればいいの？

「なんとかしなくちゃ。なんとか」彼女は動揺と闘った。こうなったら走るしかない。

彼女はつまずきながらも二階へ駆け戻った。寝室に戻ると、ローズマリーは平静を取り戻していた。

「ウィリーは話ができるわ。血も止まったみたい。ただ足首が痛いって。救急車はいつ到着するの？」

アメリアは深呼吸をして、動揺を押し隠した。

「電話が不通なの。これから車でダウンタウンの警察署に行くわ。あそこなら助けが呼べるはずよ」

ウィルヘミーナがあわてて姪に向かって手を伸ばした。「いけません、アメリア！　外は嵐なのよ。事故でも起こしたらどうするの」

「大丈夫。とにかくおばさんはじっとしてて」

「ウィリーにはわたしがついてるわ」ローズマリーが即座に言った。「二人でおとなしく待ってるから。あなたならちゃんとやってくれるはずだもの」

「二人とも、愛してるわ」大おばたちの薄い頬に素早くキスをし、アメリアは寝室を出た。

アンバーを演じてきたおかげで、暗闇で着替えることには慣れていた。彼女は寝間着を脱ぎ捨て、ジョギングウェアを着た。床に放《ほう》ったスニーカーに足を突っ込み、震える手でひもを結ぶ。そして、懐中電灯を手に階段を三段ずつ下り、玄関に突進した。

外に出たとたん、車は無理だとわかった。稲光に照らされた私道は倒木でふさがれていた。だが、彼女はためらわず、嵐の中へ飛び出し、走り始めた。

雷鳴がとどろいた。タイラーは寝返りを打ち、べッドから体を起こした。ふいに目覚めた理由がわからず、暗い室内を見回す。全力疾走のあとのように動悸《どうき》が激しく、肌寒いほどなのに背中も胸も汗で濡《ぬ》れていた。彼はとっさに受話器をつかみ、アメリアの番号をダイヤルした。だが、途中で受話器をたたきつけた。発信音が聞こえない。電話が不通なのだ。

彼は照明のスイッチに手を伸ばし、小声で悪態をついた。照明がつかない。彼はベッドの端に腰かけ、胸を騒がす不安を振り払おうとした。

「何かあったんだ。そうとしか思えない」

タイラーは立ち上がり、窓に近づいた。雨に打たれた窓越しに嵐を眺める。ピーナッツにとっては恵みの雨だ。それでも不安はおさまらなかった。嵐で電話が不通になるのは珍しくない。なぜそんなにうろたえる？　こんな真夜中に誰に電話しようっていうんだ。彼は震える手で髪をかき上げ、動揺を鎮めようとした。だいたい、どういうつもりでアメリアに電話しようとしたんだ？　真夜中に電話が鳴れば、彼女の大おばたちが死ぬほど怖がるだろうに。

「くそっ」彼はジーンズをはき、キッチンへ向かった。何か飲めば気持ちが落ち着くかもしれない。

停電なのでコーヒーは作れない。結局、冷蔵庫から冷えたコーラを出してふたを開けてひと口飲むと、外へ出てポーチの下に立ち、雨を眺めた。

強風は鎮まり、土砂降りの雨だけが続いていた。雨に洗われた大地はさわやかな土のにおいがする。遠く南の方から雷鳴が聞こえた。嵐は過ぎ去ったが、彼を目覚めさせた胸騒ぎはまだ消えていなかった。

タイラーはポーチの柱にもたれ、コーラを飲み干した。ばかなまねなのはわかっている。だが、恋する男はばかなまねをするものだ。

彼は着替えるために家の中へ戻った。心の平穏を取り戻すには、一人の女性に会う必要があるのだ。

「ウィリーは大丈夫なのかしら？」ローズマリーがまた同じ質問を繰り返した。

アメリアは大おばの小さな肩を抱いて、涙をこらえた。ウィルヘミーナが救急処置室に運び込まれてから、もう数時間も待ったような気がする。

「大丈夫に決まってるわ、ロージーおばさん。レントゲン撮影とかの検査に時間がかかってるだけよ」

ローズマリーもわかってはいたが、姉の顔を見て、あの命令口調を聞くまでは不安でたまらなかった。

「タイラーには連絡した？」ローズマリーはきいた。

アメリアは首を横に振った。「電話がまだ復旧していないみたい。何度かけてもつながらないの」

「わたしたちの居場所を知らせておかなくていいのかしら」ローズマリーは気を揉《も》んだ。

アメリアは笑顔を作った。「平気よ。彼はこのことを知らないんだし、心配する責任もないもの」

ローズマリーはあきれ顔で姪を見た。「何を言うの。タイラーはあなたを愛してるのよ。わたしたちの身に何かあれば、当然そのことを知りたいはずだわ。それがお互いを大切にするってことでしょう」

アメリアは涙目になりながら微笑《ほほえ》んだ。なんて純真な生き方なのかしら。でも、わたしには恋人に捨てられた経験がある。あの人はわたしが背負った責任を知って逃げ出したわ。タイラーとの関係は始まったばかりで、まだお互いの気持ちを確かめ合っていない。愛の存在を感じてはいても、まだその言葉を口にさえしていない。それに、わたしが抱える責任を彼が引き受けたがらない可能性だってあるのだ。

そのとき、アメリアは何かの気配で視線を上げた。タイラー！　タイラーが廊下を駆けてくる。その表情を見て、アメリアは彼の腕の中に飛び込んだ。

「どうしてわかったの？」彼女は泣き声になった。

タイラーは彼女に両腕を回し、身震いした。「何がなんだかわからない。とにかく汗まみれで目が覚めて、気がついたら走り出していたんだ」

アメリアは驚いて体を引いた。「どういうこと？」

「どうでもいいことさ」彼は両手で彼女の顔を包んだ。腕の中にアメリアがいる。彼女は無事だった！

「ほらね。わたしが言ったとおりでしょう」

タイラーは振り返った。ローズマリーは精いっぱい気を張っていたが、かなり疲れた様子だった。

「ローズマリー」彼は手をさし伸べた。ローズマリーは何年もそうしてきたかのような自然さで彼の腕の中におさまった。二人の女は頼もしいタイラーの存在に守られ、しばしその場に立ちつくした。「ウィルヘミーナの具合は？」

アメリアはすすり泣きを抑えた。「わからない。かなり時間がたつのに誰も何も教えてくれないの」

タイラーは彼女の額に素早くキスをした。「すぐ戻る」彼は険しい表情で看護師室へ向かった。

ローズマリーが視線を上げ、笑顔を作ろうとした。

「タイラーに任せておけば間違いないわね？」

アメリアはため息をついた。「そうね、ロージーおばさん。きっとそうね」でも、人のできることには限りがある。ウィッティおばさんに万が一のことがあったら……。考えるだけでも耐えられないわ。

ほどなく、タイラーがいい知らせを持ってきた。

「軽い脳しんとうを起こしてて、足首をひねってるが、どこも折れてはいないそうだ」

「よかった」アメリアは小声で言い、待合室のソファーで眠るローズマリーを指し示した。

アメリアを気遣い、タイラーは続きを話すのをためらった。ぎらついた瞳。引き結んだ唇。どう見ても彼女は限界だ。だが言うべきことは言うしかない。

「ひと晩は入院らしいが、ウィルヘミーナが納得しなくて。きみがなだめたほうがいいと思うんだ」

アメリアは赤ん坊のように眠るローズマリーを振り返った。「ロージーおばさんについていてもらえる？　長くはかからないわ。すぐに……」

タイラーは彼女の両肩をつかんだ。「何を言ってるんだ！　もちろん、ここにいるさ。俺《おれ》が眠ってる彼女をほったらかして帰るとでも思うのか？」

アメリアは彼の肩の向こうを見据え、涙をこらえた。認めたくはなかったが、本当は恐れていたのだ。今度のことで、彼が愛想を尽かすのではないかと。

「きみが俺にとってどんなに大切な存在か、きみにはわからないのか？」

アメリアは肩をすくめた。

タイラーは優しく彼女を揺さぶった。「今度の件が片づいたら、アメリア・アン、二人でちゃんと話し合うべきだと思う。でもとりあえずはウィッティおばさんをなだめてきてくれ。俺は待ってるから」

アメリアにはなによりもうれしい言葉だった。彼は待っていてくれる！　彼女はタイラーの首に抱きつき、音をたててキスをすると待合室を飛び出した。

タイラーはソファーのローズマリーの足元に腰かけ、にやつきをこらえた。大変な事態になってしまったが、アメリアへの思いはなんとか報われそうだ。

三人を乗せた車が私道に入ったのは午前四時近かった。アメリアは動揺に青ざめた顔で座り、ローズマリーは座席で眠っていた。タイラーは身を乗り出し、アメリアの唇の端に優しくキスをした。

「車だとここまでだが、あとは配送サービスといくよ」彼は小柄な老女をそっと抱え上げた。「ドアを開けてくれ、ダーリン。二階まで運ぶから。グローブボックスに懐中電灯がある。足元に気をつけて」

八十代の体に今夜の騒ぎはかなりこたえたのか、ローズマリーは眠ったままだった。

家の中に入り、アメリアは安堵のため息をついた。少なくとも電気は復旧している。彼女は大おばを抱えたタイラーの先に立って、階段を上った。

部屋に入ったところで、ローズマリーは目を覚ました。どうやって戻ったのかわからないが、家に戻れたのはうれしかった。ただ、なにより気になるのは姉の具合だった。「ウィリーは大丈夫なの？」姪に寝かしつけられながら、ローズマリーはきいた。

「ええ。さあ、寝間着に着替えましょう。今日はたっぷり眠ったほうがいいわ。わたしも仕事を休むから。こんなときこそ休養しないと」

タイラーはしっかりした様子のアメリアを戸口から眺めていた。だが、照明を消し、廊下へ出てドアを閉めたとたん、彼女は彼の腕の中に倒れ込んだ。

タイラーは彼女をきつく抱きしめ、濡れたスウェットシャツの中で震える体を両腕でさすった。「こんなに体が冷えて。髪も濡れてるじゃないか。きみも温かい風呂に入って、眠らないとだめだよ」

アメリアは前かがみになり、彼の腰に両腕を巻きつけた。疲れて頭が働かなかった。「その前にやることがあるの。一階の窓が壊れてて、あれを……」

「いいから風呂に入れ」タイラーはぶっきらぼうに命令した。「俺がガラスを片づけて、何かで窓をふさいでおく。明日、二人で修理しよう。夜が明けないうちは気を揉んでも仕方ないだろう？」

二人で修理しよう？　世界一すてきな言葉だわ。男性の口からこんな言葉を聞くなんて思いもしなかった。今のわたしには頼れる人がそばにいるのね。

彼女の唇がわななき、その様子がタイラーの血圧を一気に押し上げた。

「スイートハート」彼はアメリアの顎を持ち上げた。唇と唇が触れ合い、心と心が触れ合った。だが、それだけでは足りなかった。彼の腕に力が加わる。

アメリアにはわかった。この人はわたしのすべてを求めている。わたしはそのすべてを彼にあげたい。でも、今夜はタイミングが悪い。

先に体を引いたのはタイラーだった。まるで拷問だ。彼女を自分のものにしたくて全身がうずく。毎晩彼女を抱いて眠り、毎朝彼女のそばで目覚めたい。死ぬまでずっと。彼女と生涯をともにできるなら、どんな我慢もする。いくらでも待つ。「風呂に入れよ。本当なら一緒に入りたいところだが」

頬を赤らめる余裕もないほど疲れていたアメリアは、よろよろと彼の言葉に従った。重い気持ちで服を脱ぎ、シャワーの下に立った。大おばの一人は病院にいて、もう一人は寝室で眠っている。だからといって、わたしが嘘《うそ》をついている限り、タイラーと愛し合うことはできないのだ。タイラーが惹《ひ》かれたアンバーがわたしだということをなんとかして打ち明けなくては。彼は一人の女にふられて、別の女を口説き始めた。それが両方ともわたしだと知ったら、彼はどんな気持ちがするかしら？　アメリアはシャワーに顔を向け、涙を湯で洗い流した。早く打ち明けないと、わたしたちは運命に負けてしまうかもしれない。もしタイラーにどちらの女もいらないと言われても、アメリアとアンバーが愛したただ一人の男を失うことになっても、それは仕方のないことだ。

「片づけは終わった？」

タイラーは振り返った。階段に夢から現れたような女性が立っていた。下ろした髪が豊かな栗色《くりいろ》の雲のように彼女の顔を縁取り、背中へと流れている。彼を見つめる美しい青緑色の瞳には、彼には答えられない――答えようのない問いかけがあった。長い寝間着の裾《すそ》からのぞく足は何もはいていなかった。彼女は柔らかな白い布地で首からくるぶしまで覆われていたが、光沢のある赤いスパンデックスを着たアンバー以上にセクシーだった。

タイラーはほうきとちりとりを放り出し、彼女に歩み寄った。一段上に立っていたアメリアは、近づいてきた彼に両腕を回し、頬と頬を合わせた。

「今夜のことはお礼の言いようもないくらいよ」

タイラーは体を押し返してくる弾力のある乳房を感じた。彼はゆったりとした寝間着に包まれた腰に両手を当て、自分の腕の中へと彼女を引き寄せた。

彼はうなった。「お返しをする方法はいくつも考えられるが、今夜はどれも無理だな」

アメリアはため息をついた。彼の言うとおりだ。でもわたしが聞きたかったのはそんな言葉ではない。

「おいで、スイートハート。きみももうやすんだほうがいい。俺が寝かしつけてあげるよ。戸締まりは帰るときにするから。いいだろう？」

アメリアはうなずいた。タイラーの言うことなら、どんなことでも素直に受け入れることができた。

タイラーはいきなり彼女を抱き上げた。アメリアと小柄な大おばでは倍近くも背丈が違ったが、タイラーは軽々と階段を上っていった。

彼女の寝室のドアは開いていた。タイラーは戸口で足を止め、空っぽのベッドを見つめた。「いや、やっぱり、これはまずかったな」

アメリアは疲れ果て、彼の言葉もほとんど耳に入らない状態だった。だが、ベッドに横たえられると、彼女は視線を上げた。タイラーを見つめ……待った。

タイラーは考え込むように目を細めた。求めれば、アメリアは拒まないだろう。だが、求められなかった。求めるわけにはいかなかった。

迷いを抱えたまま、彼は上掛けを引っ張り上げ、アメリアの全身を覆った。

アメリアは寝返りを打ち、ゆっくりと息を吐いた。心地よさと疲労感に誘われ、まぶたが重くなる。

「アメリア……」

タイラーの口調が彼女を眠りの縁から引き戻した。

〝何？〟と言おうとしたとき、彼の言葉が続いた。

「愛してる。ゆっくりおやすみ」

アメリアは彼の後ろ姿を見つめた。ゆっくりおやすみ？　愛していると言われた直後に眠れるわけがないでしょう？　男ってなんてばかなのかしら。
「タイラー」
タイラーが振り返った。「なんだ？」
「そんなことを言われたあとに眠れると思う？」
タイラーの心臓の鼓動が乱れた。
「どういう意味だ？」
「どれくらい静かにわたしと愛し合える？」
「静かに？」
タイラーの表情には驚きと欲望が入りまじってい
た。アメリアは笑いを押し殺した。
「ええ……叫び声とかうめき声を我慢できる？」
タイラーはぐっとつばをのみ込んだ。自信はない
が、挑戦してみたい。彼は廊下の向かいの閉じたド
アを見やった。俺たちが考えていることを知ったら、
ローズマリーは腰を抜かすのではないだろうか。
「我慢できるよ」彼はささやいた。
アメリアはためらった。それから、上掛けをめく
り、自分の横の枕を軽くたたいた。
「本当にいいんだな？」タイラーは念を押した。
アメリアはため息をついた。「今のわたしにわか
るのは、あなたを帰したら後悔するってことよ」
タイラーは唇の端に小さな笑みを浮かべ、ドアを
閉めてロックした。
「まあ……女性を後悔させるのは主義に反するし。
じゃあ、少しずれて俺の場所を作ってくれ」
タイラーはブーツを脱ぎ、ベルトのバックルに手
をかけた。彼が振り返ったとき、アメリアの寝間着
はベッドの下に落ちていた。何か言おうとあせる彼
の唇に指を当てて黙らせ、彼女は明かりを消した。
タイラーは動悸を抑えることができなかった。ベ
ッドに滑り込み、アメリアに両腕を回すと、柔らか
な肌と華奢《きゃしゃ》な体の感触にうっとりした。彼は耳たぶ
の下に鼻を押しつけ、頬に唇を寄せてささやいた。
「目を閉じて、ダーリン。ただ愛を感じるんだ」

アメリアは言われたとおりにした。

タイラーの唇がそっと肌に触れた瞬間、アメリアは我を忘れた。体を圧迫する男の体の重み。秘密の場所を探る指の確かな動き。本で読んだロマンスとは比べものにならない。息をのむ音や小さなため息を除けば、室内は静まり返っていた。壁の外の嵐は過ぎ去ったが、中の嵐は始まったばかりだ。

タイラーは正気が続く限り我慢した。ようやく彼女のぬくもりに体を沈めたときは、思わず声が出そうになった。そして、彼は動き始めた。愛《いと》しい女性の体を貫き、彼女に導かれて楽園へと向かった。

夜明け前、アメリアはタイラーがベッドから抜け出し、服を着る気配を感じた。そのあと、額に彼の唇を感じて彼女は微笑んだ。ドアが開き、閉じる。充足感に包まれて、彼女は上掛けを顎まで引き寄せた。そして午前十時近く、部屋へ入ってきたローズマリーにたたき起こされることになった。

10

「どういうこと……男の人たちが来てるって？」アメリアは寝間着を頭から被《かぶ》った。幸い、ローズマリーは姪《めい》が裸で寝ていたことに気づいていなかった。

「あら、それは心配ないわ。タイラーがキッチンにいるの。彼が全部やってくれるから。朝食を作ってあげたんだけど、もう食べてきたんですって」ローズマリーは笑顔で説明した。

「おばさんが料理を？」

ローズマリーはうなずき、それから眉を寄せた。

「ウィリーみたいにはいかなかったけど。料理は昔からだめなの。塩や砂糖を入れ忘れたり、入れすぎたり。何杯入れたかわからなくなっちゃうのよね」

アメリアは火事にならなかったことに感謝した。前にこの大おばが料理に挑戦したときは、鍋《なべ》つかみが煙と消えたのだ。彼女は動揺を隠し、大おばの小さな体を抱きしめた。「でも、おばさんには違う才能があるわ。おばさんは花を育てる名人だもの」

ローズマリーの顔が輝く。「そう！　そうよね！」髪を整え、緑色のシルクシフォンでできた服の襟を直すと、彼女はドアへ向かって歩き出した。

この服はおばさんのお気に入りだわ。それにこの澄ました歩き方。「けさはずいぶんおめかしね」

「そうよ。お客様がいらしてるんだもの」

その言葉でアメリアははっとなった。ぐずぐずしている場合ではない。洗顔をすませ、あわてて眼鏡をかけると、彼女はパンツとブラウスを探してクローゼットをかき回した。そして数分後、息を切らしてキッチンに駆け込んだとたん、足が止まった。シンクの前に立っていた男性が振り返り、微笑《ほほえ》んだ。

「タイラー、玄関にチェーンソーを持った男の人がいるんだけど」

タイラーは彼女を抱きしめ、素早くキスをした。

「おはよう、ダーリン。彼はうちの隣人だ。私道から木をどけたら、その木はやるぞと持ちかけた。それならきみは金を払わなくてすむし、デイヴィッドは薪《まき》を調達できるだろう。まずかったかな？」

アメリアはうろたえた。そんな騒動になっているというのに、自分は眠っていて、彼をわずらわせていたのだ。彼女はタイラーの腕から逃れた。「まずいだなんて。本当に感謝してるわ。でも……あなたに面倒を押しつけたみたいで」

タイラーは彼女を揺さぶりたい衝動に駆られた。ゆうべのけさだというのに、アメリアはまだ俺《おれ》たちの間に壁を築こうとしている。彼は眉をひそめた。

「やめてくれよ、アメリア・アン。そうやって遠慮されることのほうがいやだよ。見返りなんて期待してないのに」タイラーはにやりとした。「今回はね」

一瞬、アメリアは彼の言葉の意味が理解できなかった。理解できたとたん、頬がピンク色に染まった。

「いいんだ、ハニー。一緒に連中の仕事ぶりを見に行かないか？　デイヴィッドは倒木をどかしてるし、金物屋が壊れた窓を取り替えてる。屋根では保険の査定人が被害程度を調べてるんだ」

アメリアはついていった。彼が全部やってくれて、ほかにすることもない。いえ、あるわ。「待って！　病院に電話しておばさんの様子を確かめたいの」

「じゃあ、先に行くよ。終わったら来てくれ」

アメリアは電話をかけ、つながるのをいらいらしながら待った。彼と愛し合ったあと、のんきに眠り込んでしまうなんてあきれるわ。ゆうべの記憶がよみがえり、彼女は落ち着かない気分になった。彼はわたしを愛していると言ってくれたのに、わたしは同じことが言えなかった。彼に隠し事をしているから。ああ、どうしてこんな厄介なことになってしまったの？　呼び出し音を数えつつ、彼女は下唇を噛《か》んで懸命に涙をこらえた。ひどく疲れ、憂鬱《ゆううつ》な気分だった。今はただベッドに戻りたい。彼と一緒に。

ようやく無愛想でしっかりした声が耳に飛び込んできた。アメリアはほっと胸をなで下ろした。

口調からして、ウィルヘミーナは会話を楽しむ気分ではなさそうだった。

「ウィッティおばさん？　おばさんなの？」

「当たり前です！」ウィルヘミーナはぴしゃりと言った。「わたしの病室の電話なんだから。それより、なんであなたはここにいないの？」

アメリアはため息をつき、微笑をもらした。いつものウィッティおばさんだわ！「さっき起きたばかりなの」アメリアが答えると大おばは文句を並べたて始めた。「ウィッティおばさん……ウィッティおばさん、お願いだから一分だけ話を聞いて。なるべく早くそっちに行くわ。でも、車が動かせないうちは仕方ないでしょう？　倒れた木でまだ私道がふさがっているの。保険の査定人も来てるし、窓も修理中なのよ。こっちが終わりしだい病院へ行くわ」

姪の理屈はもっともだとウィルヘミーナもわかっている。ただ、不慣れな場所で見知らぬ人間たちに体をつつき回されることには我慢ならなかった。

「まあ、そういうことなら」彼女はぼそっと言った。「ローズマリーはどうしてる？　あの人ときたら、わたしがいないと何一つ決められないんだから」

アメリアはためらったが、ウィルヘミーナ・ビーチャムに隠し事が通用しないことはわかっていた。

「ロージーおばさんは料理をしたわ」

ウィルヘミーナは息をのんだ。「なんですって！　あの人を一人で置いてこないでちょうだい。さもないと、わたしたちの帰る家がなくなってしまうわ」

「わかったわ」外から男性の笑い声が聞こえる。「ロージーおばさんが何かしたのかしら？　もう切るわ、ウィッティおばさん。ロージーおばさんが修理屋の相手をしているの。すぐにそっちへ行くから」

「すぐじゃないでしょうに」ウィルヘミーナが言う。

「確かにね。愛しているわ、ウィッティおばさん」

電話の切れる音が聞こえた。それでもウィルヘミーナは姪の最後の言葉に答えずにいられなかった。

「わたしも愛してますよ。ただ、これほど愛しているとは今の今まで気づかなかったけれど」

ウィルヘミーナは受話器を置き、枕《まくら》に背中を預けた。ゆうべのことは断片的にしか覚えていないが、アメリアがいなければ救急車を呼べなかったことは確かだ。留守中、ローズマリーや家の面倒を見てくれる人間もいなかった。あの子がいなくなったら、わたしたちはどうすればいいの？　ベッドに横たわったウィルヘミーナは、タイラー・サヴィジのことを考え、眉を寄せた。あの男をわたしたちの暮らしに関《かか》わらせたくない。もしあの男がアメリアを奪っていったら、わたしたちはどうなってしまうの？

身勝手な考えだった。自分の中にそういう身勝手さがあるなど考えるだけでぞっとする。ウィルヘミーナは定期的に教会へ寄付をし、地域の行事にも必ず協力した。自分の人生をあきらめて、ローズマリーの世話を焼き、アメリアを育ててきた。認めたくはないが、二人の存在がなければウィルヘミーナの人生は無に等しい。彼女は自分の人生を変えてくれそうな人間やチャンスに背を向けてきた。だが、彼女がそうしてきたのは臆病《おくびょう》だったからだ。

エフィはモーリスを抱いて庭の端に立ち、向かいの家の騒動を眺めていた。そこに加わりたくてうずうずする。だが、おしゃべりがすぎて、向かいから疎まれていることは十分承知していた。

一人の男がチェーンソーを手に倒木に近づいた。被害の程度を確かめるように木を眺め回している。いきなり男がコードを引っ張り、チェーンソーが動き出した。そのうなりに驚き、モーリスが爪を立て、エフィの腕を逃れて、ポーチの下に潜り込んだ。

愛猫に逃げられ、エフィは顔をしかめた。だが、視線を上げたとたん、彼女の苛立《いらだ》ちは不安に変わった。ローズマリーがこっちにやってくる！

エフィは素っ気なく出迎えた。過去の秘密を知る人間に愛想よくするなど無理だ。「ローズマリー」

ローズマリーは会釈した。「今日、ウィリーが病院から戻るわ。足首の捻挫《ねんざ》と軽い脳しんとうだったの。アメリアが仕事で留守の間、手伝いが欲しいんだけど、あなた、どう？　たしか、ご主人が亡くなったあと、よそのお宅の手伝いをしてたでしょう」

エフィはぽかんと口を開けた。「わたしに手伝いをしてほしいってこと？」

「昼間だけよ。たいしたお金は払えないけど……」

「やらせてちょうだい」エフィは言った。「お金はいいわ。ご近所なんだから。それに、あのウィルへミーナがこのまま寝たきりになるとは思えないし」

ローズマリーが笑顔になる。「よかった。アメリアは明日から仕事なの。九時ごろ来てもらえる？」

エフィは喜びを押し隠した。他人の不幸を喜ぶようで気が引けたからだ。だが、モーリス以外の誰かと数日一緒に過ごせると思うと胸がわくわくする。昔から知りたかったウィルへミーナ特製コーヒーケーキの作り方も教えてもらえるかもしれない。ただ、先週、教会でウィルへミーナににらまれたことを思うとあまり期待しないほうがよさそうだった。

通りの向かいでは、外へ出たアメリアにタイラーが手を振った。「アメリア！　こっちだ、ダーリン」

アメリアは頬を赤らめた。少なくとも三人の男がいる前でダーリンと呼ばれ、恥ずかしかった。だが、彼がそうしてくれたことがうれしくもあった。

タイラーは彼女の肩に腕を回し、屋根からはしごで下りてくる査定人を指し示した。

「どんな感じです？」アメリアが問いかけた。

査定人は両手の汚れをはたき、屋根を見上げた。「たいしたことはないな。被害の大半は家のこっち側で、最もひどいのは倒木がぶつかったあの角の部分だね」彼は張り出した枝からほんの一、二メートル先に停《と》まっているぴかぴかの赤い車に視線を投げた。「あの車、あの位置に停めて正解だったよ。もう少し家に近い位置なら、間違いなくやられてた」

タイラーはアメリアに微笑みかけ、優しく抱きしめた。「彼女が苦労して手に入れた車なんだ。さんざん苦労していきなり壊れたんじゃかわいそうだ」

〝苦労して〟という言葉に、アメリアはびくっとした。タイラーは笑顔で彼女の髪をなで、査定人がトラックにはしごを乗せるのを手伝い始めた。だが、アメリアの困惑は消えなかった。彼はどういう意味で言ったのかしら？　もし彼が何か知っているなら……もっと前にその話をしたはずよね？

アメリアは彼を振り返った。とたんに頭の中が空っぽになった。はしごを持ち上げる彼の姿に息をのむ。両脚を踏みしめる彼の筋肉の動きを、硬くなった太ももを眺めるうち、抱かれたときの記憶がよみがえった。唇や首筋をはう彼の唇の感触。彼と体を重ね合い、迎え入れたときの興奮。アメリアは身震いし、危うく花壇に倒れ込みそうになった。

ローズマリーが声をあげた。「アメリア！　鳳仙《ほうせん》花《か》を踏まないで。すごくデリケートな花なのよ。いったい何を考えてたの？　頼むから気をつけて」老女は腰をかがめ、えぐれた土を元どおりに直した。

アメリアはよろよろと花壇を出た。何を考えていたかなんて言えないわ。彼と同じで、セクシーすぎる内容だから。「ごめんなさい、ロージーおばさん」

視線を上げると、タイラーが近づいてくるのが目に入った。なぜかアメリアはうろたえた。男性が大勢いることや寝不足も原因かもしれないけど、彼に微笑みかけられただけでこんなに動揺するなんて。

「さてと」タイラーが口を開いた。「あとは……」

「あとは自分たちでやれるわ」アメリアは言った。「これ以上あなたをわずらわせることもないもの」

彼の顔に驚きの表情が走った。アメリアはうめいた。自分の舌を引き抜いてしまいたい。でも、もう手遅れだ。タイラーはすでに気分を害している。当然よね。アメリアは自分にうんざりした。

「わずらわせる？」怒りにタイラーの目が細くなり、押し殺した口調になった。「大切な人に力を貸すことを俺がわずらわしいと思ってるっていうのか？」

「わたし、別にそんなつもりで……」

「もういい」タイラーは吐き捨てた。「言うとおりかもしれないな。ああ、きみの言うとおりさ！」

彼はアメリアの肩をつかみ、軽く揺さぶった。

「まさにそのとおりだよ、アメリア・アン。きみはずっと俺をわずらわせてきた。俺が地味な外見に隠された女性の存在に気づいたときからずっと。昼は昼で苦しいし、夜ともなれば地獄だ！　でも……」彼女の肩から手を離し、にらみつけた。「ようやくきみの気持ちがわかった。もし次に誰かがきみをわずらわせるとしても――それは絶対に俺じゃない」

　タイラーは勢いよく庭を横切ってピックアップトラックに乗り込み、そのまま走り去った。

　彼のあとを追いたい。彼に謝り、許しを乞《こ》いたい。だが、アメリアにはできなかった。のどに大きな塊がつかえ、声を出すどころか息をすることさえ苦しかった。涙にかすむ目には、自分が愛する男性を侮辱し、拒絶してしまった事実しか見えなかった。

「あら、まあ！」ローズマリーが声をあげた。「わたし、タイラーにさよならも言えなかったわ」

「わたしもよ、ロージーおばさん。わたしも言えなかった」アメリアは言い、わっと泣き出した。

　女三人は意外にも順調な日常生活に戻った。ウィルヘミーナは妹が勝手に手伝いを頼み、そのうえ、頼んだ相手がエフィだということにひどく腹を立てた。だが、この奇妙な女たちの協力態勢は初日からうまくいった。毎朝アメリアが出勤すると同時に、エフィは通りを渡ってやってきた。二人はすれ違いざまに手を振り合った。アメリアにはそれが精いっぱいの譲歩だったが、エフィのほうは大満足だった。

　ウィルヘミーナは安楽椅子に座ったまま家事を切り盛りした。ほかはエフィとローズマリーでほどほどの状態に保った。料理と掃除はエフィが担当し、ローズマリーはじゃまにならないよう心がけた。

　すべては正常に戻った。アメリアの人生を除いて。彼女の人生はタイラーが去った時点で止まっていた。あの日以来、彼に会うことはない。それは彼女の人生で最も長い八日間だった。昼間は鬱々と過ごし、夜は悶々《もんもん》と過ごした。タイラーのことを考えていないときは、彼の夢を見ていた。体がうずく。心が痛い。自分に必要なものがなんなのか、彼女にはわかっていた。それはタイラーだった。

アメリアは本を棚に戻し、ため息をついた。これで今日の仕事は終わりだ。だが、まっすぐ家に帰るつもりはなかった。タイラーの傷ついた表情を思い返しながら、また眠れぬ夜を過ごすのはいやだった。

アメリアは洗面所の鏡で、眼鏡代わりにつけているコンタクトレンズの位置を直した。それは自ら望んだ変化ではなく、必要に迫られての変化だった。

昨夜、サイドボードに置いた眼鏡がどこかへ消えた。ローズマリーに知らないかと尋ねると大おばは後ろめたそうな表情になった。だがアメリアはそのうち見つかるだろうと考えた。誰のものかに関係なく、ローズマリーはしょっちゅうものをなくすのだ。

アメリアは髪をほどき、丹念にブラシをかけた。それから、パンツやブラウスと同じターコイズブルーのリボンで一つにまとめた。家には電話をかけ、大おばたちがベッドに入るまでいてほしいとエフィに頼んだ。詳しい事情は説明しなかった。許しを乞うために男の家を訪ねるつもりだということを町いちばんのおしゃべりに話すわけにはいかなかった。

アメリアは車に乗り込み、町の外を目指した。彼に会わなければ。彼が再び微笑みかけてくれるまで、わたしの人生は止まったままなのだから。

タイラーは裏口から家に入り、力任せにドアを閉めた。一日の仕事が終わり、また長く孤独な夜が始まる。冷蔵庫の中をのぞき、ため息混じりに扉を閉めた。食べ物など欲しくない。アメリアが欲しい。アメリアの家を立ち去ってから、人生で最も長い八日間が過ぎた。だが、二人の間に進展があるとしたら、それはアメリアの選択でなければならない。そう決心したタイラーはひたすら待ち続けた。彼女からの連絡はなく、日一日と彼の自信は薄れていった。アメリアの声が聞きたくてたまらなかった。

タイラーは肩をすくめ、シャツのボタンを外した。温かいシャワーを求めて寝室へ向かう。自己憐憫《れんびん》に浸るにしても、こざっぱりとした状態で浸りたい。

車を停めたアメリアは、タイラーが出てくることを期待して一瞬待った。だがドアは開かず、拒絶されているような気がした。彼女はこれほど重要なことをぐずぐずためらう自分にうんざりした。「さあ、行くのよ。許してくれようとくれまいと。彼は嫌気がさしてアンバーを捨てた。歯がゆさのあまり、わたしのことも捨てるかもしれない」涙がこみ上げ、顎と下唇が震えた。車を降りた彼女は、力の入らない脚で彼の家に向かって歩き出した。

アメリアはドアをノックし、心の中で祈った。

最初のノックが聞こえたとき、タイラーはシャワーを終えたばかりだった。「くそ！　ついてないな」彼は清潔なジーンズをつかんで濡《ぬ》れた脚を通すと、クローゼットからシャツを引っぱり出し、ボタンに手間取りながら裸足《はだし》で廊下を進んだ。玄関へ急ぎ、ドアを開けたとたん、彼の頭の中は真っ白になった。

タイラーは戸口に立つ女性を見つめた。苦悩が壁となって二人の間に立ちはだかっている気がした。

アメリアは息をつめて彼の反応を待ったが、彼の表情に不安がつのり、こらえていた涙があふれ出た。涙には抵抗できない。タイラーは両腕をさし伸べた。「おいで」アメリアを家の中へ、腕の中へ引き入れ、ドアを足で閉めながら彼女を抱きしめた。

「ごめんなさい。わたし……」

彼は唇で謝罪の言葉をさえぎった。腕の中のアメリアは柔らかく、彼の意のままだったが、腹が立つほどたくさん服を着ていた。震える手でアメリアを床に立たせた。彼女を抱いていると天国の気分が味わえる。逆に、手を離すと地獄に堕《お》ちた気がした。

彼の両手がアメリアの顔を包んだ。優しく頬や顎の輪郭をたどり、ほっそりした首を下りていく。

「きみに会えて本当にうれしいよ、ダーリン。でも、まずはここに来た理由を聞かせてほしい」

当然だわ。アメリアはうなずいた。額をタイラーの胸に預け、自分の気持ちを言葉にしようとした。だが彼の熱い肌に、硬い体に触れながら考えるのは難しかった。最もいけない形でこの人の世界に入りたい。彼女は両腕をたくましい腰に回すと、頭をのけぞらせて彼の顔を見上げた。「謝るために来たの」

タイラーは緊張を解き、彼女の腰を引き寄せた。

「ほかには？」彼は体をこすりつけた。

アメリアはうめき声をもらし、まぶたを伏せた。わたしはこのために来たのだ。でも、心の準備はできているのかしら？

「ほかには、アメリア？」タイラーは低い声で繰り返した。両手で彼女の体をゆっくりとさすり、そのわずかに開いた唇から答えを引き出そうとした。

「あなたに言いたかったの。わたし……」

タイラーが再び動いた。いっそう激しく。

「ああ！」アメリアはぱっと目を開け、相手の瞳を見返した。そこには無言の誓いがあった。

「何を？」タイラーは言い、今度は体を離した。その分、彼女が体をすり寄せてきたので彼は微笑んだ。

「あなたがわたしを狂わせていることを。自分でも何をやっているのかわからないの。夜は眠れないし、食事ものどを通らない。わたし……」

二人の体が限りなく近づいた。「きみの言いたいことはわかった。俺の言いたいことはわかる？」

アメリアは震え始めた。だが、この男性に、彼が求めるものに背を向けることはできない。彼女の指がたくましい胸の筋肉をたどり、激しく脈打つ心臓の位置で止まった。押しつけられる彼の強張《こわば》りを、彼女はまぶたを震わせて受け入れた。せつないため息とともに彼の両手を取り、自分の乳房へ導く。

てのひらを満たす感触にタイラーはうめいた。彼はアメリアを抱き上げ、彼女の顔を見据えたまま廊下を歩き出した。タイラーはうやうやしくキスをして彼女をベッドに横たえ、後ろへ下がった。

急に恥じらいを覚え、アメリアは目を伏せた。だが、今こそ彼に思いを伝えるべきときだった。

タイラーはベッドに腰を下ろし、彼女の顎を持ち上げた。「だめだよ、アメリア。俺から顔を背けないでくれ――もう二度と。生きている限り、俺たちの間で隠し事をするのはやめよう。いいね?」

アメリアはぶたれたかのようにひるんだ。隠し事! わたしはまだ彼に隠していることがある。

「タイラー、実はあなたに……」だが、ブラウスを脱がされ、彼女は言いかけたことも忘れてしまった。ベッドに横たわり、彼の見事な肉体を見つめていると何も考えられなくなった。あとはただ、ため息と愛撫《あいぶ》、天国を約束する優しいささやきだけが残った。

彼が理性を保っていたのは、ひきだしから小さな包みを取り出した時点までだった。アメリアの両腕が彼の首に巻きつく。タイラーは彼女の両脚の間に体を滑り込ませ、息が止まるほどの歓《よろこ》びに耐えた。

リズミカルな動きの中、息遣いが歓喜のあえぎに変わった。熱い欲望に駆りたてられ、二人は心と体で愛し合った。

アメリアは感情と感覚の世界にのみ込まれた。彼の両手と重みに押さえ込まれていなければ、正気を失ってしまいそうだった。タイラーは体で求め、唇で従わせた。アメリアは彼が与えるすべてを受け止め、それ以上のものを求めた。やがて、ペースが変化した。動きは激しさを増し、目がくらむほどの情熱の中で彼女はタイラーの名前を叫んだ。

　彼はその叫びを聞いたが、もはや話せる状態ではなかった。彼は自分にできる唯一の形で答えた。深く貫き、彼女の体に熱を送り込んだ。快感の波に洗われたアメリアは、ついにぐったりと横たわった。

　彼女のかすかな震えはタイラーに歓びをもたらした。彼は乳房の谷間に顔を埋《うず》め、笑みを隠した。立っているときのアメリアは内気かもしれないが、ベッドの中では男が期待する以上に女そのものだ。

　アメリアはけだるいうめき声をもらし、彼の濡れた黒髪に指を埋めた。「タイラー……タイラー」

「それしか言えないのかい、ダーリン？」タイラーは言い、彼女が頬を染めるのを見て微笑した。

　アメリアは彼の瞳をのぞき込み、そこに宿る愛情の輝きを愛《いと》おしんだ。言うべきことはたくさんあるけど、今はそのときではない。夢のような出来事の直後では。この人はわたしの心を盗み、今度はわたし自身を手に入れた。全身全霊で愛するという意味が、今初めてわかった。「タイラー、今はそれで精いっぱいなの。でもあとで話したいことがあるわ」

　タイラーには彼女の葛藤《かっとう》が理解できた。実は、彼にも不安があった。彼女が二重生活のことを認めれば、彼も少々困った立場になる。なにしろ、早い段階で秘密に気づいていたのだから。彼女を怒らせずにそれを説明するにはどうしたらいいのだろう？

　タイラーは低くうなり、彼女を抱き寄せた。ちくしょう！　恋をするのも楽じゃない。

「タイラー？」アメリアがためらいがちにささやく。

「なんだい、ダーリン？」

「もう一度できないかしら……わたしが帰る前に」

　タイラーは噴き出し、二人の腕と脚を絡めて笑いながら寝返りを打った。「喜んで、アメリア・アン」

　そして、彼は歓びに浸った。

11

　タイラーはぽんこつの青いクライスラーをビーチャム家に乗りつけ、無事着いたことにほっとした。早くアメリアに会いたい。彼女の突然の来訪以来、思いはつのるばかりだった。彼女がベッドで見せた熱い反応を思い出すだけで汗が噴き出した。タイラーはほかのことに意識を集中しようとしながら、車を降りた。こんな欲望全開の状態で家に入ったら、ウィルヘミーナが卒倒するぞ。あの老婦人の機嫌を取るのは大変だが、やるだけはやってみよう。

　玄関扉をノックしたタイラーは、家の中で起きたあわただしい足音に忍び笑いをもらした。きっとウィルヘミーナがあれこれ片づけを指図しているのだろう。ローズマリーはまた身支度に時間がかかっているに違いない。こっちは構わないのだが。俺《おれ》はアメリアに会いに来たのだから。今日はどっちが出迎えてくれるのか楽しみだ。品行方正なアメリアか？それとも、俺の夢に出てくるアンバーか？

　アメリアは窓辺でタイラーの到着を待ち構えていた。ウィッティおばさんはこの交際に動揺している。どうやったらわかってもらえるのかしら？　彼を愛したからって、おばさんへの愛情は変わらないのに。

　愛し合ったことで、彼との関係は次の段階に進んだ。恋とノイローゼが同時進行するなんて。早く二重生活のことを告白しないと頭が変になりそうだ。

　タイラーが玄関へ近づいてくると、アメリアは神に祈った。どうかあの人を失わずにすみますように。

　ノックの音が家に響き渡った。

　ローズマリーがぱっと立ち上がり、頬をピンク色に染めて、髪や襟を直し始めた。「来たわ！」

アメリアは微笑《ほほえ》んだ。まるでおばさんの恋人が来たみたい。「わたしが出るわ」彼女は玄関へ走った。大おばに任せたら二人きりの時間がなくなるのだ。

彼とはあの夜以来会っていない。一緒に過ごしたあと、彼と別れるのがどれほど辛《つら》かったか。家へ戻り、ベッドに入ってもなかなか眠れず、ずっとたくましい腕の中で我を失ったときのことばかり考えていた。

玄関へ走るアメリアを見て、ウィルヘミーナは目をむいた。姪《めい》と妹が敵と親しくなったことが悔しくてならない。この世で最も愛する二人に捨てられた気分だ。二人は男の存在をなぜこうもありがたがるのかしら？　男は信頼できない生き物だというのに。

タイラーが再びノックしようとしたとき、アメリアがドアを開けた。

一瞬、アメリアの目は彼に釘《くぎ》づけになった。いたずらっぽい笑顔。広い肩と長い脚。その脚が自分の体に巻きつけられたときの力強い感触を思い出し、彼女はかすかに身震いした。本当は彼の腕の中に飛び込みたかったが、今は行儀のいいキスを受けるだけで我慢するしかない。「あら、タイラー。来てくれてうれしいわ。クライスラーは無事に動いた？」

熱い記憶がよみがえり、タイラーは息をのんだ。彼はアメリアだけに聞こえる声でささやいた。「うれしいのは俺のほうさ」そして、やや声を高める。「無事動いたよ。あの車、特に問題はなさそうだな」

ローズマリーの顔が輝いた。「よかった」その視線は若い二人を通り越し、ぽんこつ車に向けられた。

ローズマリーの喜びようを見て、タイラーは自分の提案を示すべきときだと思った。彼はアメリアの手を握りしめ、それからウィルヘミーナに挨拶《あいさつ》した。「ミス・ウィルヘミーナ、お加減はいかがですか？」

ウィルヘミーナは鼻を鳴らした。無礼な態度をとってくれたほうが敵扱いしやすいのに。「ありがとう、タイラー。まずまずというところね」

タイラーは微笑んだ。「それはよかった。ところで、今日は一つ提案したいことがあるんです」

ウィルヘミーナは唇をすぼめ、スカートの裾《すそ》を気にした。足首の包帯が見えると、はしたないからだ。

「いいですか？」タイラーは尋ね、ウィルヘミーナの隣に座る許可が出るのを待った。

ウィルヘミーナはため息をつき、うなずいた。

「アメリアも車を買ったことだし、クライスラーは売りに出したらどうでしょう。サヴァナに通じる新しい高速道路ができたせいで交通量が増え、制限速度も上がってますよね。こうなると、お二人も運転する気が起きないんじゃないかと思って」

アメリアは彼に抱きつきたいのをこらえた。すごく気配りのきいた引退勧告だわ。これなら、おばさんたちも自分たちの老化を認めずにすむもの。あとはただ彼の言葉に同意すればいいだけ。どうかウィッティおばさんが断りませんように。

ウィルヘミーナはつんと顎をそらした。相手の言うことはわかるが、年齢を云々《うんぬん》されることが我慢ならなかった。だが、先日妹が無傷で戻ってこられたのは運がよかっただけだ。タイラー・サヴィジに送ってもらえたことも含めて。男に借りを作ったのが腹立たしくて、彼女は無愛想な口調になった。

「あの車を手放して、わたしたちにどうやって動けというの？　あなたのおかげで、アメリアもじきにこの家を出ることになりそうだし」

口に出したとたん、ウィルヘミーナは後悔に襲われた。アメリアの後ろめたそうな顔を見て胸が痛んだ。だが、もう手遅れだった。

ローズマリーは息をのんだ。記憶にある限り、姉が身勝手な発言をしたのはこれが初めてだった。

「ウィリー！　なんてことを言うの！　アメリアには自分の人生を生きる権利があるのよ。わたしたちの世話を焼く義務なんてないんだから」

タイラーは目をすがめ、考えを巡らせた。やはりアメリアの偽装は後ろめたさから出たものだった。二人の大おばの存在が心の重荷になっていたのだ。もし普通の育ち方をしていたら、彼女はアルバイトのために正体を隠したりはしなかっただろう。

彼はウィルヘミーナにそっと鍵束《かぎたば》を手渡した。

「何が安全で適切なのか、それはあなたが判断することです。ただ、これだけはわかってほしい。俺はアメリアと交際させてほしいと頼みましたが、彼女をあなたたちから引き離すつもりはなかった。むしろ、運よくアメリアを妻にできれば、あなたたちとも家族になれると楽しみにしていたんですよ」

からかうようにウィンクされ、ウィルヘミーナの顔が赤く染まった。

アメリアはこみ上げる涙をこらえた。男の人からこんなに優しい言葉をもらえるなんて。彼女はタイラーの背後に近づき、大きな肩に両手を置いた。

ウィルヘミーナは進退きわまったことを悟った。

「車を売る件は考えてみましょう。あれだけ古い車が売れるとは思えないけど」

「意外とわかりませんよ」タイラーは言った。「その気になったら、連絡をください。アトランタに中古車屋の友人がいるんです。あれだけ状態のいい車なら、高く買い取ってくれるんじゃないかな」

ウィルヘミーナは不本意ながらも興味を引かれた。もう車を運転するつもりはないし、車がなければ、妹が無茶をする心配もないからだ。「そう？　だったら、その人にうちの電話番号を教えても結構よ。妥当な値段なら、考えてみないでもないわ」

「わかりました」タイラーはにやつきたいのをこらえた。「彼から連絡があっても、五千ドル以下で売っちゃだめですよ。粘ればもっと出すはずだから」

ウィルヘミーナの口があんぐりと開いた。「新車より高い値段じゃないの」

「ええ」彼は微笑んだ。「でも、個性のあるものにはそれだけの価値があるんです。人間と同じでね」

「皿洗い機が買えるわ」ローズマリーが叫ぶ。「洗剤で手が荒れるのよ。わたしの肌って繊細だから」

ウィルヘミーナは妹をねめつけた。「あなたに繊細な部分などないわ。ぐうたらの間違いでしょう」

「ぐうたらなんかじゃない」ローズマリーは言った。「あなたより〝のんびり〟したペースで生きてるだけ。あなたも試してみたら？　消化にいいわよ」

口論が悪化する前に、アメリアは割って入った。「二人でよく話し合って。わたしはタイラーを家まで送るわ。これ以上彼の時間を取っちゃ悪いもの」

「いいんだ」アメリアの反応を承知のうえで、タイラーは言った。「きみのためならいくらでも時間を割くよ。俺のすべてはきみのものさ」

アメリアは懸命に赤面するまいとした。〝俺のすべて〟に体も含まれていることは明らかだった。

「そうだ」タイラーは続けた。「町に用事があったんだ。それを片づけてから家に送ってもらうと、きみの帰りが遅くなるな。先に農場まで送ってくれれば、俺は自分のトラックで町まで出直して……」

「ばか言わないで。うちの車を運んできてもらったんだもの。それくらいのお返しはさせてもらうわ」

アメリアはバッグを手に取った。「準備はいい？」

タイラーがゆっくりと微笑む。「ああ、たぶんね」

アメリアは彼から目をそらして玄関を出た。ひどい人。こんなやり方でわたしをからかうなんて。幸い、おばさんたちは彼のみだらなほのめかしに気づかなかったけど、わたしの自制心はもうがたがたよ。

「最初はどこへ行くの？」車の助手席に乗り込んできたタイラーに、アメリアは問いかけた。

「きみとベッドへ」

アメリアは彼をまじまじと見返した。冗談を言っている顔ではない。タイラーの瞳は熱く燃えていた。

彼女の声がうわずった。「用事なんてないの？」

「そうさ、ダーリン。あれは嘘《うそ》だ。俺は早くうちに帰って、きみと愛し合いたかった。でも、おばさんたちはそれを知りたくないだろうと思ってね」

「もうっ」アメリアはうめき、エンジンをかけた。

タイラーはにんまり笑った。「抵抗しても無駄だよ。運転を交代しようか？」

アメリアは車をスピンさせて、刈ったばかりの草や落ち葉を宙に舞い上げ、本通りを目指した。


脱ぎ捨てられた服の道はタイラーの家の玄関から始まり、廊下を経て、ベッドの足元で終わっていた。

タイラーは片手で頭を支えて横向きに寝そべり、もう一方の手で官能的な体の曲線をたどった。女性を強引にベッドへ連れ込むのは破廉恥な行為だが、彼女を抱くためなら何度でもそうするつもりだ。

「アメリア……？」

彼の指先が円を描き始める。アメリアは目を閉じてうめいた。「何？」

タイラーは片方の乳首にキスをした。「きみの髪、最高にきれいだ。いつも下ろしておけばいいのに。この髪が引っつめにされてるのを見るたび、ピンを引き抜いて、服をはぎ取りたくなるよ。人前でそんな衝動に駆られる男の辛さがわかるかい？」

彼の手がみぞおちを滑り、胸郭の上で止まる。アメリアは息をのんだ。「だんだんわかってきたわ」

「そう願いたいね」タイラーは体を持ち上げ、彼女の上に重ねた。ゆったりと動きながら、新たな情熱に彼女の瞳孔《どうこう》が広がるのを眺めた。「美しい瞳だ。こんな色の瞳はほかに見たことがない」

アメリアは凍りついた。いいえ、あるわ。あれだけクラブに通いつめて、わたしを——アンバーをデートに誘っていたくせに、もう忘れてしまったの？

彼女の無言の問いかけをよそに、タイラーは体を揺すり始めた。軽く、ゆっくりと。そして、アメリアは捨てられた哀れなアンバーのことを忘れた。

アメリアの服のボタンをかけ終わると、タイラーはヘアピンを背後に隠した。乱れた髪のままでは彼女が帰れないことを承知のうえでのいたずらだった。アメリアは笑いながらピンを取り返そうとした。

「お願い、タイラー。こんな髪じゃうちに帰れない。ウィッティおばさんが卒倒するわ。ロージーおばさんは次は見学させてくれって言いそうだし」

タイラーの動きが止まった。そうか、俺は今までアメリアの立場で考えたことがなかった。彼女の立場で考えれば、彼女の言動にも納得がいく。無理もないと思える。彼はアメリアにピンを手渡した。

「もしウィッティおばさんが俺を受け入れてくれなかったらどうなるんだ？　どっちが負けることになるんだ？　俺？　それとも……おばさんたち？」

涙がこみ上げ、アメリアは彼の胸に顔を埋《うず》めた。

「わたしはどっちかなんて選びたくない。なぜ選ばなければならないの？　なぜ両方じゃだめなの？」

タイラーは震える細い肩を両腕で包んだ。「ああ、ダーリン、きみに選べなんて言ってやしない。きみたち三人をまとめて引き受けたいんだ。きみと一緒になれるなら、四人でここで暮らしたっていい。そうなっても、俺はいやじゃないし、後悔もしない」

アメリアはため息をついた。タイラーとの将来を考える前に、山積みの問題を片づけなければ。わたしたちの間には面倒な過去が多すぎるのだ。

彼女は再びため息をつき、後ずさった。「気持ちはうれしいけど、あの二人は相当な難物よ。自分が何を背負い込もうとしてるのか、あなたはわかってないの。それに、無理だわ。おばさんたちがあの家を離れるわけがないし、わたしは二人を見捨てられない。今は二人とも元気だけど、そのうち体が言うことを聞かなくなる。これは避けられないことよ」

「それはそうなったときに対処すればいい。先のことまで心配するなよ。本音を出し合って、一つずつ問題を片づけていこう。そうすれば、感情的に行き違うこともないし、互いに隠し事をせずにすむ」

本音を出し合う。隠し事。アメリアはぞっとした。わたしたちは愛し合い、結ばれた。でも、わたしはまだ秘密を隠している。わたしがそれを打ち明けたら、タイラーはどんな反応を示すかしら？　ああ、どうしてこんな厄介なことになってしまったの？

アメリアは彼の下唇の端にキスをし、窓を見やった。「だいぶ暗くなってきたわ。もう帰ったほうがいいみたい。おばさんたちを心配させたくないし」

外へ出て彼女の車の前まで来たとき、タイラーは彼女の手を握りしめた。このまま帰したくない。だが、アメリアの瞳にはためらいの表情があった。何度も告白のきっかけを与えたのに、彼女はうろたえるだけで、その機会を逃した。彼はため息をついた。いつか彼女は勇気を奮い起こすだろう。そのときは俺も彼女に告白しないと。「愛してる、アメリア」

アメリアは彼の首に両腕を絡め、まばたきをして、古風な南部美人のように作り笑いを浮かべてみせた。

「まあ、タイラー、お口がお上手だこと」

タイラーは声をあげて笑った。お堅い司書の顔と男心をもてあそぶ妖艶《ようえん》な女の顔。なんて魅力的な組み合わせなのだろう。するとアメリアは彼の耳たぶに素早くキスをし、小声でささやいた。

「わたしも愛しているわ、タイラー・ディーン」

気づいたときには彼女は消えていた。初めて愛していると言われ、タイラーは呆然《ぼうぜん》としてしまった。

家の中へ戻ると、彼の顔にようやく笑みが浮かんだ。彼の母親が買ったピンク色のランプシェードにアメリアのブラジャーが引っかかっていたのだ。

彼はそれを手に取り、指に巻きつけて、いっそう笑みを広げた。アメリアがゆったりとした服を着ていてよかった。もしミス・ウィルヘミーナが感づいたら、保安官をたきつけて俺を逮捕させかねない。

「構うもんか」彼はブラジャーをたんすのひきだしに入れた。「たとえ痛い目に遭っても、アメリアにはそれだけの価値がある……縛り首はごめんだが」

下着の山を抱えたウィルヘミーナが洗濯室の戸口に現れた。「ローズマリー、アメリアの下着を落としたみたいなの。二階の洗濯かごを見てきて」

「なんで落としたってわかるの？」

ウィルヘミーナが苛立《いらだ》たしげにため息をつく。「数えたの。ナイロンの下穿《したば》きは六枚なのに、胸当てが五枚。一枚落としたに違いないわ」

ローズマリーはまじまじと姉を見返した。「つまり、わたしたちのパンティを数えてるってこと？」

ウィルヘミーナは恥じらって頬を染めた。「別にそういうわけじゃ……でも、洗濯機を動かす前に洗い物が揃《そろ》っているか確かめるほうが賢明でしょう」

ローズマリーはあっけに取られた。この年になっても、まだわたしが知らない姉の癖があったなんて。「なんでブラジャーを胸当てって言い張るの？　おしゃれな人は〝ブラ〟って呼ぶのよ。ホルスターって呼び方もあるようだけど、それはさすがに……」

ウィルヘミーナが声をあげた。「およしなさい！　早く二階に行って捜して。わたしはまだ階段が辛いのよ。何度も行き来すると足首が腫《は》れてしまうの」

ローズマリーはため息をついた。「はいはい。どうでもいいことだと思うけど。今度の洗濯で洗いそこねたって、次に洗えばすむことじゃない」

ウィルヘミーナが怖い顔になった。

ローズマリーはあわてて姉の命令に従った。体に染みついた習性には逆らえないのだ。

だが、ブラジャーは見つからなかった。といって、姉の性格を考えると手ぶらで戻るわけにもいかない。ローズマリーはアメリアの部屋のベッドに腰かけて考え込んだ。そこにアメリアが入ってきた。

「あら」ローズマリーの顔に歓迎の笑みが広がった。「いいところに来てくれたわ。ウィリーに言われて、あなたの洗濯物を捜しに来たんだけど」

アメリアの笑顔が凍りついた。大おばの次の台詞《せりふ》を予想して、寒気を覚えた。「洗濯物？」

ローズマリーがくすくす笑う。「あなたのブラが一枚足りないらしいの。ねえ、ウィリーがパンティを数えてるのを知ってた？　どうかしてるわよね」

「パンティ？」パンティははいて帰ってきた。だが、部屋へ向かって階段を上り始めたとき、アメリアはブラジャーを着けていないことに気づいた。服の下で乳房が揺れるのを感じ、自分の心とともにタイラーの家に置いてきてしまったことを思い出したのだ。

ローズマリーは続けた。「ウィリーはなんでも数えてて、あなたのブラを落としたって言い張るの。あなた、どこにあるか知らない？」

アメリアは天を仰いだ。ええ、よく知っているわ。ウィッティおばさんは知りたくないと思うけど。

「わたしが捜すわ。きっとその辺りにあるから」

ローズマリーは微笑んだ。「よかった、助かるわ」

大おばが出ていくと、アメリアはたんすから清潔なブラジャーを出して、少ししわをつけ、浴室で香水をかけてから、一段抜かしで階段を下りていった。

「はい、ウィッティおばさん」彼女は洗濯機の上でブラジャーを掲げ、ほかの洗濯物の間に押し込んだ。

ウィルヘミーナは満足げにうなずいた。

アメリアは洗剤水の中へ消えていくブラジャーを見つめた。わたしが抱えている問題もこんなふうに簡単に洗い流せたらいいのに。なんとかしてタイラーに事実を打ち明けるべきだ。今すぐにでも。

12

ウィルヘミーナはポーチに立ち、アトランタから来た男がクライスラーを運び去るのを見送った。

ローズマリーは、はなをすすり、それから盛大な音をたててかんだ。「あの車、大好きだったのに」

「わかってますよ。でも、これは代償として悪くないと思うけど」妹の鼻先で五千ドルの小切手を振ると、ウィルヘミーナはそれをポケットにしまった。

ローズマリーが微笑《ほほえ》む。「タイラーのおかげね」

ウィルヘミーナの顔から笑みが消えた。認めたくはないが、確かにそのとおりだ。彼女は家を振り返り、新しい窓を見つめた。あれを交換できたのも、倒木が片づいたのも、保険会社が早々に屋根を修理してくれたのもタイラーの助けがあればこそだった。

しかも、それはすべて彼女がサヴァナの病院で寝ていた間に起きたことなのだ。変化はアメリアにも見られた。服装だけではなく、言動も以前とは違ってきている。恋人とおおっぴらに抱き合ったり、キスをしたり。昔の時代には考えられなかったことだ。

タイラーがまともな男であることはウィルヘミーナも認めざるを得なかった。だが、姪《めい》の幸せを思い、厳しくしつけてきた苦労が、一人の男のせいで無になってしまったかと思うといい気はしなかった。

そのとき彼女の頭痛の種が現れ、私道に車を停《と》めた。ローズマリーがはしゃいで彼を出迎えた。

「まあ、タイラー！　あと何分か早かったら、アトランタのお友達と会えたのに」ローズマリーは頬にタイラーのキスを受け、うれしそうな顔をした。

「車を売ったんですね？」ローズマリーが無念そうな表情を見せ、タイラーは懸命に笑みをこらえた。

彼女の大冒険を考えたら、車を売ったのは正解だ。

ウィルヘミーナは憮然《ぶぜん》としていた。なれなれしい！　妹は気軽にキスするような女じゃないのよ。

タイラーは姉の方へ視線を転じ、ポーチに上がった。そろそろ俺《おれ》の存在に慣れてくれただろうか。

「ミス・ウィルヘミーナ」

「アメリアなら留守ですよ」素っ気ない返事だった。

「そうですか。でも、今日は彼女に会いに来たんじゃない。あなたに会いに来たんです」

ウィルヘミーナの頬が染まった。揉《も》め事にはしたくない。「それなら中へどうぞ」渋々という口調だ。

エフィの前で口論はしたくなかった。エフィはもう毎日は来ないが、それでもちょくちょくやってきて、ウィルヘミーナの心の平和を乱していた。

「よければポーチで座りませんか？　俺はこんな汚い格好なので。実は農場から修理部品を買いに来た帰りなんです。前々からあなたと二人きりで話がしたかったし、ちょうどいい機会かなと思って」

ローズマリーは手をたたいた。「わたし、冷たい飲み物を持ってくるわ。あなたはウィリーとここに座ってて。すぐ戻るから」彼女は家に駆け込んだ。

ウィルヘミーナはポーチに並んだ対の籐椅子《とういす》の片方に腰かけ、タイラーはぶらんこを選んだ。彼女は眉をひそめた。男はみんな同じね。父さんも男らしくないと言って、籐椅子に座るのを嫌った。

お愛想を言う必要はない。どうせわたしを嫌っているのだから。男はみんなそう。それでいい。わたしも男は好きではないし。「で、話というのは？」

「あなたのことです」タイラーは静かに言った。

彼の唇が引き結ばれた。青い瞳に射すくめられ、ウィルヘミーナはやましさに襲われた。それでも、なんとか踏みとどまり、相手の次の言葉を待った。

タイラーは背もたれにゆったりと両腕を預けた。首を傾け、片足の先でぶらんこを動かす。優しい揺れに身を任せていると心が落ち着く気がした。

「あなたとミス・ローズマリーはアメリアにとって最も大切な存在です。あなたたちは本当に幸運だと思いますよ。三人の女性が友人として家族として一つ家で仲よく暮らすなど、めったにありません」

ウィルヘミーナは目をしばたたいた。考えたこともない見方だが、確かにそのとおりかもしれない。

「そうね。妹とわたしはめったに意見が合わないけど」

タイラーが微笑む。「だとしても、お互いに対する愛情が損なわれるわけじゃない……でしょう？」

ウィルヘミーナは視線をそらした。刈り込まれた芝生と見事な配置の花壇を見つめながら、彼の問いかけについて考え、そして、ようやくうなずいた。

「それで、話の趣旨はなんなの、タイラー・ディーン？　あなたがアメリアをわたしたちから奪いたがっていることなら言われなくてもわかってますよ」

相手の声が震えていることに気づき、タイラーは悲しくなった。彼女は心の奥で自分の感情と闘っている。俺の前で泣くなんて死んでもいやなのだろう。

彼は老女の両手をそっと握った。「それは違います。俺はあなたたちから彼女を奪いたくはない。あなたたちと一緒に彼女を分かち合いたいんです」

四十年間抑えてきた涙が一気にこみ上げた。ウィルヘミーナはまばたきを繰り返し、両手を引っ込めようとした。タイラーはその手に清潔なハンカチを握らせ、顔を背けて相手が落ち着くのを待った。

「ありがとう」ウィルヘミーナはハンカチで涙を拭《ぬぐ》った。はなもかみたかったが、汚れたハンカチを返すのは品がいいことではない。彼女ははなをすするだけで我慢した。タイラーの言葉が胸にこたえた。そろそろ事実に向き合うべきときがきた。

心の中ではわかっていた。タイラーは不良と噂《うわさ》された男だが、アメリアのことをかばってくれた。

あれだけの醜聞も彼が登場したとたんにおさまった。彼は裕福でよく働く。〝男〟ではあるが、町の人々から一目置かれている。それに嵐《あらし》のあとにもいろいろと力になってくれた。ウィルヘミーナは降参のため息をつき、籐椅子にもたれて芝生を眺めやった。

タイラーは視界の隅で老女の様子をうかがった。相手の葛藤《かっとう》はありありとわかる。公正に判断したくても、男性不信がじゃましているのだ。彼女の瞳に浮かぶ涙。アメリアを心から愛し、その幸せを望んでいる証《あかし》だ。その涙に彼は初めて希望を見出《みいだ》した。

「あなたの意見はどうですか？」望ましい答えがくることを祈りながら、彼は息をつめて待った。しばらく沈黙が続いた。

ウィルヘミーナはいきなり彼にハンカチを突き返し、座ったまま姿勢を正した。「わたしが何を言っても無意味でしょうね。あの子は自分が望むとおりにすると思いますよ」挑むように彼をにらみつける。

俺が聞きたかったのはそんな言葉じゃない。でも、拒絶されないだけましか。「あなたは自分で思うほどアメリアを理解してませんね。あなたが反対すれば、彼女はあなたに従うでしょう。一生一人で生きることになっても、あなたたちを見捨てはしない」

ウィルヘミーナは愕然《がくぜん》とした。目の前のことに捕らわれて、先のことまで考えていなかった。一人残されるアメリアのことを考えていなかったのだ。

「そこまでは……気が回らなかったわ」彼女は目をそらした。「身勝手な人間だと思うでしょうね」

「いいえ、そんなふうには思っていません」

彼は立ち上がり、玄関の方へ歩き出した。ローズマリーの足音が近づいてくる。彼はウィルヘミーナの前を通り過ぎたところで足を止め、振り返った。

堅苦しく伸ばした首。きっちり結い上げた灰色の髪。ひどく頼りなげな感じだ。本人は絶対に認めないだろうが。タイラーはため息とともに微笑んだ。

そして、相手の隙《すき》を突いて額にキスをした。

「ウィルヘミーナ、あなたは愛情豊かな女性だ。その愛情を俺にも少し分けてください。ほんの少しでいい。いや、手料理はたっぷり欲しいけど」

ウィルヘミーナは声が出なかった。彼の言葉と行動に少なからず心を動かされた。

タイラーはドアを開け、ローズマリーからトレイを受け取って籐椅子の間のテーブルに置き、ローズマリーを姉の隣に座らせた。「これはうまそうだ。このクッキーはミス・ローズマリーの手作り？」

ローズマリーはくすくす笑い、髪をなでつけた。

「大丈夫。わたしの手作りじゃないわ。わたしの料理なんて、くずみたいなものだから」

ウィルヘミーナが目をむいた。「ローズマリー、そんな言葉を使うもんじゃありません」

「くずのどこがいけないの？」タイラーにレモネードとクッキーを勧めてから、ローズマリーは姉に向き直った。「あなただってよく言うじゃない」

タイラーは笑いを押し殺した。まさに絶妙のコンビだ。しかも、どっちもアメリアとよく似ている。

「誰が作ったにしろ、このクッキーは抜群だ」彼はローズマリーがさし出すお代わりを受け取った。

ウィルヘミーナは緩みそうになる頬を引きしめた。彼女はほめられることに慣れていなかった。

「姉が作ったのよ」ローズマリーは言った。「この人はね、なんだって作れちゃうの」

ウィルヘミーナはタイラーと視線を交わした。徐々にだが、彼女の瞳に受容と理解が満ち始めた。

彼は片眉を上げてみせた。「アメリアがあなたの半分も料理ができれば俺は一生食うに困らないな」

ローズマリーはくすくす笑ってから、姉の表情に気づいて驚いた。ウィルヘミーナが微笑んでいる！

熱い革の座席にもたれないようにしながら、アメリアは素早く車の窓を開けた。エアコンを入れても、きき始めるころには家に着いてしまうだろう。

軽いうなりとともにエンジンがかかる。少なくともこの車は問題知らずね。彼女は笑みをもらし、我が家を目指した。だが、角を曲がって、自宅の私道に停まった赤と白のピックアップトラックを見た瞬間、彼女は別の問題が発生していることを悟った。

タイラーが大おばたちと一緒にクッキーを食べ、レモネードを飲んでいた。アメリアは絶句し、不安に襲われた。三人でなんの話をしているのだろう？

どうしよう。彼がわたしの二重生活を知らないことをおばさんたちに話していないのに。早く彼に告白しておけばよかった。おどおどと車を降りたアメリアは、ためらいがちに声をかけた。「ただいま」

すぐにタイラーが駆け寄ってきた。彼はよろめくアメリアのひじを支え、書類鞄《かばん》とハンドバッグを引き取った。気づけば、アメリアは彼と並んでぶらんこに座り、レモネードを飲んでいた。彼女はタイラーからウィルヘミーナへ目を向け、二人が視線を交わすのを目撃した。まさか口論でもしていたの？

「びっくりしたわ」アメリアはわざと快活に切り出した。「あなたが町に来るなんて知らなかったから」

タイラーはにやりとした。「予定してたわけじゃないんだ。近くまで来たら素通りできなくて。それで、町いちばんのクッキーをご馳走《ちそう》になって……」

彼は肩をすくめ、また皿のクッキーに手を伸ばした。

ほめられてうれしそうなウィルヘミーナの顔を、アメリアはぽかんと眺めた。いったいどうなってるの？　彼女はわけがわからず、きょろきょろした。

わかった！　夢なのね。今に夢から覚めて、支度をして仕事に出かけることになるのだわ。ウィッティおばさんが笑うなんて現実にはあり得ないもの。

タイラーはアメリアの狼狽《ろうばい》に気づいた。体が震え、笑顔も強張《こわば》っている。それに異様に輝く目。今にもヒステリーを起こすか、泣き出すかしそうだった。

「大丈夫だよ、ダーリン」タイラーはささやき、彼女のこめかみにキスをした。「俺たち、ただおしゃべりをしてただけだから」

控えめではあるが、公然たるキスだった。ローズマリーが手をたたいて喜んだ。「結婚式はいつ？」

ウィルヘミーナは顔をしかめた。「ローズマリー、お行儀が悪いわよ。タイラーに失礼でしょう」

アメリアはぶらんこから落ちかけた。「ロージーおばさん！　なんでそういう発想になるの？」

もうおしまいよ！　タイラーは一目散に逃げ出すわ。追いつめられた男性は決まってそうするもの。

だが、タイラーは笑っただけだった。それも、頭をのけぞらせて大笑いしたのだ。笑いすぎて息が切れ、目尻に涙が浮かんだ。笑いを止めようとしても、アメリアの驚いた顔とローズマリーのやけに無邪気な顔を見たら、また笑いがこみ上げてくるのだった。

さすがはローズマリー。脳天気なふりをして、実はなかなかの切れ者かもしれない。彼がにやついていると、アメリアがぷいと家の中へ消えた。

「まあ！」ローズマリーは胸に手を当てた。「怒らせる気はなかったのに。わたし謝ったほうが……」

「いや」タイラーは笑いを噛《か》み殺した。「俺に行かせてください」

彼は階段の手前でアメリアに追いついた。

「アメリア、ダーリン。落ち着いてくれ」

アメリアは彼の顔を見返すことができなかった。

タイラーはため息をついた。振り出しに逆戻りか。

アメリアは逃げようとしたが、タイラーが放してくれなかった。彼女は屈辱感にのみ込まれた。これでタイラーはわたしと別れるか、いやでも覚悟を決めるしかなくなった。ロージーおばさんを恨むわ。

「おばさんは俺が言いたいことを代弁しただけさ」

タイラーは思案げに目を細めた。「わかった、アメリア・アン。二時間待つから、気持ちを落ち着けてくれ。そしたら二人で食事に出かけて、俺のうちで話し合おう。いやとは言わせないよ。いいね？」

アメリアは敗北のため息をついた。「いいわ」だが、タイラーは返事を待たずに歩き始めていた。

夕食の間も緊張感は続いた。

アメリアは何を食べたのかもわからなかった。会話も上の空で、内容はまるで覚えていない。農場へ向かううちに不安になってきた。言うべきことが多すぎて、どう切り出せばいいのかわからない。

タイヤが道路のこぶにぶつかった。タイラーはとっさに彼女の脚をつかんで支え、さらに大きなくぼみをよけてハンドルを切った。「最悪の路面だな。せめて半年に一度はならしてくれないと。雨が降るたびに凹凸がひどくなるし、最近は雨ばかりだ」

アメリアはうなずいた。本当は悪路も天候もどうでもよかった。遠くにタイラーの家へ続く私道が見えてきた。彼女は息をつめて待った。彼は遠回しに、今後わたしと会えない言い訳をしているのだわ。

涙があふれそうになり、アメリアは膝に視線を落とし、懸命に泣くまいとした。乗りきってみせる。前にもあったことだ。今度だって乗りきれるはずだ。

彼女は視線を上げ、タイラーの力強い横顔を見つめた。だめだわ。この人を失ったら、とても立ち直れない。自分の一部を失うようなものだから。

「神様、わたしを助けて」アメリアはつぶやき、鼻梁《びりょう》を指でさすった。どうかタイラーを信じたことが間違いでありませんように。彼はわたしを愛していると言った。その愛が本物なら、ビーチャム家の全員を受け入れてくれるわ。アンバーも含めて。

タイラーは車を停め、エンジンを切った。「何か言ったかい、ダーリン？」

彼女は肩をすくめた。「ううん、ただの独り言よ」

タイラーは身を乗り出し、彼女の唇にキスをした。必要以上に時間をかけて彼女の下唇を味わった。

「中に入って、独り言じゃなく、俺に話してくれ」

アメリアの表情が明るくなるのを見て彼は微笑んだ。だが、いったん中に入ったら、アメリアは彼と向き合うことができなくなった。静かな家に二人きりでいると、隠してきた秘密が心に重くのしかかる。どこから始めればいいの？　それとも、タイラーの別れ話を受けて告白する？　わたしは詐欺師だったと。孤独な老後を迎えたときも、悲しみに耐えるほうがいい？

深呼吸をしてから、彼女はタイラーを振り返った。だが、彼は思った以上に近くにいた。振り返った瞬間、唇が触れ合うほど近くに。彼女は息をのんだ。タイラーは彼女を抱き寄せ、偶然さし出された唇を味わい続けた。彼女の全身から力が抜けていく。

「きみに渡すものがあるんだ」タイラーは最後にもう一度キスをした。「ここで待ってて」

戻ってきた彼はアメリアの手に行方不明だったブラジャーを落とした。彼女は目を丸くして小声でうめき、ばつの悪い思いでハンドバッグにしまった。

タイラーは笑って、彼女を抱き上げた。「もう一つ分場所を空けといてくれ。きみが今してる分の」

アメリアは嗚咽《おえつ》をのみ込み、タイラーの望むままに身を委《ゆだ》ねた。これから先、こんな喜びを味わうことはないかもしれない。孤独な老後を迎えたときも、この人のことはすべて覚えておきたい。そうすれば、後悔だけを道連れに生きなくてすむから。

やがて、アメリアは何も考えられなくなった。服を脱いでベッドに入ることしか頭になかった。タイラーは彼女を後ろ向きにさせた。髪を持ち上げ、ドレスのジッパーを下ろしながら、あらわになった肌を唇でたどった。「愛してる、アメリア……心から」

彼の両手がドレスの下に滑り込み、豊かな乳房を捕らえた。アメリアは身震いした。腰までドレスを脱がされ、彼に背中を預けた。「わたしもよ。愛しているわ、タイラー。でも、ロージーおばさんが言ったことは気にしないで。あなたにプレッシャーを感じてほしくないの」

「ごめん、ダーリン。それは無理だよ。これ以上プレッシャーを感じたら、爆発してしまう」タイラーは彼女の腰に体を押しつけ、その言葉を証明した。

ドレスが滑り落ちた。アメリアはため息をつき、体を震わせた。数秒後には二人はベッドに横たわり、圧倒的な欲望の中で互いを求め合っていた。

アメリアは彼の体をまさぐり、愛撫《あいぶ》した。タイラーが彼女の上になると、アメリアの両手が下へ伸び、彼の高まりを包み込んで刺激した。

タイラーの顔に浮かぶ歓喜の表情を、彼女は涙にかすむ目で見つめた。この表情、絶対に忘れないわ。彼をこれほど喜ばせる力がわたしにあることを。

腕を彼の首に巻きつけて、アメリアはささやいた。

「わたしを愛して」

「ああ、永遠に」タイラーは誓った。そして、彼女の熱さに我を忘れた。頭を下げて唇を重ねると、彼は満足げにうなった。アメリアは背中をそらし、彼を迎え入れた。思考は停止し、感覚だけが残った。

歓《よろこ》びが快感をもたらし、快感が欲望を煽《あお》った。その欲望が果てしない苦痛に変わったとき、アメリアは解放を求めて叫んだ。

アメリアは俺のすべてだ。タイラーは自分が知る唯一の方法でその思いを伝えた。情熱が正気を奪い、彼は愛する女性の腕の中で自分を見失った。

余韻は延々と続いた。やがて、当然ながら現実が戻ってきた。アメリアはうめき声をもらし、タイラーの首筋に顔を埋《うず》めた。今さら告白しても遅すぎるかもしれない。でも〝遅くともしないよりはまし〟ということわざもある。一つの嘘《うそ》のせいでこの人を、この人の愛情を失うわけにはいかない。彼女は深呼吸をして心の中で祈った。「タイラー？」

タイラーは彼女を抱き寄せ、背中に両手をはわせた。自分が乱した髪を指ですき、笑みを押し殺した。ついに打ち明ける気になったな。俺にはわかる。

彼の指が下へ向かい、アメリアの腰を通り過ぎ、ヒップの丸みで止まった。「何かな、ダーリン？」

アメリアは歯を食いしばった。「そんなことをされたら、何も考えられないわ」

タイラーはにやりと笑った。「よかった。俺もまだまだ捨てたもんじゃないらしい」

アメリアは上体を起こし、彼の腕にパンチを見舞った。「あんまりうぬぼれると身を滅ぼすわよ」

裸をさらすことに慣れていないし、この体勢では少し決まりが悪い。アメリアはシーツを引き寄せて体の前を覆ったが、タイラーは裸を隠しもしなかった。彼女は内心どぎまぎし、それを見透かすようにいたずらっぽい笑みを浮かべる彼をにらみつけた。

「話の続きだけど」アメリアは改めて切り出したが、彼にシーツを引っ張られて、顔をしかめた。

再びにらみつけられ、タイラーは素知らぬ顔で動きを止めた。「ああ、聞いてるよ」

「前からあなたに言いたかったことがあるの」

「俺もだよ、ダーリン。いつになったらきみに結婚を申し込めるか、ずっと考えてた。タイミングとしては今がぴったりじゃないかな。こうしてきみは俺がいてほしい場所にいるわけだし」

「結婚！　それは……わたしだって……」アメリアははっとして口をつぐんだ。青白い顔がピンクに染まり、また青白くなる。シーツが彼女の指を離れ、膝の上に滑り落ちた。戸惑い顔で見つめるタイラーの前で、彼女は何か言いかけ、それから泣き出した。

タイラーがついに言ってくれた。彼を初めて見たときからずっと聞きたかった言葉を。なのに、わたしはまだ告白できていない。これからどうなるの？

正直に打ち明けるべきよ。でも、もし彼が怒ってプロポーズを撤回したら、わたしは生きていられない。

タイラーは起き上がり、彼女を腕の中に引き寄せた。シーツで彼女をくるみ、膝にのせて揺すった。

「だめだよ、アメリア。頼むから泣かないで！　ダーリン、きみを悲しませるつもりで言ったんじゃない。ただ、残る人生をきみとともに過ごしたいだけなんだ。それがそんなに悪いことかい？」

涙が次から次へとあふれ、嗚咽が唇からもれた。

「あなたはわかってないのよ」

タイラーはため息をついた。面倒なことになる前に彼女を楽にしてやらないと。彼女の秘密なのだから本人から告白するのがいちばんだと思っていたが、これは彼女がプライドを保ちながらこなせることではないようだ。愛する女性のプライドをはぎ取るわけにはいかない。まあ、服なら全部はぎ取りたいが。

彼はアメリアの頬を両手で包み、親指で涙を拭い、濡《ぬ》れた唇を味わった。「俺はきみが考えている以上にわかってるよ。それでも、きみと結婚したいんだ。ただし……一つ条件がある」

やっぱりだわ。そんなにうまい話があるわけないもの。もしおばさんたちのことなら……。

タイラーはいたずらっぽく笑った。「昼はアメリアのままでいいから……夜はアンバーになることだ！」

アメリアはぽかんと口を開け、震える息を吸い込んだ。知ってたのね！　彼は知ってたんだわ！

青緑色の瞳に憤りの表情が表れ始めた。タイラーはアメリアを横たえ、半ば強引に動きを封じた。

「それで」彼女の脚の間に体を滑り込ませながら、タイラーは尋ねた。「きみの返事は？」

「ああ、もう」アメリアはあえぎ、まぶたを閉じた。その顔に喜びの笑みがゆっくりと広がった。「あなたにノーと言える女がいると思う？」

エピローグ

ウィルヘミーナはハンカチを握りしめ、人前で涙は見せまいとして、しきりにまばたきを繰り返した。でも、泣いたとしても、こういう場面でなら許されるかもしれない。結婚式に涙はつきものなのだから。

ローズマリーははなをすすりつつも満面の笑みを浮かべ、タイラーの喜びの表情を見守っていた。牧師が出席者たちに起立を合図する。ローズマリーは子供のように手をたたいた。アメリアの登場だわ！

レイリーン・ストリンガーは有頂天だった。アメリアの付き添い人を務めることが誇らしかった。結婚式に参加することで、あたしもお上品な連中の仲間入りだ。周囲の意外そうな顔といったらない。彼女はにやつきたいのを我慢して、通路の方を向いた。

エフィ・デッテンバーグはローズマリーの視線を感じ、笑顔を強張《こわば》らせた。露骨ににらんだわけではないが、ローズマリーの口元の表情は二人の取り引きをエフィに思い出させた。エフィは唇をすぼめ、気合いを入れて《結婚行進曲》を弾き始めた。

アメリアは胸がいっぱいだった。家族はばらばらにならずにすみ、さらに新たな家族が通路の先で待っている。祭壇へ向かいながら新婚旅行の鞄《かばん》につめたものを思い出し、彼女は密《ひそ》かな笑みをもらした。

レイリーンが赤いスパンデックスの衣装と腰につける黒いレース飾り、網タイツを用意してくれた。今夜その格好で浴室から現れたら、タイラーはどんなに驚くだろう。夜はアンバーでいてほしいということだ。いいわ、夢をかなえてあげる。

タイラーは近づいてくる花嫁を見つめ、その美しさに息をのんだ。彼女が一歩進むたび、世界が広がっていく気がした。俺《おれ》はジョージア州チューリップで最も魅力的な女性を手に入れようとしているのだ。

アメリアが祭壇の前に立ち、二人の手が握られた。牧師が厳かな声で夫婦の誓いの重さについて説き始める。タイラーは息をつめて待った。白いレースとサテンに包まれた花嫁は神々しいほどに美しかった。彼の手が震えた。次の瞬間、視線を上げた彼は、自分が言うべき言葉を忘れてしまった。

アメリアは微笑《ほほえ》んでいた。誘惑の微笑みだった。彼にだけ見えるように舌先が下唇をはう。そして、さらにとんでもないことが起きた。ジョージア州チューリップの図書館司書アメリア・アン・ビーチャムが、結婚式の最中に花婿にウィンクしたのだ。それも、浮気なセクシー美女のように。

タイラーは噴き出したいのをこらえ、花嫁の手を握りしめた。どうやらこの結婚は波瀾《はらん》万丈の旅になりそうだ。彼は旅の始まりが待ちきれなかった。

蝶になった司書

The One and Only

キャロル・モーティマー
永幡みちこ 訳

キャロル・モーティマー

ハーレクイン・シリーズでもっとも愛され、人気のある作家の一人。14歳の頃からロマンス小説に傾倒し、アン・メイザーに感銘を受けて作家になることを決意。コンピューター関連の仕事の合間に小説を書くようになり、1978年に見事デビューを果たす。以来、数多くの作品を生み続け、2015年にはアメリカロマンス作家協会から、その功績を称える功労賞を授与された。エリザベス女王からも目覚ましい活躍を認められている。

主要登場人物

ジョイ・シムズ……………図書館司書。
ケーシー……………………ジョイのいとこ。
リサ…………………………ケーシーのガールフレンド。
ジェラルド…………………ジョイの上司。
マーカス・バレンタイン……俳優。プロダクション主宰者。
ダニー………………………俳優。

1

レビスターとお芝居を見て夕食をともにする。

「すてきな話ね」ある夜、夕食に寄ったケーシーにジョイは上の空で答えた。

「図書館での仕事が大変だったのかな？」ケーシーはちゃめっけたっぷりの目で探るようにジョイを眺めた。

図書館での仕事が大変であるはずがない。だが、ケーシーも知っているように、ジョイにとってはほとんど毎日が緊張の連続だった。でも、ぜいたくは言っていられない。ジョイには仕事が必要だった。どんな問題があったにしても。

ケーシーはキッチンの棚にもたれ、食事の支度をするジョイを眺めている。ジョイは答える代わりに顔をしかめてみせた。それがすべてを物語っていた。

「何カ月も前に辞めるべきだったんだ……。あ、すまない」ジョイににらまれ、謝るようにケーシーは手を上げた。「あのあと、約束したのはわかってい

ああ、もううんざり！

いったい、どうしてこんなはめになってしまったの？　自分から望んでこうなったわけじゃないわ。そう、ケーシーのせいよ。例によって例のごとくにね。まったく、ケーシーらしいわ。生まれてこのかた、彼のおかげでトラブルに巻き込まれ通しだわ。

それにしても、今回はまんまとしてやられたわ。二週間前にこの話を聞いた時には、とても簡単そうだった。でも、その時に悟るべきだったのよ。ケーシーに関する限り、簡単なことは一つもないと。

バレンタイン・コンテストの一等賞。ぜいたくなホテルでの一週間。それに、バレンタインの夜はテ

る。そらみたことかとは言わないよ……」

「それ以後、何もしてくれなかったじゃない！」

「君がそこで我慢すると言い張るからさ。どうでもいい悲しみに浸り、誰かさんのために愛情をむだにして……」ジョイの緑色の瞳が強い光を帯びたのを見て、ケーシーはあわてて話題を変えた。「あのさ、このコンテストは君を元気づけるのにうってつけなんだ」

背丈が一メートル六十くらいのジョイはケーシーよりは三十センチほど背が低い。だが、これ以上、追いつめると、その赤毛にふさわしい激しい気性が頭をもたげる。時間はかかるかもしれないが、必ずそうなる。

「私を元気づけるですって？」ケーシーの言葉にジョイはいぶかしげにきき返した。「そのコンテストと私とどういう関係があるの？」

「僕は今週、芝居や食事に出かけるための休暇は取れそうにないんだ。だから、君が代わりに行かないかと……」

「ちょっと待って」ジョイは夕食の支度をしている手を止めた。ケーシーの話に集中しなければ。さもないと、厄介な状況に陥りかねない。これまで、何度も痛い目にあったもの。

ジョイとケーシーはいとこ同士だった。双方の両親とも仕事を持っていたため、二人は休暇を祖父母の家で一緒に過ごすことが多く、兄妹《きょうだい》のようにして育ってきた。そして、ジョイはいつもケーシーのしりぬぐいをさせられていた。ケーシーがいなければ、ジョイの人生はいまよりもっと寂しいものになっていただろうが、トラブルとは無縁になるのも確かだった。そしていま、ジョイは、またもやケーシーのおかげで面倒に巻き込まれそうな予感がしていた。

「なぜ、休めないの？」ケーシーを見つめたジョイは、そのハンサムな顔に浮かぶ無邪気な表情に一瞬たりともだまされはしなかった。縮れた黒っぽい髪、笑みを浮かべたブルーの目、きりっとした顔立ちのケーシーは誠実そのものに見える。だが、経験からそれは見かけだけだとわかっている。

「お芝居やそのあとのディナーだなんて、そういうぜいたくを楽しむのはあなたにぴったりじゃないの。それも、バレンタインの夜に華やかなテレビスターと出かけるんでしょう。あなたには……」

「テレビスターというのはダニー・エイムズなんだ」

「ダニー・エイムズですって？　でも、ダニー・エイムズは……」

「男だ」ケーシーはじれったそうにあとを引き取った。「もちろん、彼は男性だよ」

かなり魅力的な男性だとジョイは思い出した。金曜の夜の、人気が高い探偵物の番組にレギュラー出演している俳優だ。

「どうして男性とのディナーなどという賞に当たったの？」これまでの話で何か聞き落としていたのか、ケーシーが何かを隠しているのか。過去の経験からして答えは考えるまでもない。

「君が知りたいと言うなら……」

「ぜひ、知りたいわね」

「実は、リサがいつも読んでいる女性誌のコンテストに応募したんだ。そうしたら、一等が当たってしまった」

リサはこの一年、ケーシーがつき合っているステディなガールフレンドだ。二人の間の嵐《あらし》のような関係をステディと言うならばの話だけれど。

「僕は彼女に言ったんだ、コンテストなどいんちきで、誰も何も当たりはしないとね」

「それで、あなたがその一等賞に当たったのね！」

ジョイはおかしさをこらえ、口元をきゅっと引きしめた。

「そうなんだ。そして、コンテストの主催者はケーシー・シムズが女性だと思い込んだ」

「そうでしょうとも。一等賞はバレンタインの夜にハンサムな男性とのデートなんですものね！」あまりのおかしさに、ジョイはこれ以上笑いをこらえられそうになかった。

「いやみはやめてくれ！」

ジョイは唇をかみ、喉の奥の笑いを懸命に抑えた。

「それで、あなたとダニーはどこでその親密なデートをする予定なの？」

「ロンドンだ。だが、僕たちじゃない。君と彼の二人だ」ケーシーは挑むようにジョイを見た。

ジョイは笑いをかみ殺し、首を横に振った。「私はごめんよ」

「僕が行けるわけないだろう！」

「それはそうでしょうね」もはやこらえきれず、ジョイは笑いながら言った。「でも、リサなら……」

「とんでもない。自分のガールフレンドを夜、しかもバレンタインの夜に女たらしと評判のダニー・エイムズのような男とデートさせるなんて、僕はそんなまぬけじゃないさ」

ジョイは眉をつり上げて言い返した。「でも、あなたの大事ないとこを彼と過ごさせるのはかまわないわけ？」

「僕のただ一人のいとこだよ。むろん、大好きないとこさ」ケーシーはそう言ってジョイの気勢をそぐと、おどけた表情で続けた。「女性雑誌のコンテストに応募したのがばれたら、僕は世間の笑いものになってしまう」

「そのことは最初に考えるべきだったわね」

「ああ、ジョイ、立場が逆だったら、僕は君のために同じことをしてあげる。それはわかっているはずだろう？」

「答えはノーよ」

「お願いだ」ケーシーは訴えるようにジョイを見た。

その表情は知りすぎるほど知っている。そして、トラブルに巻き込まれかねないことも。「だめと言ったらだめよ」ジョイはきっぱり断った。

ジョイがいまここにいるのはそういうわけだった。

一週間、ケーシー・シムズになりすますなんて！

ケーシーが請け合ったようにホテルは豪華そのものだし、昨日の到着以後に見物したロンドンも少しは楽しめた。だが、ダニー・エイムズは退屈そのものだ。男性であれ、女性であれ、これほどうんざりさせられる人間は初めてだった。

今夜、着ているドレスはリサが貸してくれた。実を言うと、持参したドレスの大半はリサのものだ。リサはジョイのワードローブを点検したあと、あまりにも地味だときめつけ、図書館で働いているのだからというジョイの抗議にも取り合わなかった。そこにケーシーが一枚加わると、ジョイが口をはさむ余地はもうなく、昨日リサの高価で華やかなドレスが詰まった二個のスーツケースを携えてホテルに到着した。リサはモデルという職業柄、普通ならとうてい手が出ないようなドレスを安く買うことができ、いつも人の注目を集めるような服を選んでいた。

今夜、ジョイが着ているドレスもその一つだった。それはジョイがいままでに着たこともない、そして、着ようとは夢にも思わないものだった。だが、グリーンの光る素材のおかげで、瞳の色がいちだんと深みを帯び、肩にかかる赤い髪がいっそう燃え立つように見えるのは確かだ。このドレスは体にぴったりしていて、丈は膝上十センチしかない。それでも、リサが貸してくれたドレスの中でこれが一番露出度が低いものだった。黒いのはバックレスだし、赤いのはほとんど前がないに等しい。

だが、ドレスの魅力について心配する必要はなかった。ダニー・エイムズは自分のことにしか関心がなく、ジョイが何を着ていようと全然、気にしていない。本物のケーシーが相手のほうが彼は楽しかったのではないだろうか。

今夜、ホテルのロビーで雑誌社の人に引き合わされて以来、ダニー・エイムズはしゃべり通しで、黙っていたのは芝居を見ている間だけだった。その時ですら、休憩で席を立つやいなや、出演者をこきおろし、自分ならもっとうまくやれると自慢した。

芝居のあとの食事の場所はロンドンの有名レストランで、新聞の紙面でよく見かける男優や女優が何人かいた。だが、それは悪夢に等しいものになり始めていた。

週末、家に帰ったらケーシーを締め殺してやるわ！　今夜は生まれて以来もっとも長い夜になりそうよ！　ジョイは内心いきまいていた。

そしてさらに悪いのは、このレストランで食事をしている女性客の何人かは、ダニー・エイムズと一緒にいる私を羨望《せんぼう》の目で見ていることよ。こんな自分勝手な愚か者の相手になりたいなら、喜んで代わってあげるわ！

「それで監督に言ってやったんだ。芸をする猿が使いたいなら……」

一方的な会話を上の空で聞きながらジョイは思った。ダニー・エイムズと話している時、監督もこの男は猿回しの猿だと思ったに違いない。いいえ、猿のほうがもっとましだったかもしれないわ。この男性と何度も夜を過ごさなければならない女性が気の毒になる。私がその一人でなくてよかった。彼は……。

「ダニー、君のお相手を紹介してくれないか」

これまでとは違うハスキーで深みのある声が聞こえた。もう少しで居眠りしそうになっていたジョイは、はっとして声のほうに顔を向けた。少しでも気をそらせるものがあるなら大歓迎だわ。

それは〝少しでも気をそらせるもの〟どころではなかった。テーブルの脇《わき》に自信たっぷりに立つ男性は探偵物の番組でダニーのボス役を演じているマーカス・バレンタインではないか。

ダニーは自分のすばらしい演技がなければ番組は失敗したと思っているようだが、この男性こそ、この十五年あまり数々のテレビシリーズに主演してきた真のスターだった。十年前にハリウッドにも進出し、以後アメリカ映画にも主演して、いずれの作品も大成功をおさめている。だが、故国を愛する彼は英国に本拠を置き、ウエスト・エンドの芝居にも時折出演している。そして、彼がかかわる芝居はすべてヒット間違いなしだった。

でも、ここでまた、自慢話をする人間が増えるとしたらごめんだわ。

マーカス・バレンタインはダニー・エイムズよりは少なくとも十歳は上で、三十代の後半だろう。背は一メートル八十センチをゆうに超えている。黒っぽい髪はやや長めだ。深いブルーの目は一見眠たそうに見えるが、奥底に鋭い知性のひらめきが感じられる。退屈はしないかもしれないわ。

マーカス・バレンタインの声にダニーはあわてて立ち上がった。いままでの自信過剰な態度は影をひそめ、頭を下げて握手をしている。

「マーカス、あなたがこんなところに来るなんて知りませんでしたよ」ダニーは騒がしいレストランを見回した。

「僕はそんなに老いぼれじゃないよ」

ダニーの頬がかすかに赤らんだ。「いえ、そんな意味で言ったんじゃないんです。ただ、意外でしたから……。ここでお会いできてうれしいですよ」

「そうかな？」マーカス・バレンタインはからかう

ように眉をつり上げた。

　ジョイはマーカス・バレンタインをまじまじと見つめた。彼もダニーが愚かだと思っているらしく、蔑《さげす》みを隠そうともしない。それなら、なぜ、わざわざこちらのテーブルにやってきたのだろう？

　探るようなブルーの目が自分に向けられた時、ジョイはその理由を悟った。

　彼のまなざしには賞賛の色がはっきりと見て取れる。そのブルーの目に縛られたようになり、ジョイは背筋に震えが走った。

　こんなの、いままでになかったことだわ。初対面の男性を肉体的に意識してしまうなんて。マーカス・バレンタインの引きしまった顔には人の心を魅了する何かがある。さりげないが高価な服に包まれた彼の体から発散する磁石のような強い力を意識せずにはいられない。

　見つめられたままジョイはそわそわと身じろぎした。こんなのばかげているわ！　スターに会って感動するティーンエイジャーじゃあるまいし。私は二十七歳の立派な大人の女性よ。有名人に会って有頂天になるタイプでもないわ。

　自分の態度の愚かしさに気がついたジョイは急いで顔をそらし、ダニーのほうを見た。だが、それは間違いだった。マーカス・バレンタインと並ぶと、その未熟さがますます目についてしまう。

「ダニー、紹介してくれないか？」マーカス・バレンタインは、ジョイのかすかに赤らんだ顔を見つめたまま催促した。

「あの、こちらはケーシー・シムズ……いや、ジョイだ。彼女はそう呼ばれるほうが好きらしい」ダニーはおずおずと紹介した。相手の威厳の前に、さっきまでの勇ましさはすっかり消え失《う》せている。

「なぜ？」マーカス・バレンタインはダニーを完全に無視してジョイに問いかけ、許しも求めずに、彼女の隣の椅子に腰を下ろした。

いちだんとそばに近づいたマーカス・バレンタインにかすかな震えを感じ、ジョイはテーブルの下で手を組んだ。この男性はいままでに出会った誰とも違う。彼がテレビや映画でひっぱりだこなのもうなずけるわ。彼には人を引きつける力がある。彼に惹《ひ》かれていく気持を抑えられない。私をじっと見つめるそのまなざしの魅力に抵抗することができないわ。

「なぜだい、ジョイ？」マーカス・バレンタインは心もち体を前に傾けて、ジョイの正面に座るダニーを巧みに会話から締め出し、ハスキーな声で繰り返した。

不意に渇きを覚え、ジョイは唇を湿らせた。

「ケーシーというのは……一族の古い名前なんです」それは本当だ。それにしても、かすれぎみの声は本当に私の声だろうか？　こんなに胸がどきどきしたことはいままでにない。いつもの有能な私はどこかへ行ってしまった。「私は別の名前――ジョイが気に入っているのよ」ダニー・エイムズと過ごす夜の間中、いとこの名前で呼ばれるのはごめんなので、会う前から自分の名前を使おうと決めていた。いずれにせよ、彼は私の名前などどうでもいい様子だった。マーカス・バレンタインに紹介する時、私のもう一つの名を覚えていたのは驚きだった。

「僕もジョイのほうがいいな」マーカス・バレンタインはハスキーな声で答えた。「もっと……女らしい」彼は私のことを女らしいと思っている。その口調からそう感じられた。

それとないお世辞にジョイは息をのんだ。ばかばかしい！　私はイギリス南部の小さな田舎町に住むただの司書だわ。

「それで、君は何をしているの？」ブルーの目がジョイの瞳をとらえて放さない。そうすることで、相手の考えが読み取れるかのように。

私が女優でないのはわかっているはずよ。女優ならどこかで以前顔を合わせていたはずだもの。でも、田舎の図書館で働いていると正直に答えるのは……。

「ジョイは郊外に住んでいるんだ」ダニー・エイムズが代わりに答えた。「彼女は……古い友人でね」

ジョイは驚いてダニーを見た。どうしてそんなことを？

マーカス・バレンタインは椅子の背にもたれ、上目使いにジョイを眺めている。

「古い友人か……彼女はそんなに年を取っているようには見えないがね」

そのあからさまな皮肉をダニーはぎこちなく笑い飛ばした。「ああ、マーカス。僕の言う意味はわかるだろう？」

ダニーの言う意味はジョイにもわかった。冗談じゃないわ！　どうして彼はこんな嘘《うそ》をつくの？　なぜ、私たちがかつて関係があったなどという印象を与えるのかしら？

「もちろんさ」マーカスはジョイに視線を向けたまま不満そうにうなずいた。「だが、それにしても、わからないのは……」

「マーカス、君の連れのグループが帰ると合図しているよ」ダニーはマーカスが数分前まで十人ほどの人たちと一緒に座っていたテーブルのほうに目をやった。

人々が帰ろうとする中、二十代の初めくらいの魅力的なブロンドの女性がじれったそうにマーカス・バレンタインを見ている。長く続いた昼のメロドラマにちょっと出ていた女優のようだ。だが、ジョイは名前を思い出せなかった。でも、名前などどうでもいい。その女性はマーカス・バレンタインに戻ってきてもらいたがっている。それははっきりと見て取れた。

マーカスはじっとジョイを見つめると、気乗りのしない様子でそのテーブルのほうを振り返った。そして、若いブロンドの女性がすがりつくような視線を送っているのを見て、いらだたしそうに口元をゆがめた。

「ちょっと失礼する」彼は優雅な動作で立ち上がった。「でも、すぐ戻ってくるから」そうつけ加えると再びジョイを見つめ、それからレストランを横切って仲間のところへ向かった。

ジョイは時間をむだにせず、マーカスが去るとすぐに非難のまなざしをダニーに向けた。

「いったい、どういうこと？　あなたとは今夜初めて会ったのよ！」

さっきまでの一人よがりの自信家ぶりは影をひそめ、ダニーはばつの悪そうな顔をしていた。

「本当にすまない。僕はただ、マーカスに知られたくなかったんだ。その……」

ジョイは不意にすべてを察した。彼とのディナーがバレンタインのコンテストの一等賞だったと知られたくないんだわ。

「お願いだ、ジョイ」彼はなだめるようにジョイの手を取った。「マーカスだけには……」

自分がコンテストの一等賞だとマーカスに知られたくない、その理由はジョイにもわかった。マーカスなら決してこういう引き受けないだろう。こういう賞がダニーの自尊心をくすぐったのは確かだが、マーカス・バレンタインのような人間にだけは知られたくないことでもあったのだ。

「そうだ、明日の夜もディナーに連れていってあげよう。もし君が……」

「とんでもない、結構よ！　そんな必要はないわ」

考えただけでぞっとする。この男性ともう一晩つき合うですって？　冗談じゃないわ。それに、私だって恋に焦がれるセンチメンタルな女性を狙《ねら》ったバレンタインのコンテスト――ダニー・エイムズとのディナーが賞品のコンテストに応募したなどとマーカス・バレンタインに知られたくない。

「お気持はよくわかるわ。あなたの秘密は絶対にしゃべらないわ」それに私の秘密もね。

「ありがとう。感謝するよ」

「秘密ってなんだい？」さっき聞いたばかりの声がした。マーカス・バレンタインはジョイの隣の椅子に腰を下ろし、人を引きつけずにはおかないブルーの目で問いかけるように二人を眺めた。

ジョイは笑いながら出ていくマーカスの連れを、とくに、美しいブロンドの女性のほうを見ずにはいられなかった。マーカス・バレンタインに訴えるような視線を投げかける彼女をグループの一人が促して出ていこうとしている。

視線を戻すと、マーカス・バレンタインが面白そうにこちらを眺めていた。彼の仲間、とくに若い女優に関心を持っているのをからかわれたようだ。ジョイは頬がかっと熱くなるのを覚えた。

「お友達との間をお邪魔をしたのではないといいのですけれど」ジョイはつんとすまして言った。

「その心配は無用だ」椅子にくつろいで座っている彼は即座に言った。「僕こそお邪魔じゃないのかな？」

「とんでもない」いささかオーバーに否定したダニーは、マーカスが座に加わったのを喜んでいると同時に、その理由をいぶかってもいるようだ。

「さっきも言ったように、ジョイと僕はただの友人なんだ」

そして、その友人である私は、マーカス・バレンタインがなぜこの場に加わったのかを知っている。つまらないことを考えるものではないわ！　ジョイは再び自分をいましめた。マーカス・バレンタインのような男性にとって、美人はよりどりみどりのはず。私に本気で関心を持つはずなどないわ。そうよ、彼は本気で興味を抱いたわけではないのよ。でも、私を魅力的だと思ってくれた。ジョイはそのことにうろたえた。彼はダニーと一緒にいるのが楽しいから残っているのではない。それははっきりしている。ダニーにかすかな蔑みを抱いているのがはっきり感じられるもの。

「二人とも僕たちと一緒に来ないか？」マーカス・バレンタインは愛想よく誘った。「皆、どこかへ踊りに行くんだ」

「どうする？」ダニーはジョイを見た。

楽しむんだ。少しはめをはずさなきゃ。ケーシーならこう勧めるだろう、とジョイは思った。

でも、それは私らしくないことだわ。六カ月前まで、私は四十代後半の男性――人生を、とくに自分のキャリアを大事にするジェラルドと約四年つき合っていた。そして、別れはおだやかなものではなかった。

だからこそ、いまはリラックスして楽しまなきゃ、とケーシーなら言うだろう。ロンドンに来る前、彼はこう助言した。〝一週間、ここでの生活を忘れるんだ。しばらくの間、ほかの人間になって、ふだんしないことをしておいで。そんなに難しくはないはずだ〟

ケーシーがそう言ったのにはわけがある。この六カ月間、ジョイは朝仕事に行って夕方自宅に戻ると、夜は本を読んで過ごし、翌朝起きてまた仕事に行くという生活を繰り返した。一日も休まず、一週間に六日働き、日曜日はもっぱら家事をして過ごした。

ケーシーから見ると、ジョイの人生は退屈そのものので、まったく変化がないという。ゆっくりわが身を振り返ると、確かにそうだとジョイも思った。人生が過ぎゆくにまかせ、気難しいオールドミスになっていく二十七歳の女性。そんな自分から抜け出したい。結局、ロンドンまで出かける気になったのはまさにその理由からだった。

でも、自分の日常の生活からかけ離れた存在の女優や俳優のグループと、どこかわからない場所に出かけて夜を過ごすなんて、あまりにも極端じゃないかしら？　退屈で変化がない生活とはあまりにも対照的だ。

「ええ、ご一緒したいわ」思い切って答えるとジョイは心が浮き立ち、頬を赤らめた。マーカス・バレンタインが満足そうな顔で彼女を見つめている。みぞおちに震えるような興奮を覚えながら、ジョイははっきりと繰り返した。「ぜひ、ご一緒させていただきたいわ」

2

「君の友人は楽しんでいるようだね」

かたわらのマーカスに話しかけられたジョイは不満そうなブロンドの女性と熱心に踊っているダニーをさして興味もなさそうに眺めた。

これまで、新聞でしか読んだことのないナイトクラブでいったい私は何をしているのだろう？　でも、マーカス・バレンタインの言うとおり、ダニーは若い女優と大いに楽しんでいるようだ。

レストランを出たあと、ジョイはほかの皆と一緒にタクシーに乗り込んだ。そして、なぜか彼女はタクシーのドアとマーカス・バレンタインの間に押し込まれていた。ナイトクラブに着くと、マーカスはジョイのそばを離れず、そのどこかわがもの顔の態度のせいで、グループのほかの男性は彼女に近づこうとはしなかった。マーカスがジョイに関心を示したので、ダニーも急に彼女を別の目で見るようになっていた。だが、二人はただの古い友人だと言ったために、ダニーは自分の連れだと強く主張できず、結局マーカス・バレンタインに無視され、いらだっていた愛らしいブロンド女性を相手にし始めた。最初は、二人ともジョイとマーカスに袖《そで》にされて腹を立てているので意気投合したと思っていたが、いまはお互い本当に楽しんでいる様子だった。

「ええ、そうね」ジョイはマーカスから視線をそらし、ワインを飲みながらかすれた声であいづちを打った。

マーカスと一緒にいると落ち着かない。何を話していいのかさえわからない。

「リラックスして、ジョイ」マーカスは膝の上に置かれているジョイの手に片手を重ねた。ジョイは緑色の目を見開き、マーカスを見上げた。「僕は人畜無害だよ」彼はテレビや映画でおなじみの、あのからかうような笑顔になった。

これほど危険な人に会ったことはないわ！　彼は、鎖につながれた虎《とら》、文明という薄い衣をまとった虎のよう。その衣がいつもきちんとしているかどうかは疑わしい。なぜか、そんな気がする。

マーカスは体を少し前に乗り出した。顔が危険なほど近くにあり、彼は指を私の指にからませている。その細く、しなやかな指に包まれると自分の手がとても小さく見える。手だけではない。彼のすべてが大きい。事実、彼は実際より大きく感じられ、なぜか、身がすくんでしまう。

「僕はかみつかないよ。少なくとも、最初のデートではね」彼の濃いブルーの目が楽しげに光った。

ジョイは、どうしていいのかわからなかった。さっき、頭に響いたケーシーの言葉などに耳を貸さなければよかった。ちっとも面白くないし、楽しくもない。この男性といると緊張して楽しむどころではなくなってしまう。ジェラルドは年齢以上に落ち着いていてまじめだった。それに、私の知っている男性は限られている。マーカス・バレンタインのような男性は初めてで、どうしていいかわからず、途方に暮れるばかりだ。

「私たち、デートしているわけではないわ」ジョイは深く息を吸い、できるだけさりげなく言った。落ち着き払っているように聞こえるといいけれど。

「それならデートしてみればいいじゃないか」彼は広い肩をすくめた。「明日の夜、僕と夕食をしよう。その時にもかみつかないと約束するよ」

この男性と夕食ですって？　二人だけで夜を過ごす？　冗談に決まっているわ！

「君との関係は過去のものだというダニーの言葉が真実ならばの話だがね」黙っているジョイに彼はさらに続けた。「今夜はバレンタインの夜だ。彼が君との間をやり直そうとしていたかもしれないだろう？」

二人の間には何もないというダニーの言葉は本当だ。すべてはダニーの作り話なのだから。でも、それを話すとコンテストの件を説明しなければならなくなる。マーカス・バレンタインといればいるほど、それについて彼に知られたくないという思いが強くなる。

「ダニーと私の間には本当に何もないわ」ジョイはきっぱり言った。ダニーはいままでに会った中で最高に退屈な男性だという考えは変わらない。もう一晩ともに過ごしたら、眠り込んでしまうに違いない。「ダニーは今夜、一人だったの。私がたまたま町にいたので、一緒に食事をするのも悪くないと思って」

「わかった」マーカスは満足そうにうなずいた。「それなら、明日のディナーのことを考えてみてほしい。その間、ダンスでもしないか？」

ダンス？　彼は私とダンスをしたいの？　この音楽で？　騒々しいロック音楽は数分前に終わり、曲はスローなラブソングに変わっている。ダニーと若いブロンドの女性は、さっきから体をぴたりと寄せて踊っている。そしていま、マーカスは私たちも踊ろうと言う！

マーカスは喉の奥で笑った。「君みたいな女性は初めてだよ、ジョイ。本当に新鮮だ」

つまり、未熟で洗練されていないと言いたいんだわ、とジョイは思った。でも、怒るわけにはいかない。私は成熟した大人の女性ではなく、未経験のティーンエイジャーのようにふるまっている。彼はダンスをしようと誘っているだけ。ベッドに行こうと言っているのではないのよ！

「ええ、ぜひお願いするわ」ジョイはさっと立ち上がった。マーカスも立ち上がり、指と指をからませたままダンスフロアに向かおうとする。奮い立たせたジョイの自信はかすかにぐらついた。でも、一緒に行くしかないわ。彼は私の手を一見軽く握っているような感じだ。でも、離れようとすれば、すぐさまぐいと力を入れるだろう。

心臓が早鐘のように鳴っている。マーカスの腕が体に回されると喉から心臓が飛び出しそうになった。

抱き寄せられると自分の頭がマーカスの顎の下までしかない。彼は本当に背が高い。その力強い手が腰に回され、二人の体はさらに近づいた。

息が詰まりそうになる。彼のたくましい胸に顔を埋《うず》めているせいではない。そのしなやかで強靭《きょうじん》な体からアフターシェイブ・ローションのくすぐるようなにおいまで、彼のすべてを意識せずにはいられないからだ。

ダンスフロアは混雑していて、二人はその場で踊るしかなかった。体をぴたりとつけたマーカスは音楽に合わせ、誘うようにリズミカルに体を動かしている。抱き寄せられた時、ジョイは自分の腕をどうしたらいいかわからなかった。だが、彼の腕がさっと細い腰に回され、その広い肩に手を置くしかなかった。こんな落ち着かない気分になったのは初めてだ。離れようとすると、すぐに、ぐいと引き寄せられてしまう。

「リラックスして、と言っただろう」耳元でささやくマーカスの温かい息がジョイの肌にかかる。「ダンスをしているだけだ」

彼にとってはダンスをしているだけかもしれない。でも、私には音楽に合わせ、愛を交わしているように感じられる。彼はこうしたことになれているのかもしれない。でも、私は違う。二人の体で触れ合っていない部分はないみたい。音楽に合わせて左右に揺れる動きの中で、足さえもが触れ合っている。成熟した女性のようにふるまわなければいけないのだろうが、とてもできそうにない。こんな状態が続けば、足ががくがくして立っていられなくなりそう……。

〝楽しむんだ。少しはめをはずさなきゃ〟ケーシーならそう勧めるはずだ。

でも、これは極端すぎるわ。この六カ月間、朝、仕事に出かけて夜、家に帰り、翌朝また仕事に行くという繰り返し。ただ、生きているだけという生活だった。それが突然、このとてつもなく魅力的な男性とこんな状況に投げ込まれてしまい、どうしていいかわからない。途方に暮れるばかりでなく、この場にくずおれてしまいそうだ。若い時、読んだ詩を思い出す。落ち着き払っていると誰からも思われているけれど、実際にはそうではない人物が助けを求める必死の声をうたった詩……。

「席に戻りたい？」マーカスが低い声で尋ねた。「さっきのレストランで、くだらない人間の中で揺らめく緑の炎のように座っている君の姿を見て以来、こうして君を抱きたかった。でも、君が望むなら、席に戻って……。ああ、ジョイ。君みたいな女性がダニー・エイムズみたいな男といったい何をしているんだ？」

突然の言葉にジョイはあっけにとられた。「私……」

「あの男はどうひいき目に見ても、愚か者以外の何者でもない。厳しい言い方をすれば……」

「私がダニーと何をしようと、あなたには関係ないでしょう」最初のショックから立ち直るとジョイはすぐに彼をさえぎって言い返した。「それに、私のような女性って、どういう意味かしら？」

「君のすべてがダニーとは違っている」マーカスは頭を振った。「君には気品がある。ダニーには逆立ちしても絶対に得られないものだ。なぜ、彼のような男とつき合って時間をむだにしている？」

ジョイは憤然とマーカスを見上げた。「あなたのような男性がそばにいるのに、とおっしゃりたいわけ？」

「僕のことを言っているんじゃない」

「そうかしら？」

「そうかもしれないな」彼はゆっくり認めた。「ああ、ジョイ。君はダニー・エイムズの何千倍も価値がある。それがわからないのか？」

「私のことを知りもしないのに」

「でも、知りたいと思っている。心からそう願っている。きれいだよ、ジョイ。本当にきれいだ。君は……ああ、君にキスしたい！」彼はうなるように言うと頭を下げ、唇を重ねた。

ジョイは反射的にマーカスの肩をぎゅっとつかんだ。二人の動きはとまっていた。ジョイは唇に押しあてられた彼の唇の動きだけを意識した。

　やさしい唇の感触、探るような舌先の軽い動き。

腰に回された彼の腕に力が入った。自分の激しい胸の鼓動が耳に響く。

「あの……邪魔をしてすまないが」ためらいがちの声が聞こえた。「われわれはここを出るんだが、お二人も一緒に来るかなと思って」

　しぶしぶキスをやめて頭を上げたマーカスは不機嫌そうにダニーをにらみつけ、振り向いたジョイはぼうっとした目でダニーを見た。いったい、私は何をしているのだろう？　楽しんでいるの？　少しはめをはずして？　少しどころではないわ！　ダニーという邪魔が入らなければ、どうなっていたかしら。しかも、このダンスフロアで！

「いや」マーカスはそっけなく答えると、ジョイの腰に腕をかけ、自分のそばに引き寄せた。「僕がジョイの家まで送っていく」

「彼女はホテルに泊まっているんだ」ダニーはとまどい、問いかけるようにジョイを見た。

　とまどうのも無理はない、とジョイは思った。今夜私はダニーと出かけ、いま別の男性と帰ろうとしているのだから。でも、そう見えるだけで実際は違う。マーカスにホテルまで送ってもらうつもりはないわ。楽しんで、少しはめをはずすのにも限度がある。もうその限度をはるかに超えていた。心の平和と感情、自制心にとってマーカスはとても危険な男性だわ。ついさっきまで、私は自分のいる場所さえ忘れ、マーカスの官能的な魔法のとりこになっていた。

「お心づかい、ありがとう。でも、ホテルへはダニーが送ってくれるから」答えながらさっとマーカスの腕から抜け出すと、ジョイは挑むようにダニーを見た。ダニーがマーカス・バレンタインの高飛車な態度に従いたがっているのはわかっていた。だが、ジョイの意図は察したらしい。マーカス・バレンタインに逆らうと思うと落ち着かないのか、ダニーはもじもじした。でも、ダニーは私に借りがある。お互い、それはよく承知しているはずだった。

「夜がお開きになって、来た時とは違う男性と帰るのは無作法だと母からよく言われましたわ」母親がこう注意したかどうかは覚えてはいないが、きっとそう言ったに違いない。

「僕たちはグループで来たんだよ」マーカスは軽い口調でまぜ返したが、リラックスした態度とは裏腹に、その濃いブルーの目の奥が硬く光った。自分の意見が通らないと思うと、心中おだやかではないのだ。

ジョイも、彼にホテルまで送ってもらうと思うと心中はおだやかではなかった。この男性にかかると、自分の意思というものがなくなってしまうみたいだ。俳優、それもマーカス・バレンタインのような魅力的な男性とのつかの間の火遊びなど、今週の計画には入っていなかった。それに、彼がホテルまで送ってくれれば、さっきの熱烈なキスのあとだから、きっと私をベッドに誘おうとするような気がする。

〝こんなチャンスをふいにするなんて、信じられないよ〟というケーシーの言葉と、〝マーカス・バレンタインのような男性と、つかの間でも関係ができるのをいやがるなんて、どうかしているわ〟というリサの驚きが聞こえるようだ。このことは二人には絶対に黙っておかなくては！

「ダニーとはまだ積もる話があるから。そうでしょう？」ジョイはダニーの肘に手をかけ目で合図を送りながら、にっこりほほえみかけた。

「ああ、そうだ。話がいろいろあるものな。すまないね、マーカス」ダニーはジョイの合図に応じてすぐうなずいたものの、少し不安そうにマーカスをうかがった。仕返しを怖がっているのだろう。マーカスはその気になりさえすれば、容赦なく厳しい態度に出られる人だとジョイは思った。

「君がジョイと消えたら、ディーは面白くないんじゃないかな」マーカスは若いブロンドの女優を見やった。今夜、二度までも相手の男性をジョイにさらわれそうな彼女は不機嫌を通り越し、怒っているのがはた目にもわかる。

運がよければ、ディーはマーカスを取り戻せるだろうが、とにかく、ジョイはマーカスではなくダニーと帰るつもりだった。

「お会いできてよかったわ。でも、ダニーと私は本当に失礼しないと」ジョイはマーカスに手を差し出した。

「それなら、しかたがないな」マーカスは硬い声で答えた。そして握手はせず、頭をかがめて差し出された手に軽く唇を押しあて、ほかの人に聞こえない声でそっと言った。「連絡するよ」

連絡するってどういうこと？　どうやって連絡するつもり？　だって……。

「さあ、行こう」ダニーは名残惜しそうにディーにほほえむと、ジョイを促してナイトクラブを出た。

外に出たジョイはふうっと息をつき、大きく深呼吸した。ああ、なんてことかしら！　本当に今夜はさんざんだったわ！　今週、ロンドンに出てこなければよかった。自分の安全な世界にこもっていればよかったのよ。そうすれば、こんなことにはならなかったはずだわ。

「わかっているだろうが、彼どはこれっきりというわけにはいかないよ」ホテルに向かうタクシーの中でダニーは静かに言った。

ジョイは自分が感じていることを彼に口に出して言ってほしくなかった。

「ご冗談でしょう」言われている意味がわからないふりすらせずに言い返した。

「僕は彼を昔から知っている」ダニーは車内の薄明かりの中で首を横に振った。「いま彼が引き下がったのは、場所がらを考えたからだ。だが、彼は欲しいのものがあれば、必ず手に入れる男だ」

あの、人でいっぱいのナイトクラブで私にキスしたのはそうしたかったから？　あれが強い意志なのか、それとも傲慢《ごうまん》さの表れなのか、ジョイにはわからなかった。でも、ジェラルドなら、あんなこれ見よがしの態度はとらなかっただろう。ジェラルド……。今夜の出来事を彼がどう思うかなど、考えたくない。

私が何をしようと、ジェラルドには関係ないわ。六カ月前、二人の間に終止符を打って同年代の女性とつき合うことを彼が選んだ時、すべては終わっている。彼の決意を知らされた時には信じられなかった。四年近くの交際で、近い将来結婚を申し込まれるとばかり思い込んでいたのだ。

だが、ジェラルドは成人した子供がいる四十五歳の夫を亡くした女性とデートを始め、残された私は何が悪かったのかと思い悩んだ。だが、問題はそれだけではなかった。ジェラルドは私が働いている図書館の責任者であり、二人の過去の関係と、その唐突な破綻《はたん》の原因を知る人たちと毎日一緒に仕事をするという屈辱に耐えなければならなかった。

だが、もう何週間も彼のことは考えていない。いや、何週間ではなく数日と言うほうが正確だろう。ロンドンへ来る前の数日間、出かける準備で追われていたせいだ。それなら、なぜいまになって過去の関係を思い出しているのだろう？　それはジェラルドとマーカス・バレンタインがあまりにも対照的だから……。

「マーカスは言い出したら絶対に引き下がらない男だ」ジョイが黙っているのでダニーは繰り返した。

ジョイにもそれはわかっていた。連絡すると言った時、彼は本気でそう言ったのだ。でも、まず私の居場所を捜さなければならない。それには方法は一つしかなかった。

「私の泊まっているホテルを彼に教えないと約束してほしいの」ジョイは緑色の瞳でまっすぐにダニーを見た。

マーカス・バレンタインの登場以来、ダニーの勇ましさはすっかり影をひそめ、いまは不安そうな顔になっている。

「彼に尋ねられたら……」

「黙っていてね」ジョイは強い調子でさえぎり、怒ったようにつけ加えた。「いいこと、ダニー。彼はただゲームを楽しんでいるだけだわ。私はそのゲームに加わるつもりはないのよ」つかの間のなぐさみ者になるなんてごめんだわ。そんな経験は人生に一度で十分。

ダニーは探るように横目でジョイを見た。「ちょっと前まで、君も楽しんでいるようだったがな」

マーカスとキスをしている時……。彼の魔法のとりこになり、自分がどこにいるか、誰に見られているかなどまったく気にならなかった。だからこそ、彼と顔を合わせたくないのだ。今週が終われば、また、普通の生活に戻らなくてはいけない。これ以上、人生を複雑にしたくない。

「あなただってそうだったじゃないの」言い返したジョイはホテルに着いたのでほっとした。「中まで送ってくださらなくても結構よ。このままタクシーでお好きな場所へいらっしゃればいいわ」

たぶん、ナイトクラブへ——あの美人のディーのもとへ戻るのだろう。マーカスがまだいて、ダニーの帰りを待っていないといいけれど。でも、私の警告を理解しているようだから、ダニーはナイトクラブへは戻らないかもしれない。

予想どおり、ダニーは降りてタクシーのドアを開けてくれようともせず、仏頂面で告げた。「明日の午後四時、写真撮影の際に会おう」

タクシーを降りかけていたジョイは動きを止め、振り返った。「写真ってなんのこと？」

「コンテストの賞品の一つだよ」ダニーは肩をすくめ、不機嫌そうに説明した。コンテストなどにかかわるのではなかったと後悔しているらしい。「雑誌の宣伝のためさ。僕と当選者との写真だよ」

写真なんてケーシーから聞いていないわ！　この男性と並んで写真におさまり、それを読者が羨望《せんぼう》のまなざしで眺めるなんて！

「それじゃあ、またね」ジョイはあいまいに答えた。明日の午後、ホテルにうろうろなどしているものですか。写真ですって、冗談じゃないわ。そんな屈辱には耐えられない。

「ミス・シムズ、メッセージが二件ございます」

ルームキーを受け取る時、ホテルのフロント係の女性にそう言われ、ジョイはどきりとした。マーカスにもう居場所がわかってしまったの？　まさか、そんなはずは……。泊まっているホテルがどこか、わかるはずがないわ。ダニーは黙っていてくれるはずだもの。二人とも、このコンテストについてマーカスに知られたくないのだから。

「明日の午後の件についてカメラマンからの伝言です」ジョイがメッセージの書かれた紙を丸めるのを見て、フロント係はちょっと驚いたように、片方の眉を軽くつり上げた。「もう一件、一時十五分ごろ、ミスター・シムズからお電話がありました。また、お電話なさるそうです」

「またって、いつかしら？」すぐにでもケーシーと話がしたい。

「はっきりした時間はおっしゃいませんでした」

まったく、もう、いかにもケーシーらしいわ。彼が電話をかけてきた理由は考えるまでもない。ダニー・エイムズとのデートの首尾を知りたいのだ。そして、一時間前電話をかけてきた時、私がいないのを知り、想像をたくましくしたに違いない。本当にいまいましいケーシー！　そして、もっといまいましいのはマーカス・バレンタインだわ！

今夜、つかの間、私はわれを忘れてしまった。それはすべて彼のせい……。

ドアを執拗《しつよう》にたたく音に深い眠りから覚めたジョイは、眠そうにうめきながら目を開けた。朝のこんな時間にいったい誰なの？　まあ、いやだ。もうお昼前じゃない。ベッドサイドの時計は十一時五十分を指している。昨夜はいろんなことがあったので、ベッドに入ってから何時間も眠れなかったし、そもそも、帰ってきたのが遅かった。でも……。

再び、けたたましいノックの音が響いた。火事でもあったのかしら？　もしかしたら……。このままじっと考えているのはよくないわ。ガウンをはおり、誰だか見に行かなければ。

よろよろとベッドルームを抜けて居間に入ると、昨夜のドレスが肘かけ椅子にかかったままになっている。昨夜部屋に戻ったあと、ただベッドにもぐり込みたくて、ベッドルームに向かいながらドレスを脱いだのだ。そして、それから何時間も眠れないまま悶々《もんもん》と過ごした。

ドアの外には、昨夜と同じように不機嫌な顔をしたダニー・エイムズが立っている。こんな時間にいったいなんの用だろう？　写真撮影には時間が早すぎる。

「こんなことじゃないかと思ったよ」ダニーはいらだたしげに言うと部屋の中へ押し入った。「着替えてもいないじゃないか！」

ジョイはダニーをにらみつけた。部屋にまで押しかけてくるなんて、どういうつもりなの？　そのうえ、私の格好にまでけちをつけるなんて。

「ダニー、なんのご用かしら?」

「みんな、階下《した》で待っているんだ。十五分もだぞ」

彼はちらりと腕時計を見た。「もう、二十分になるな!」

「おっしゃっている意味がよくわからないわ」ジョイはじれったそうにため息をついた。謎々《なぞなぞ》遊びはごめんだわ。「誰が私を待っているの?　どういうわけで?」

「写真撮影が午前中に変更になったというメッセージを受け取っていないとは言わせないよ。昨夜《ゆうべ》、ホテルに戻ってきた君にちゃんと渡したとフロント係は断言しているよ。ここに時間どおりに来るために撮影のスケジュールまで変えた人間もいるというのに、君ときたらベッドから起き出してもいなかったとはな」

ジョイは最後の非難を無視し、撮影の件についての彼の言葉をよく考えてみた。昨夜のメッセージ、部屋に入るなりくずかごに投げ捨てたあのメッセージ……。写真撮影の時間の変更だとは思わなかった。

「あの……読むのを忘れていたの」

「忘れただって!」ダニーはいきりたった。「まあ、そのことはいいから、とにかく、服を着て……」ドアをノックする音にダニーの言葉はとぎれた。

「僕が行って様子を見てくると言ったんだ。もしかして、君が一人じゃない場合を考えて……。君は一人なんだろうね」彼は寝室のほうに意味ありげな視線を送った。

昨夜はなれないワインを飲み、そのあと眠れなかった。そしてようやく眠ったかと思ったら、いきなりたたき起こされたせいで、ジョイの頭はぼうっとしていた。それでも、ダニーの最後の言葉が意味することははっきりわかった。

「もちろん、私一人よ」

ダニーはからかうようにうなずいた。「夜遅く、マーカスが来たかもしれないと思ったのでね」

私のこの格好、椅子の腕に投げ捨てられた昨夜のドレス……。彼が何を考えているかは察しがつく。冗談じゃないわ。彼が想像しているようなことはなかったのよ。

「僕が君なら出るけどな」再びノックの音がすると、ダニーはドアのほうを顎でしゃくって肘かけ椅子に身を沈め、さも愉快そうにジョイを眺めた。「自分の口からちゃんと説明するんだな」

ジョイは何も説明するつもりはなかった。そもそも、写真撮影をするつもりもなかったのだ。昨夜、渡されたメッセージをちゃんと読んでおけばよかった。そうしていたなら、今朝、このホテルからできるだけ離れた場所にいただろう。

ジョイは礼儀正しくほほえみを浮かべながらドアを開け、朝の第二の訪問者を見て口元をこわばらせた。そこに立っているのはマーカス・バレンタインだった!

マーカスはジョイの肩越しに部屋の中を、そして、肘かけ椅子にくつろいで座るダニーを見ると、彼女のガウン姿にゆっくり視線を戻した。コバルトブルーの目が強い光を帯びた。私とダニーは古い友人などではなく、その関係はいまも続いていると思っているのだ。

3

「やあ、ダニー」

マーカスは冷ややかに声をかけると、ジョイの脇《わき》をすり抜け、招かれていない部屋につかつかと入った。その時、体がかすかに触れ合い、ジョイはあわてて後ろに下がった。マーカスはそんなジョイをじろりと見るとダニーに視線を戻した。

「今日、体の調子が悪くて仕事に来られないというのはこういうことだったのか！」

ジョイもダニーを見た。マーカスの姿にダニーは青ざめ、ばつが悪そうに立ち上がった。それも当然だろう。今朝、ここに来るため、仕事のスケジュールを変える必要があったが、もっともらしい言い訳が思いつかず、ただ病気だと電話したらしい。その顔色からして、今朝は体の具合はどこも悪くなかったにしても、いまはそうではないようだ。

ダニーは血の気の引いた顔で、ごくりとつばをのみ込むと、おずおずと言った。「ジョイと僕は……話がまだ残っていたから」

ジョイはあっけにとられてダニーを見た。それでは事態をますます悪くするだけじゃないの。それに、実際にあったこととはまるっきり違う。ダニーは退屈なだけでなく、どうしようもない愚か者だわ。

「そのようだな」マーカスは冷たい顔で応じた。「ダニー、君は考えてもみなかったのか？　君の仮病のおかげで、今日は僕を含め、どれだけ多くの人間が迷惑をこうむったかをだ」

ダニーは弱々しく笑った。「マーカス、それはオーバーじゃないか……」

「そうかな？」表面はおだやかだが、マーカスの目には怒りがこもっている。「僕は、そうは思わないがね。君も知ってるはずだが、今朝撮るはずだった場面をすべて変更しなければいけなくなった。それもすべて、君が古い友人のジョイとベッドから出られなかったためだとはな！」

ジョイは爆発しそうな怒りをすんでのところでこらえた。よくもそんなことが言えるわね？　自分をいったい、何様だと思っているの？　ふんまんやるかたない怒りにジョイは唇をかんだ。

マーカスは身をかがめ、ジョイが昨夜着ていた緑色のドレスを取り上げて不愉快そうに眺めると前に突き出した。ジョイは反射的にそれを受け取り、ぎゅっと握りしめた。この状況を彼がどう理解したか、いまやはっきりしている。

でも、誰にも説明する必要はないわ。ダニーと私の関係が本物だとマーカスが誤解したとしても。ダニーが今朝、仕事に現れなかったことにマーカスが腹を立てているのは理解できる。でも、個人の立場からすれば、ダニーが私とここで夜を過ごそうと過ごすまいと、彼には関係のないことじゃないの。

「私、着替えてくるわ」ジョイは誰にともなく言うと二人の男性から目をそらし、寝室に向かった。戻るまでに、二人ともいなくなっていればいい。それがむなしい願いなのはわかっているけれど。

「そうしたほうがいいだろうな」マーカスはジョイの背中に向かって冷ややかに言った。

その声に蔑《さげす》みを感じ取ったジョイは背中をこわばらせ、すばやく寝室に入った。まさにそれは逃げるといった感じだった。居間の空気は怒りと不満でぴりぴりしている。なぜ、マーカスはここにいるのかしら？　どうやってこのホテルを見つけたの？　見つけなければよかったのに……。マーカス自身も、来なければよかったと後悔しているに違いない。

ああ、なんてひどいことになったのだろう。病気だと嘘《うそ》をつくなんて、ダニーもばかなまねをしたものだわ。そのうえ、こうして嘘がばれてしまうなんて……。さらに悪いのは、その嘘に私を巻き込んでしまったことよ。コンテストの当選者として彼とかかわりはあるけれど、二人の関係はダニーがマーカスにほのめかしたようなものとは全然違う。

ぴったりしたジーンズをはき、黒のセーターの裾《すそ》を細いウエストにきっちりたくし込むと、ジョイはかなり気分が落ち着いてきた。髪をゆったり肩にたらし、青白い顔に軽く頬紅をつける。これからの数分間を切り抜けるため、ありったけの自信をかき集めなければ。きっと、マーカスは数分間のうちに私たち二人をどう思っているかを告げ、去っていくだろう。

ジョイは深呼吸するとドアノブに手をかけ、居間へ入った。二人の男性はもはやいなかった――というわけにはいかなかった。でも、ダニーの姿はない。ひどい人、私を一人残していくなんて！

居間にマーカスだけが立っていた。部屋の中は暖かいのに、濃いブルーのシャツにぴったりしたジーンズの上からはおった分厚いコートを脱がずにいる。長居をするつもりはなさそうだ。今朝、ダニーが仕事をさぼった一件における私の役割について一席ぶつだけですぐに帰るのだろう。

マーカスは眉間《みけん》にしわを寄せてジョイを眺めた。その目は冷たく、薄い唇は固く引き結ばれている。その厳しい視線にジョイは身じろぎした。

「どうやってこのホテルがおわかりになったの？」ジョイは長い沈黙にそれ以上耐えられず尋ねた。

「それは簡単だった」マーカスはじっと立ったまま、そっけなく答えた。

そのくらいは想像がつくはずだ、とマーカスは言っているのだ。考えられる唯一の説明は、私の泊まっているホテルがわかるまで、かたっぱしから電話をかけたということ。これから行くと前もって知らせなかったのはいかにも彼らしい。もし、そうしていたなら、ダニーとのさっきの場面は絶対になかっただろう。

ジョイは体の前で手を組み合わせた。手がかすかに震えているのを隠すためだったが、手のやり場に困ったせいでもあった。こうして彼と向かい合っていると落ち着かない。昨夜、一緒に踊った男性とは別人のようだ。いま、彼の周囲には危険な雰囲気が漂っている。でも、それは人の理性を乱し、官能の世界に溺《おぼ》れさせるというようなものとは違う、別の危険だ。

「あの……ダニーはどこなの？」彼の居場所が気になったというより、何か話す必要があるからジョイは言った。だが、マーカスの顎がぎゅっと引きしまるのを見て、まずいことを言ったと悟った。

「いたたまれずに帰ったよ。当然だろう」マーカスは吐き捨てるように告げた。

何が当然なものですか。ダニーはここにいて、私がこの場を切り抜けるのを助けてくれるべきだったのよ。でも、それはむなしい期待だとわかっている。ダニーはマーカスが怖いのだ。

「まあ、そう」ジョイは軽くうなずき、顔をそむけた。

「だが、きっと戻ってくるだろうよ」マーカスは蔑むように言い添えた。

ジョイもそう思った。自分が去ったあと、私とマーカスの間にどんな会話がなされたかを、自分のことがどのように話されたかを知るために。それなら、私一人にマーカスの相手をさせず、ここに残っているべきだったのよ。

「ジョイ、なぜ嘘をついた？」マーカスの詰問するような口調にジョイは驚いて彼を見上げた。「君は結婚しているのか？　そうなのか？　ロンドンに住む人妻で、俳優の友人とちょっと楽しむために出かけてきたんだろう？」

彼は蔑みを込めて言い、けがらわしげにジョイを眺めた。この人に私を非難する権利があって？　彼について新聞や雑誌に書かれていることが本当だとしたら、人を責める資格などないはずだわ。

「ご自分を基準にして人を判断なさらないでいただきたいわね」ジョイは緑色の瞳に怒りをたぎらせ、マーカスをにらみつけた。

彼はいっこうに動ぜず、険しい目でジョイをにらみ返した。

「それはどういうことかな？」危険なほどおだやかな声だ。こういう時には警戒しなければいけない。

でも、いまはそんなことはどうでもいいわ。勝手に押しかけてきて非難を浴びせるとは、いったい自分を何様だと思っているの？　彼自身、昨夜会って間もないのに私にキスしたじゃないの。私とダニーの間に何かあったと勝手に思い込み、それをとやかく非難できるような立場にはないはずだわ。

「既婚者、独身者を問わず、あなたの恋愛ざたは有名ですものね！」ジョイは映画界のゴシップなどに興味はなかったが、新聞や雑誌でいやでも彼の写真が目についていた。しかも、毎回違った女性と。それなのに、よくも私とダニーのことについて偉そうに批判できるものだわ。本当にあつかましい人！

ああ、こんなのばかげているわ。ダニーとのありもしない関係のことで腹を立てるなんて、どうかしている。さっさと真実を告げてしまおう。そうすれば、早く帰るだろう。

だが、口を開く前にマーカスはつかつかと部屋を横切り、ジョイの腕を痛いほど強くつかんだ。突然のこの行動にジョイはあっけにとられ、ただぽかんと彼を見上げた。

「そんなに有名なら、もう一人増やしてもどうということはないわけだ。そうだろう？」

　私のこと？　彼は……。

　ジョイに考えている暇はなかった。彼の頭が下がり、唇が押しつけられる。容赦なく攻め立てるその唇には、昨夜のやさしさはなかった。腰に腕が回され、強く抱きすくめられる。

　蔑みに満ちたキスがこのまま続けば、体を引いてその場でキスを終わらせただろう。だが、怒りにまかせて始まったキスから不意に荒々しさが消え、いとおしむようなキスへと変わっていった。マーカスは片手でジョイの顎を包み込むとそっと唇を重ね、舌先で温かい唇をなぞった。

　昨夜と同じ、すべてを忘れさせる甘い喜びにジョイは何も考えられず、キスが続くことだけを願っていた。骨がとろけそうな欲求にジョイは体を押しつけ、腕を彼の首に回した。

「ああ、ジョイ！　きれいだ。本当にすばらしい」

　マーカスはジョイの喉にささやいた。熱い唇に体の芯《しん》が熱くなり、ジョイは身を震わせた。「それに、君が欲しい」マーカスはあえぐように言うと、頭を上げ、濃いブルーの目でじっとジョイを見つめた。その硬い頬には赤みがさしている。

　彼が求めているのがジョイにもわかった。彼の体にわき起こる緊張がわからないほど未経験ではなかった。そして、その欲望の炎はジョイの体の中にも燃えていた。二人の間の怒りは突き上げる欲望に変わっていた。ジョイはマーカスの肩にしがみついた。倒れるのを防ぐため、そして、その広い肩を感じ取るために。

　マーカスはジョイの顔を見つめた。「君も僕が欲しいんだ」彼はやがてうめくように言うと、再び唇を求めた。「ああ、ジョイ！」

　キスは激しさを増していく。マーカスの手が胸にすべり、すでに固くなっている頂をなぞり始めると情熱の炎が一気に燃え上がり、ジョイの口から喜びのあえぎがもれた。いままで味わったことがない熱い興奮が全身を貫く。

抱き上げられた時、ジョイはあらがおうとはしなかった。マーカスはジョイをソファに運び、クッションにもたれさせた。焼けつくような快感に酔いしれ、ジョイは目を閉じていたが、胸にマーカスの唇を感じ、目を開けた。彼の唇がゆっくり胸をさまよう。その感触にしびれたようになり、ジョイは再び目を閉じた。彼の唇が胸の頂をとらえ、固くなったつぼみに触れている。いままで味わったことのない、狂おしいほどの心地よさに溺れていく自分をどうすることもできない。

マーカスの手がジョイの腿をせわしげにさまよい、その体をさらに引き寄せた。二人の体はぴたりと合わさっている。ジョイは滑らかな白い肌の上にあるマーカスの黒い頭を見おろした。彼はばらのつぼみをとらえたまま頭を上げ、欲望にかげる目でジョイを見つめた。からみ合うブルーと緑色の瞳。その奥底に欲望の炎が燃えているのを二人は互いに見て取った。

自分の胸にキスしているマーカスを見るのはとても刺激的……。ジョイは片手を伸ばし、彼の頭を抱きしめた。このままキスを続けてほしい。全身が炎のように熱く、いまにも爆発しそう。

ジョイの目に喜びを見て取ったマーカスはゆっくり唇を離した。そして、彼女を見つめながら、唇で固くなった胸の頂をゆっくり愛撫《あいぶ》し始めた。

全身が焼けつくように熱い。マーカスが欲しい。彼のたくましい体と一つになりたい。この喜びの高みにまで上りつめたい。

「お願い！」ジョイはマーカスの髪に手をからませ、われ知らずうめいた。彼の唇はもう一方の胸の頂をとらえ、片方の手でいま味わった胸の頂を愛撫し続けている。激しい欲求にジョイは身を震わせた。マーカスが欲しい。彼のすべてが……。

「ジョイ、言ってくれ」しっとり汗ばんだジョイの肌にマーカスの熱い息がかかる。「僕が欲しいと……」

なぜ？　私の気持を疑っているの？　この体の隅々まで、あなたが欲しいと叫んでいるのに。

「僕を欲しいと……」マーカスはきれぎれに続けた。「言ってくれ、ジョイ。僕が欲しいと……」マーカスはジョイの顔を両手ではさみ、いまの言葉を繰り返させようとじっと見つめた。

ジョイには理解できなかった。なぜ、疑うの？　まさか、そんなはずはないわ。

見上げたジョイの目にショックが広がり始めた。恐れたとおり、彼は本気で言っているわ！　ほかの恋人と間違えられたくなかったのだ。自分の名前を呼ばせたかったのよ。彼は信じ込んでいるのだ、私が……。

その時、電話が鳴り、喉元まで出かかったジョイの苦悶《くもん》の叫びを押しとどめた。

「僕が出る」マーカスは体を離し、受話器を取り上げた。

彼の探るような視線から数秒解放されたジョイはその間に服を直し、絨毯《じゅうたん》の上に足を下ろすと乱れた髪を整えた。絹のような髪にからませた彼の手が思い出され、頬がほてる。

「君にだ」受話器を差し出したマーカスは、つっけんどんにつけ足した。「男性だよ。別の男だ」その口元には怒りが浮かんでいる。

受話器を受け取ったジョイは、部屋を横切って窓の外に目をやるマーカスの姿を不安そうに眺めた。

「もしもし？」受話器を耳に当て、おずおずと言った。きっと雑誌社の人だろう。今朝の写真撮影を忘れたことに文句をつけるためにかけてきたのだ。私がここにいるのを知っているのはそう大勢はいないもの。

「ジョイ！」ケーシーの威勢のいい声が聞こえた。「昨夜《ゆうべ》、電話した時に戻っていなかったことを考えると、どんな夜だったかきくまでもなさそうだな！」

ケーシー！　いま、とくに彼とは話したくない。

「あとからかけ直していいかしら？」背を向けてじっと立っているマーカスを見ながら、ジョイはそっけなく答えた。きっと、マーカスには私の言葉のすべてが聞こえているだろう。

「ああ、ジョイ。様子を知りたくてうずうずしているんだ。じらさないでくれ」

「あとで電話するつもりだったのよ」

「でも、いまこうして電話しているんだ。もうこれ以上待てないよ。昨夜の君のデートの首尾を聞きたいんだ」

「いまはだめなの、あとにしてちょうだい」ジョイはきつい口調で告げた。ケーシーが電話を切ってくれればいい。そうしたら、マーカスにここから出ていくように言えるのに。

「昼食の時間をけずってこの電話をしているんだ。ヒントくらい教えてくれてもいいだろう。ああ、ヒントは一つあるかもな」ケーシーは不意に気がついた。「電話に出た男性は誰だい？　ホテルの人だと思ったが、でも……。ジョイ、いったい誰なの？まさか、ダニー・エイムズじゃないだろうね？」

「とんでもない！」ジョイは反射的に否定すると、マーカスをちらりと見た。彼はブルーの目を険しく細め、彼女を眺めている。ジョイはぎゅっと受話器を握りしめた。「いいこと、あとから電話すると言ったでしょう。ちゃんとそうするから」ケーシーの抗議を聞く前に彼女は受話器をもとに戻した。すぐに、電話をかけ直してきたなら、私は……。

「ご主人かい？」

ジョイはいぶかしげにマーカスを見た。その時、彼がさっき投げつけた非難を思い出した。私が結婚していて、ロンドンで数人の愛人と楽しんでいる――彼は本当にそう信じ込んでいるんだわ。

ジョイはさっと立ち上がり、冷ややかに言い放った。「あなたには関係ないでしょう」熱い欲望の炎をたぎらせたことは忘れ、よそよそしい目で彼を眺めた。でも、あとで一人になった時に、あの思い出はよみがえるだろう。「どうぞ、お引き取りくださ い」

「そのつもりだ」マーカスは吐き捨てるように言った。「それにしても、君は上手だよ。僕が保証する」

「上手？」

「昨夜、僕はいままで出会ったことのない女性に出会ったと本当に思った。君はとても新鮮で、自然だった。僕がふだん会っている人種とはまったく違ってるように感じた。たぶん、君は女優になるべきだったんだ」

「そうしたら、あなたはますます混乱するんじゃないかしら」ついかっとなってジョイは言い返した。昨夜の私の純真な態度が演技だったと誤解するなんて、あんまりだわ。

「そうは思わないね。少なくとも、女優がどんな人間かは知っているから」

ジョイを眺めるマーカスのまなざしは、彼女がどんな人間なのか、もうわかったと告げている。

「帰っていただきたいわ」ジョイはつっけんどんに言った。私が泣き出す前に帰ってちょうだい！　さっき、私はこの男性の魅力に惹《ひ》かれてあんなことになってしまった。欲望に押し流された自分の弱さが恥ずかしくて、彼女はいたたまれなかった。

いままで、こんなはしたないふるまいはしたことがなかった。ジェラルドとの関係もあそこまではいかなかった。もし、そうなっていたら……。いまさら、後悔しても手遅れだわ。とくに、いまは余計なことを思い悩んでいる暇はない。マーカスに帰ってもらうことだけを考えなければ。

「帰るところさ。君には電話をかけなければいけない相手がたくさんいるからな。そうだろう？」

私にはロンドンに数人の愛人がいると思っているらしい。そして、彼もその一人に加えようとしたとも思っている。数分前の私の態度はいささか、いきすぎだったかもしれない。かもしれないどころではない。誤解されるのも当然のふるまいだった。でも、たとえそうだとしても、あんなふうに想像する権利など彼にはないはずだわ。私が既婚者で、愛人がたくさんいるだなんて。私とダニーが何か隠しているのが明らかだとしても？　そうよ、少なくとも、私に関する限り、つまらぬ想像をする権利などないはずよ。

「さっさと帰って」ジョイは弱々しく言った。

マーカスは愛し合っている間に脱ぎ捨てたに違いないジャケットを拾い上げ、広い肩をその中に押し込んだ。「ジョイ、君はとても危険なゲームをしている。ダニーのような男が相手の場合は、とくにそうだ。彼は分別とはほど遠い男だ」

「それなら、あなたは分別があるというの？」

「プライベートな生活では、イエスだ。人前ではない」

「……」彼は肩をすくめた。「それを披露する自由はもの。

それは十分にわかっていた。昨夜、ナイトクラブで一緒にいた時、みんなわけ知り顔で彼を見ていた

「それに、もう一つ言っておきたい」マーカスはドアにたどり着くと立ち止まった。「新聞の記事をすべてうのみにしないことだ。五年前に妻が死ぬまで、僕は幸せな結婚生活を送っていた。妻の死後、五分

以上僕と一緒にいた女性は最新の恋人だと噂《うわさ》される。昨夜、新聞記者があのナイトクラブにいたなら、今朝の朝刊に僕たち二人の写真がのっていただろう。そして、特別の関係でもなんでもないのは、当の僕たちが一番よく知っている」

特別な関係にならなかったのは電話の邪魔が入ったからだわ。彼女はみじめな気持で思った。それにしても、マーカスの結婚のことはすっかり忘れていた。たしか、彼の妻は女優のレベッカ・ブッカーだ。冒険映画の撮影中、アクションシーンの事故で亡くなったという。彼はさぞつらい思いをしただろう。

だからといって、私の部屋へ押しかけてきて、勝手な想像をしたあげく、非難を投げつける権利はないはずだわ。

「これからも、そうなることはないでしょうね」ジョイはきっぱりと言った。マーカスとは、もう二度と会うことはないだろう。

マーカスは頭を振った。「なぜ、ご主人のもとへ帰らないんだ？　ダニーと一緒にいても、ただ楽しいだけで何もならない」

ジョイは挑むように頭を高く掲げ、見返した。

「私がロンドンにいるのは楽しむためだとあなたはおっしゃったじゃないの」

マーカスは濃い眉をつり上げた。「だから、楽しんでいるというわけか？」

ケーシーはそのために私をロンドンによこしたのだ。ジェラルドを、彼と同じ職場で働き続けるむなしさを忘れるため、自分自身を忘れてつかの間ほかの人間になるために。そして、昨夜私はそうしようとした。でも、マーカスと出会い、すべては悪夢と化してしまった。思いもかけぬ悪夢に……。

「十二分に楽しんだとは言いがたいわね」これまでの出来事を思い、ジョイは語気荒く答えた。どうして、田舎の図書館の一介の司書がダニー・エイムズとマーカス・バレンタインのような有名人とかかわってしまったのだろう？　滑稽《こっけい》としか言いようがないわ。

マーカスは口元を引きしめ、険しい顔つきになった。「それなら、いますぐダニーを電話で呼び戻し、お楽しみの続きをしたらいいだろう」蔑みに満ちた目で一瞥《いちべつ》すると、彼はドアを乱暴に開け、ばたんと閉めて出ていった。

去ったあとも、部屋の中にマーカスがいるような気がする。肘かけ椅子に力なく座ると、ジョイは大きく震える息をついた。なんてひどいことになってしまったの！

私がロンドンに来たのは、もともとはケーシーのせいだったかもしれないけれど、いまの出来事はすべて私のせいだわ……。

4

「さあ、いいから笑って！」ダニーは押し殺した声で言った。「気に入らない顔をする理由がある人間がいるとしたら、それは僕のほうだ！」不機嫌なのは明らかだが、部屋の向こうのカメラに向けられた口元にはほほえみが浮かんでいる。

プロ意識だとジョイは感心した。でも、私にはこの状況を楽しんでいるふりなんてできないわ。マーカスがホテルの部屋から出ていったあと、茫然《ぼうぜん》とした私はその場に座り込み、混乱した頭をまとめようとした。それが間違いだった。階下で待ちくたびれた雑誌社の人が上がってきて、つかまってしまったのだ。そして、写真撮影の予定が再調整され、こうして今夜、行われるはめになってしまった。

三十分前にここに着いた時、ダニーは私以上に気乗りのしない様子だった。実のところ、彼は青ざめた顔をしていた。だが、二人が個人的に話す機会はなかったので、何があったのか、見当もつかなかった。もしかして、ダニーはまた、マーカスに会ったのかもしれない。

そうだとしたら、それについては聞きたくないわ。私自身、マーカスとの間に起きたことにうろたえ、そのショックからまだ立ち直っていない。ダニーとマーカスはお互いの食い違いを私の助けを借りずに、自分たちだけで解決するべきよ。

写真撮影の場所はホテルの豪華なラウンジが選ばれた。そして、雑誌社の人はジョイのワードローブを調べ、黒のバックレスのドレスを選んだ。前から見ると、丈が短いだけのなんの変哲もないドレスだが、後ろはほとんど腰のところまで開いていて、黒の小さなショーツ以外、下着は何もつけられない。とてもきれいなドレスだとジョイも思った。ヘアメイクの人に整えられた髪が炎の滝のように背に流れている。でも、こうした肌を露出したドレスは落ち着かない。早く写真撮影を終え、何かほかの服に
――もっと目立たないものに着替えたい。

だが、撮影が終わり、雑誌社の人が帰ったあと、ダニーはジョイの腕をつかんでホテルのバーへと向かった。ドレスはバックレスだけでなく、袖《そで》もなかったので、素肌に彼の手が食い込んだ。バーにたどりつき、飲み物を取ってくるために彼が手を離すと、ジョイはほっとした。

「面白くなかったのはわかっているわ、ダニー……」ジョイはウイスキーのダブルをぐいっと二口で飲み干したダニーを横目でうかがった。「でも、そんなにはひどくなかったでしょう」実のところ、逃れるすべはないと悟ったあとは、写真を撮られる

経験を大いに楽しんだ。「あなたは、こういうことにはなれているはずじゃないの」

バーの椅子に腰を下ろしたダニーはコーヒーテーブル越しに険悪な目つきでジョイをにらみつけた。

「そうしたこととは無縁になるかもしれないよ！」

「どういう意味……」

「失礼」ダニーはだしぬけに立ち上がった。「もう一杯、飲まなきゃいられない」

ジョイはさっきダニーが持ってきてくれたワインに手もつけず、バーのカウンターに向かう彼の姿を見送った。ダニーは今夜撮影場所に現れて以来、ずっといらだっていた。それでも、一歩カメラの前に出るとプロに徹し、ほほえんで笑い声をあげた。何か問題があるのは、はっきりしている。ダニーは不愉快で退屈な男性だけれど、もしかして、そのいらだちの原因がマーカスのせいだとしたら、私にも関係がある。私にも責任の一端はあるのかもしれない。

「どうかしたの？」二杯目の飲み物を手に腰を下ろしたダニーに、ジョイはおだやかに話しかけた。

「どうかしたかだって？」ダニーは皮肉たっぷりに繰り返した。「どうかしたどころじゃないよ。僕はこれから……いや、もうすでにそうなったんだ」彼は首を横に振り、ウイスキーグラスを揺らしながら、その底を見つめた。

「そうなったって、何が？」

「『ピルグリムの事件簿』から降ろされたんだ」ダニーは怒りに燃えるブルーの目でジョイをにらみつけて吐き捨てるように言うと、ウイスキーを一気にあおった。

ジョイはダニーをじっと見つめた。『ピルグリムの事件簿』は彼とマーカスが共演しているテレビシリーズの題名で、ピルグリムというのはマーカスが演じる主要人物の名前だった。ダニーは彼と行動をともにする巡査部長の役柄だ。そうした大事な役を演じているダニーがお払い箱になるなんてことがあるのだろうか？

「そんなに驚いた顔をしなくてもいいだろう」ダニーは苦々しげに笑った。「マーカスは今朝、自分がどんなに怒っているか、はっきりさせたじゃないか」

「それはあなたが仮病を使ったせいで、スケジュールを再調整しなければならなかったからでしょう」ダニーは唇をゆがめ、蔑《さげす》むようにジョイを眺めた。

「本当にそれが原因だと思っているのか？」

今朝、ホテルの部屋で二人が一緒のところをマーカスに見られた――それが原因で番組からはずされたというの？　そんなばかな……。マーカスは演劇界の重要人物だけれど、いくらなんでもそこまでの力はあるはずがないわ。

「大人になるんだ」信じられないという表情がジョイの顔にゆっくり浮かぶのをダニーは冷たくあざ笑った。「マーカスはスターだ。そして、『ピルグリムの事件簿』に関する限り、彼の言葉はそのまま通るのさ」

自分がいなくては番組は成り立たないと昨夜、豪語していたじゃないの。でも、いまはそれを持ち出す時ではないようだ。それにしても、きっとこれは何かの間違いだわ。マーカスにはいろんな面があるけれど――中には考えたくもない部分もある――執念深いという印象は受けなかった。でも、彼が主演しているテレビシリーズからダニーが降ろされたのは疑いようのない事実らしかった。

「マーカスとは話をしたの？」

「何を話すんだ？　今回のシリーズで契約は終わりだと僕のエージェントに通告があった。交渉の余地はないんだ」

それは最終決定のように聞こえる。でも、本当にマーカスが……？　ダニーがいないとこの番組は成り立たないとは思えなかった。でも、彼の役は重要で、突然消してしまうわけにはいかないはずだ。それに、今日の午後通告を受けたというのはあまりにもタイミングがよすぎる。今朝、私の部屋でダニーと私が二人一緒のところをマーカスに見られたことと何か関係があると思うほかない。ジョイはあまりいい気分ではなかった。

「マーカスはどこに住んでいるの？」

「それを知ってどうする？」

「二人で行って、彼と話をするべきじゃないかしら」緑色の瞳に固い決意をにじませ、ジョイはきっぱり言った。

私とダニーが一緒だったことと、ダニーが番組から降ろされたことが関係があるとしたら、誤解はきちんと解いておかなければ。そして、マーカスのことを、その権力をかさにきたやり方をどう思っているのか、はっきり言ってやるつもりだ。ダニーと私が深い関係だとマーカスは信じているようだけど、それは私たち自身の問題であり、ダニーの仕事と関連づけるべきではない。

ダニーは椅子の上でもぞもぞしながらつぶやいた。

「いま、彼には会いたくない。こんな気分だと彼を殴ってしまうかもしれない。そうなったら、彼はもう二度と僕が仕事をできないようにしてしまうだろう」

酔いが回ったらしく、ダニーの言葉は不明瞭《ふめいりよう》で、頬もかすかに赤くなっている。彼がいまマーカスに会うのは、やはりまずいかもしれない。たとえしらふだったとしても、マーカスと闘えばどちらが勝者になるかは明白だ。まして、ダニーは少々酔っていて、勝負になるどころの話ではない。マーカスはたちまちダニーを打ちのめしてしまうだろう。

「わかったわ。それなら、私が一人で行って、話してくるわ」ジョイはそう言いながらも、胃の奥に不安がわき起こるのを覚えた。二度とマーカスには会いたくなかったし、今朝の自分の奔放なふるまいに対するショックから抜けきれていない。でも、ダニーがシリーズからはずされた件と今朝の出来事とが多少でも関係があるとしたら、一言マーカスに言ってやらなければならない。ダニーは問いかけるようにジョイを見た。「今朝、僕が帰ったあと、二人の間に何があった？」

ジョイは頬が赤くなるのを抑えられなかった。

「それとこれとは無関係だわ……」

「そうかな？」ダニーはじっとジョイを見つめた。「僕は関係があるんじゃないかと思うがね」

彼女もそう思った。だからこそ、ダニーの代わりにマーカスと話をすべきだと感じているんじゃないの。さもなければ、またマーカスに近づいたりなどするものですか。彼は私の心の平和をかき乱す危険な男性だわ。私の自制心を粉々に打ち砕いてしまった人……。

「余計なことはいいから、彼の住所を教えてちょうだい。彼と話せば、少なくともあなたがシリーズからはずされた件にマーカスが関係しているかどうかがわかるでしょう」

「彼の差し金に決まっているよ。彼は……」

「さあ、住所を教えてちょうだい。私が彼の家に行っている間、ここで待っていていいわ」話は長くはかからないはずだ。イエスかノーかの簡単な質問をすれば十分だろう。

ダニーはうなずいた。「よかったよ、彼がどこに住んでいるか知っていて。最初のテレビシリーズの始まった時、彼の家でパーティがあって、出演者全員が招待されたんだ」

つまり、二人の男性は日常のつき合いはなかったということだ。それは驚くに値しない。二人は俳優という以外、共通点がほとんどないもの。ジョイはダニーから告げられたマーカスのアパートメントの住所にも驚きはしなかった。そこはロンドンでも有数の高級住宅地だった。

　住所を教えたあとも、ダニーの機嫌はおさまらない。「もう一杯、飲むとするか……」

「それはどうかしらね」ジョイはあきれ顔でいさめた。新聞の見出しが目に浮かぶようだ。〝番組から降ろされたスター、高級ホテルで泥酔！〟もう一杯飲むのはダニーにとってよくないわ。

「私の部屋へ上がって、そこで待っていて」ジョイは部屋の鍵《かぎ》を渡した。これで、マーカスと会って戻ってきた時、少なくとも話ができる程度には酔いがさめているだろう。ああ、マーカス――彼に会いに行きたくはない。考えただけで、気が重かった。でも、ほかに方法があるだろうか？

「わかった」ダニーは同意したものの、不満がありありと顔に出ている。「長くかかるかな？」

まるでわがままな子供みたいだ、とジョイはあきれた。いったい、誰のために私が出かけると思っているの！

「話がすみしだい、すぐに戻ってくるわ」ぴしりと答え、ジョイは席を立った。「さあ、私の部屋へ上がって、そこで待っていてちょうだい」

　ダニーがふらつく足でバーを出てエレベーターに乗るのを見届け、ジョイはそのエレベーターが目的の階である三階に止まるのを確かめた。それからホテルを出てタクシーを拾った。ダニーは本当に無責任な男性だわ。でも、戻るまでに少しは酔いがさめているだろう。部屋にコーヒーを持っていくように、ルームサービスを頼んでおいたから。

　タクシーに乗り込んだジョイは、自分がしようとしていることを改めて意識し、重苦しい気分に襲われた。向こうに着いたらマーカスになんと言おう？今朝、友好的に別れたわけではなかった。いったい、何をしに来たのか、と彼はいぶかるだろう。

タクシーはマーカスのアパートメントの前に着いたが、ジョイは話をどう切り出していいか、まだ考えがまとまっていなかった。とにかく、マーカスの出方しだいだわ。今朝の彼の言葉からすると、私の顔を見て喜ぶとは思えない。ああ、なんていまいましい人！　私に腹を立てているからというだけで、ダニーにこんな仕打ちをするなんて許せない。もし、ダニーを嫌う理由がそれならばの話だけれど……。それを確かめるために、ここに来たんじゃないの。先入観を持つのはよくないわ。

マーカスの家の玄関先に突然現れて彼を驚かすことはできなかった。建物の中へ入ると、ロビーのデスクに警備の男性が座っていた。望ましくない客を追い払うために配置されているのは明らかだ。ジョイの問題はそこにあった。今朝の出来事のあとでは、望ましくない客の部類に入る可能性があるからだ。

マーカスがこうした警備のしっかりした場所に住んでいるのは予想しておくべきだったわ。彼は、昼夜の見境なく押しかけてくるファンにわずらわされたくないのだ。いささかおじけづきながら、ジョイはガードマンに自分の名前を告げ、中へ入れてもらえるのかどうか待った。

ガードマンがマーカスの部屋に電話をして来客の名前を告げている間、ジョイは壁にかかった絵に興味があるふりをしていた。だが本当はマーカスとやりとりしているガードマンの声に耳をすましていた。

「ミス・シムズとおっしゃる方です、ミスター・バレンタイン」ガードマンはていねいな口調で告げた。「はい、そうです。わかりました、ミスター・バレンタイン」

話の内容はさっぱりわからない。〝わかりました、ミスター・バレンタイン〟って何がわかったのかしら？　階上へ通してもらえるの、もらえないの？

「どうぞ、お通りください、ミス・シムズ」ガードマンは愛想よく告げた。

ああ、よかった。ジョイは内心ほっと一息ついた。追い返されたりしたら、屈辱だわ。

ガードマンはジョイの不安には気づかず、笑顔でロビー奥のエレベータを指さした。「ミスター・バレンタインのお部屋は最上階です」

ペントハウスだろう。それも予想しておくべきだった。そして、ガードマンは私がここに来たのは今夜が初めてだとわかっているらしい。さもなければ、マーカスの部屋がどこにあるか、わざわざ教えてはくれなかっただろう。

エレベーターで階上に行きながら、彼女はまだ迷っていた。向こうに着いたらなんとマーカスに言えばいいのだろう。いまや、彼は私の来訪を待ちかまえている。でも、訪問の目的は知らないはずよ。

エレベーターを降りると、ホールの中央の丸いテーブルの上には花が生けられた大きな花瓶が置かれ、四方の壁にはそれぞれ一つずつドアがある。でも、なんのしるしもないので、マーカスの部屋がどこかわからなかった。

「こんばんは、ジョイ」

突然、聞こえたマーカスの声に驚き、ジョイはハンドバッグを取り落としそうになった。右を向くと、廊下の中央にマーカスが立っている。何もしるしのない四つのドアに注意を奪われ、廊下があるのに気づかなかった。

その廊下へ続くドアはなかったような気がするけれど、それなら、どうやって……。

「ここはペントハウスだよ、ジョイ」とまどうジョイにマーカスはゆっくり言った。

この階全部が彼の家？　でも、この建物はとても大きいわ！　つまり、彼の家も同じように広いということね。マーカスは自分とは違う世界の人だと最初からわかっていたじゃないの。それなら、どうして、彼のアパートメントの広さに驚くの？　驚きはしないわ。でも、男性一人が住むにはあまりにも広すぎる。

「妻の死後、僕は一人で住んでいる」

私の胸の内を読み取るようなことはやめてくれればいいのに、とジョイはいらだった。そんなに気持が顔に出ているのだろうか？　そうではないといいのだけれど。彼はカジュアルなジーンズ姿で、黒の絹のシャツのボタンの一番上をはずしている。そんな彼の姿に胸がどきどきしているからだ。それに、彼に惹《ひ》かれる気持が抑えられず、頬も赤くなっているに違いない。

「さあ、居間へ」マーカスは黙りこくっているジョイにうんざりしたように言い、廊下の先に立って進むよう促した。

数秒後、ジョイはいままで見たこともない広い部屋へ通された。椅子と絨毯《じゅうたん》はすべてクリーム色で、家具はすべて金属とガラスでできていた。だが最も目を引いたのは、外に面した壁だ。一面ガラスドアで、そこからバルコニーへ出られるようになっている。そして、部屋の中からでも、夜空の星のようにきらめくロンドンの町が見渡せた。

「すばらしいわ」この世のものとは思えないほど美しいロンドンの夜景にくぎづけになったまま、ジョイはうっとりとため息をついた。

「四年前、不動産業者に連れられてここに来た時にも同じ夜景が見えた」マーカスはジョイの背後で無愛想に言った。

あまりにもすぐ近くに彼がいて、ジョイは落ち着かなかった。どれくらいそばにいるのか振り向いて確かめることもできない。もっと景色をよく見るため、というふうに彼女はさりげなく前へ足を進めた。

マーカスが四年前にここに越してきたとすると、

それは妻の死後ということになる。二人が住んだ家には、あまりにも思い出がありすぎるからだろう。その家は残された者にとって慰めとなる場合もあるけれど、彼はそうした慰めは必要としない人なのだ。「ジャケットを預かろう」再び彼の声がすぐ近くで聞こえた。彼もガラスドアのほうに移動したのだろう。

その時ジョイは、写真撮影の時の黒のドレスを着たまま、上に黒のジャケットをはおってここに来たのを思い出した。ジャケットを脱いだりしたら……。「いいえ、結構よ。ありがとう」そう答えながらくるりと振り向くとジョイは、危険なほどマーカスがそばにいるのを知った。あまりに近いため、深いブルーの目から視線をそらすことができない。「このままで、結構よ」彼女は小声で繰り返した。

ああ、どうかしているわ！　この男性は今日の昼間、私を不道徳な女だときめつけて侮辱以上の言葉を投げつけたのよ。それなのに、まだ彼に惹かれているなんて。

ジョイは背筋をぐいと伸ばした。「本当にご心配なく」彼女はマーカスから離れ、クリーム色の革張りの椅子に腰を下ろして脚を組んだ。だが、すぐに、そうしなければよかったと後悔した。彼の視線がその形のいい脚に注がれているからだ。「ここへ来たのはダニーについて話すためです」つんとすまして彼女は言った。

マーカスは目を険しく細め、不機嫌そうに口元を引きしめた。「彼についてのなんの話だ？」

そっけない返事。つかみどころがない、氷のように冷たい態度。考えていたより難しくなりそうだわ。

ジョイは震える息を吸った。「今夜、彼に会って……」

「君の古い友人だったな？」マーカスはあざけるようにさえぎった。

ジョイは緑色の瞳に怒りをこめ、彼をにらみつけた。「ダニーが言うには、『ピルグリムの事件簿』から降ろされたとか……」

「降ろされただって？」マーカスは抑えた口調できき返した。それは危険なしるしだ。「彼はほかに何を言った？」

私の言葉の何が彼を怒らせたのだろう？　ジョイはじっとマーカスを見つめた。彼はとても激しく怒っている。険しい目と引き結ばれた唇が、それを物語っている。

「あの……」

「ワインでも飲みながら話さないか？」彼は再びさえぎった。「二人ともワインが必要なようだ」

ジョイはホテルのバーで手をつけなかったワインが恋しかった。少しでも飲んでいたなら、いまほど震えてはいなかったかもしれない。「ワイン……ええ、いただきたいわ。お願いします」

マーカスは軽くうなずき、大きなキャビネットに向かった。鏡の扉を開くと、中はバーになっていた。クーラーからワインの瓶を取り出して巧みに栓を抜き、グラスを取ろうとしているマーカスの姿をジョイはしばらく眺めていた。手を伸ばしてグラスを取る時、シャツの絹地の背中が張り、筋肉があらわになった。その背は肩と同じようにたくましい。

指先に触れた背中の固い感触が思い出され、ジョイはたちまち全身がかっと熱くなった。マーカスが下を向いてワインを注いでいるのを見ると、記憶はいちだんと鮮明によみがえる。つい数時間前、私は彼のうなじの髪にこの指をからませた。ああ、こんなことを思い出すなんて。

「さあ」見事なクリスタルのグラスを手にマーカスが目の前に立っている。白ワインはその場の思いつきで選んだのではなく、昨夜私が白ワインしか飲まなかったのを覚えていたからだとジョイは感じた。

彼はどんなささいなことでも覚えている男性なのだ。

そう思うと、彼女はますます落ち着かなくなった。私が今朝の出来事を思い出しているとしたら、彼のほうも思い出しているに違いない。

「とても暑そうだな。ジャケットは脱いだほうがいいんじゃないのか？」

そして、いまは椅子に押しつけている黒のドレスの背中がほとんどないのを見せるの？　とんでもないわ！

「いいえ、このままで大丈夫よ」ジョイは頑固に言い張ると、彼の指に触れないように注意しながらワイングラスを受け取り、冷たい液体を喉に流し込んだ。

「ワインはビールのように一気に飲むものではなく、味わいながら飲むものだ」マーカスは愉快そうにジョイを眺めた。

グラスをぎこちなくテーブルの上に置いたジョイは、ガラスとガラスがぶつかる音にどきりとした。幸い、テーブルもグラスも割れはしなかった。

「ごめんなさい」ジョイは少しいらだたしげに謝った。この男性といると、またもやどうしていいかわからなくなってしまう。そんな自分が腹立たしくてならない。

マーカスは軽くうなずいた。彼はテーブルをはさんで向かい合って座り、両手でワイングラスを抱え、グラスの縁越しにジョイを眺めた。

「ダニーが君にテレビシリーズの変更を告げたと言っていたね？」彼はおだやかに促した。

ジョイはマーカスのそんな態度に心を許しはしなかった。あまりにもおだやかすぎるわ。それがなぜなのか、はっきりとはしない。ただ、信用できないことだけはわかっている。彼の態度を表現するのに一番近い言葉は……そう、嵐《あらし》の前の静けさだわ。爆弾が爆発するのを待っているような感じだ。

ジョイはつばをのみ込むと、つっけんどんに言った。「彼はもちろん、とても怒っていたわ。シリーズからはずされたことで……」

「そうだろうな」

彼の濃いブルーの目にじっと見つめられると、ジョイはそわそわした。「私……あまりにも突然だったもの」

「君もそう思うのか？」

「ええ、もちろんよ」

ジョイはマーカスの人をあざけるような態度にいらいらしてきた。「ダニーはあのシリーズの共演者じゃないの」

「いままではそうだった。それは認めるよ」

こんなはずではなかった。マーカスは自分の意見は何も言わない。本当にやりにくい相手だ。覚悟はしてきたけれど、何を考えているのかさっぱりわからない。彼を前にすると、話をどう切り出せばいいのか途方に暮れてしまう。ダニーがくびになった一件についてのこの人の責任を非難したいのに。

「シリーズの共演者が突然はずされるということはよくあるの？」ジョイは身を前にかがめてグラスを取り、ワインをもう一口飲んだ。今夜はまだ夕食をとっていない。それに、家ではめったにワインを飲まないので、少量でも酔いが回り、少し元気が出てきたみたいだ。なぜ、この男性といると、こんなにうろたえなくてはいけないの？　ジョイはしだいに腹立たしくなってきた。

「確かに、いささか……思いきった措置ではあるな」マーカスはワインを飲もうとはせず、グラスの縁越しにじっとジョイを見つめ、肩をすくめた。「だが、それは以前にもあった」

確かにあったでしょうね。でも以前にあったとしても、理由は同じではないはずよ。

「ダニーの考えでは……」ジョイは唇をかんだ。

「それに、私も同じように思うのだけど……」

「それは初めてだな」マーカスはからかうようにさえぎった。「ダニー・エイムズに賛成する人間がいるとは知らなかったよ」

本当にこの男性はどうしようもないわ！　私だってマーカス以上にダニーを気に入ってはいない。でも、それとこれとは問題が違うわ。めったにテレビは見ないけれど、これまでに何回か『ピルグリムの事件簿』を見たことがある。ダニーはいい役を演じていたわ。ダニーは自分勝手で一緒にいると退屈だけど、俳優としての才能はある。彼が自分で思っているほどの才能はないにしても、突然シリーズから降ろされるのはおかしい。

ジョイは意を決し、口を開いた。「ダニーはあなたが何か関係していると疑っているようなの。今回の降板について……」

マーカスは濃いブルーの目でジョイのエメラルドのような緑色の瞳をとらえ、心の奥をのぞくかのようにじっと見つめた。

間違いだったわ、とジョイは不意に悟った。ここへ来るべきではなかった。この問題について自分が説明すればマーカスを納得させることができると一瞬でも思ったのは愚かだった。彼は他人の意見などに耳を貸さず、自分の思いどおりにする男なのだ。

マーカスはだしぬけに身を前に乗り出してグラスをテーブルの上に置くと、静かに言った。「ダニーの言うとおりだ。彼がシリーズから降ろされたのは僕のせいだ」

ああ……。ジョイは言葉を失い、一瞬目を閉じた。

5

今夜、ジョイはダニーがテレビシリーズから降ろされた件について、マーカスが一役買っているかもしれないと激怒してここへ来た。でも、いますべては事実だとマーカス自身の口から聞かされたショックは大きかった。彼はこんな卑劣なまねができる人ではないと心のどこかで信じていたのに。

「もう少し、ワインをどう？」

「何？」ジョイはぼんやりマーカスを見上げた。

マーカスはワインの瓶をグラスの上に傾けている。

「ワインをもう少し飲む？」彼は茫然《ぼうぜん》としているジョイに冷ややかに繰り返した。「ワインを飲んだほうがいい顔をしているよ」

「ええ、いただくわ」ぎこちなく答えたジョイはワインが飲みたいわけではなかったが、とにかく何かしなければと、ワインが注《つ》がれたグラスを取り上げた。だが、すぐに取り落としてしまった。

ジャケットの前面を冷たいワインが流れ落ちてドレスの膝のところにたまり、布地にしみ込んでいく。

ジョイはすぐに立ち上がったが手遅れで、ドレスはすぐにワインでぐしょぐしょになった。だが実のところ、クリーム色の絨毯《じゅうたん》にこぼれるよりはましだった。高価そうな絨毯だ。ワインをこぼしたりしたら、プロにクリーニングを頼む必要があっただろう。幸い、分厚い絨毯に落ちたグラスも割れていない。

ジョイはうなだれてマーカスを見上げた。「ごめんなさい……」

「タオルを取ってこよう」マーカスはむすっとした顔で言うと背を向け、部屋から出ていった。

マーカスは怒っているようだ。不注意だったのは認める。こぼしたのはきっと高価なワインだったのだろう。でも、実害はなかった。リサのドレス以外は……。ああ、リサに謝らなければ。

タオルを手に戻ってきたマーカスは不機嫌そうだ。目は冷ややかで、口元は固く引き結ばれている。

「さあ」彼はタオルを突き出した

ジョイは困惑顔で彼を見ると、タオルで濡《ぬ》れたドレスを拭《ふ》いた。だが、拭けば拭くほどひどくなる。リサに謝るだけではすまなくなりそうだ。同じドレスを買うのに一カ月分のお給料が飛んでしまいそう。それも、同じものが買えればの話だ。これはリサが持っているデザイナードレスの一つだろう。オリジナルで同じものが全然ないドレス。ああ、どうしよう。

「脱いだほうがいいだろう」マーカスは厳しい口調で言った。

ドレスを脱ぐですって？　ジョイはぱっと彼を見上げた。あの小さなショーツだけになれというの？　冗談に決まっているわ。

「ガウンを貸してあげよう」

「結構よ」ジョイは体を起こし、部屋から出ていきかけたマーカスを呼び止めた。彼はゆっくり振り向いた。「私……ホテルに戻って着替えるわ。ホテルの人がなんとかしてくれるでしょう」濡れたドレスを憂鬱《ゆううつ》そうに眺めながら彼女は言い添えた。

「それはどうかな」マーカスはジョイの不安を見透かしたように言った。「いますぐにしなくてはだめだ。ワインのしみはすぐ取らないと」

マーカスのアパートメントでドレスを脱ぐつもりなど毛頭ない。

「タクシーを呼べば、数分でホテルに戻れるわ」ジョイはハンドバッグを取り上げた。

「送っていこう。どうしてもいますぐ帰ると言い張るなら」

もちろん、いますぐ帰ると彼女は言い張った。濡れたドレスのままここに座ってはいられない。それに、ダニーの降板にマーカスがかかわっているのがはっきりしたいま、彼に話すことはもう何もない。

「着替えたら、話の続きができるじゃないか」

「もう話は終わったわ」

「終わってはいない。まだ、始まったばかりだ。ワインのアクシデントが起こる前に……」

ジョイははっと彼を見た。〝アクシデント〟という言い方がひっかかる。まさか、私がわざとワインをこぼしたと疑っているのでは？　とんでもないわ、そんなことをする理由がどこにあるというの？

ジョイは一呼吸置き、怒りをこらえた。「わざとしたのではないわ、マーカス……」

「その件についてはもうすんだはずじゃなかったのか？」彼は眉をつり上げた。まるで、からかっているようだとジョイには思えた。

「手がすべっただけだわ。それを素直に受け取らないのはあなたじゃないの！」

彼は肩をすくめた。「君は突然ここにやってきた。夜出かける格好でだ。そして非難を投げつけ、全身にワインをこぼした。そこからどんな結論を引き出せばいいんだ？」

ジョイの頬に血が上った。「あなたが引き出した結論は見当違いもはなはだしいわ！　タクシーを呼んでくださるには及びません。外に出て自分で拾いますから！」彼をにらみつけると、ジョイはエレベーターに通じる廊下へ向かった。

「ジョイ……」

「もう、これ以上おっしゃらないで！」ジョイは頭を高く掲げ、怒りで背中をこわばらせて部屋を出た。

彼女は怒ったマーカスがあとを追ってくるのではとひやひやしながら急いでボタンを押し、静かな機械音をたてながらエレベーターが上がってくるまで、胸をどきどきさせながら待った。そして、すばやくエレベーターに乗ると一階のボタンを押し、彼が追ってこないと知ると、ほっと息をついた。

　よくも、あんなことが言えたものだわ。こうして私がやってきたのは、なんのためだと思ったのだろう？　ダニーの仕事を取り戻してあげるのと引き換えに私の体を彼に提供するとでも？　なんて、さもしい考えをする人なの！　それに、そうした申し出で彼を籠絡《ろうらく》できると私が考えたと思われるなんて、あんまりよ！

　ジョイは外に出て自分でタクシーを拾うと強がってはみたが、このロンドンの高級住宅地では流しのタクシーなど見あたらなかった。ここに住む人々は車を持っているか、家を出る前にタクシーを呼ぶのだろう。マーカスの家を出る前はそうするつもりだった――彼から侮辱される前は。

　まあ、いいわ、歩けば……ああ、雨だわ。雨が降っている。今夜は何もかもがうまくいかない。そのうえに雨だなんて。リサのドレス……ワインをこぼさなかったとしても、これでは、台なしになってしまう。

「さあ、乗るんだ！」

　ジョイが振り向くと、道路の脇《わき》に車が止まっていた。黒い車だ。通りの照明は薄暗く、車種ははっきりしない。だが、運転している人物はあまりにもなじみのある顔だった。

「いいえ、結構よ」ジョイはそっけなくマーカスに答えた。「歩きたいの」この男性とこれ以上一緒にいるより、肺炎になったほうがましだわ。

「乗れと言ったんだ」マーカスは吐き捨てるように言った。さっき別れた時から彼の機嫌はいっこうによくなってはいない。

「さっきも言ったでしょう……」

「君は本当に頑固な女だ！」マーカスは運転席から出ると車の前を回り、歩道に立つジョイのところに来た。「ジョイ、さっさと乗るんだ。お互いずぶ濡れになる前に」薄暗がりの中、彼の目は激しい光を帯びている。

雨についてのマーカスの言葉は大げさではなかった。いまや、雨はどしゃぶりになっている。ジョイの髪は顔に張りつき、ジャケットにはすでに雨がしみている。そして、ドレスは……。ああ、このドレスはもうもとどおりにはならないわ。

唯一の慰めは、車の外に出たほんの数分の間に、マーカスも同じようにずぶ濡れになっていることだ。でも、とにかく彼に送ってもらうつもりはないわ。彼は傲慢《ごうまん》で、たちが悪くて、まったく……。

「これ以上、君と議論するつもりはない」ジョイのかたくなな顔にきっぱり言うと、マーカスは助手席のドアを開け、ジョイの腕をつかんで車の中へ押し込んだ。そして、ドアをばたんと閉め、運転席に座った。

その間、三十秒あまりだった。あっという間にマーカスの暖かい車の中にいる自分にジョイは驚き、とまどった。なぜ、彼はこんなことをするの？　答えを考える前に、マーカスはエンジンをかけて車を発進させた。

「降ろして……」

「だめだ！」マーカスはつかの間横を向き、ジョイをにらみつけた。「君と議論する気分じゃない」

議論する気分じゃないですって？　私の身にもなってもらいたいわ。侮辱されたあげく、あなたの車に押し込まれたのよ！　車に無理やり乗せられたことについては、すでにこうして乗っている以上、議論してもしかたがないけれど、侮辱されたことについては、まだ言いたいことが山ほどある。でも、それはホテルに着くまで待とう。そうすれば、部屋まで歩くだけですむわ。いま、車から放《ほう》り出されれば、雨の中をずっとホテルまで歩いて帰らなければいけない。

ジョイがおとなしく従っているのを不思議だと思ったとしても、マーカスはそれを口に出しては言わなかった。そして、しかめっ面で混雑した通りに車を走らせている。混雑した道路がいやなのではないようだ。彼は楽々と運転している。そう、この私が問題なのだ、とジョイは悟った。でも、それについては気にしないわ。私のほうだって彼が厄介の種なのだから。

ドレスを脱いで誘惑するために、わざとワインをこぼしたときめつけるなんて、信じられないくらい傲慢な人だわ。私が簡単に自分の体を差し出すと考えたのかもしれない。でも、そんなことは絶対にしないわ。ダニーのテレビシリーズ復帰と私の体を引き換えにするなんて、冗談じゃない。たとえ、ダニーが私の本当の友人だとしても、そんなまねは絶対にしないわ。

『ピルグリムの事件簿』ついての話はまだ終わっていなかったな」ホテルに近づくとマーカスは不快そうに切り出した。

「あら、もうその話はすんだはずでしょう」ジョイはマーカスに軽蔑《けいべつ》の視線を投げかけた。私に関する限り、この問題についてもう何も言うことはない。そして、そのアパートメントで見せた私への態度を考えると、彼に思い直すように説得するつもりもない。彼のような頑固な人の気持を変えるなど不可能だわ。

「いや、僕たちはまだ……」

「まあ！」ジョイはだしぬけにマーカスの話をさえぎった。ホテルの外で繰り広げられている場面に目がくぎづけになり、驚きの叫びを抑えられなかった。

ダニー・エイムズがドアマンと言い争い、別の男性がダニーをタクシーに押し込もうとしている。ダニーの足元のふらつき具合からして、ジョイが出かけている間おとなしく待っていたのではなさそうだった。きっとバーに戻り、さらに飲んだのだろう。

だが、ジョイが心底驚かされたのはダニーの隣にいて、彼をタクシーに乗せようとしている男性だった。あれはケーシーだわ！　いったい、ここで何をしているの？

「紹介してくれてもいいころじゃないかな、ジョイ」マーカスは部屋の反対側に座るジョイにじっと目を向け、厳しい口調で促した。

ジョイはまだ震えていた。ホテルに戻るとあの騒ぎで、いままであんなにショックを受けたことはなかった。それに、そのあと続いて起きた出来事からも立ち直ってはいなかった。

マーカスはいかにも彼らしく、手際よく車をタクシーの後ろに止めると、ジョイに車の中で待つように告げ、大きな声でののしっているダニー・エイムズをタクシーの後部座席に乗せようと悪戦苦闘しているドアマンとケーシーに手を貸しに行った。ダニーはマーカスを見るや、ますます口汚くなり、その言葉のいくつかにジョイは赤面した。

だが、マーカスはそうしたことになれているようで、ドアマンとケーシーからダニーを引き取るとタクシーの中へ押し込み、降りようとする前にドアをばたんと閉めた。そして、待っている運転手に手短に指示を出すと、いくらかのお金を渡した。

そのころには、ジョイは少し震える足でマーカスの車から降り立っていた。そして、歩道に残された三人の男性が互いの労をねぎらっている間、いささかうろたえながら待っていた。

ドアマンがホテルの正面玄関の持ち場に戻ったあと、マーカスとケーシーは互いに見合った。やがて、ケーシーがマーカスの車の脇に立つジョイに気がついた。ケーシーはうれしそうに駆け寄り、いつものように大げさに抱きしめた。

その時ジョイの頭にあったのは、なんてややこしいことになったのかという思いだけだった。

ケーシーがロンドンで何をしているのか、まだ皆目わからない。だが、三人が互いに見合いながら歩道に立ち、二人の男性——とくにマーカスが問いかけるようにこちらを眺めている。ジョイはホテルの自分の部屋へ招くよりほかなかった。

いま、三人はジョイの部屋にいる。そしてマーカスはケーシーに紹介してもらいたがっている。ケーシーではないケーシーに。というのは、ジョイがケーシー・シムズと思われているからだ。なんてややこしいの！

「こちらはマーカス・バレンタイン」ケーシーに堅苦しく紹介したジョイは、やはりそうだったのかと驚いているいとこの目をとらえようと懸命だった。

「そして、こちらはチャールズ・シムズ」ケーシーはさっと頭をめぐらし、いぶかしげにジョイを見た。なぜミドルネームで紹介したのか、不思議に思っているのだ。

「どういう関係だい？」ケーシーと握手をしたマーカスは、すぐにあの抗しがたいブルーの目で再びジョイを見た。

ケーシーは相手の男性が何者か知り、あっけにとられているので、ジョイが答えなければいけなかった。だが、その表情からマーカスはケーシーを、ジョイがロンドンで数人の男性の友人と楽しむため家に残してきた〝夫〟かもしれないと疑っているらしい。まったく、もう！

「いとこよ」ジョイはマーカスの視線を挑むように受け止めて答えた。

マーカスはジョイの目をしばらく見つめるとケー

シーのほうを向いた。それまでにはケーシーもショックから立ち直り、いつものきさくな態度でマーカスに笑いかけた。だが、マーカスが相変わらずにこりともしないので、その笑顔にとまどいが浮かんだ。

「外見からは血のつながりがあるようには見えないがね」少しの沈黙のあと、マーカスは言った。

似ているところはまったくない。それはジョイも認めた。私とケーシーは全然似ていない。髪の色も違うし、体つきも違う。ケーシーはマーカスのように大柄でたくましい。だが、二人がいとこであることには変わりなかった。実のところ、いとこと言うより兄妹《きょうだい》に近いけれど。それを疑うようなマーカスの言い方が気に障る。

ジョイは肩をすくめた。「でも、事実だから」

マーカスにいちいち説明するつもりはない。ケーシーの父親と私の父は兄弟だった。私の父は赤毛のアイルランド女性と結婚し、ケーシーの父親はイタリアで休暇中に出会ったイタリア美人と結婚した。こんなことはマーカスには関係ない話だわ。

「本当にマーカス・バレンタイン？」ケーシーはまだ、マーカスを見つめていた。「あの俳優の？」

「そうだ」マーカスは険しい顔を崩さずにうなずくと、鋭い目でケーシーを見て尋ねた。「ここでさっき何があったんだ？」

手短な紹介が一段落すると、マーカスはすぐ自分の知りたいことに話を戻した。それはジョイも知りたかった。ホテルの外での騒動はもちろんだが、そもそもケーシーとダニーはどうして一緒にいたのだろうか？

マーカスの冷ややかな視線がジョイに注がれた。

「君の……いとこと話をしている間に濡れたドレスを着替えたら？」

ジョイに関する限り、それはただの提案ではなかった。まるで命令のように聞こえる。この男性は命令を下し、人を命令に従わせることが大好きなのだ。それに、ケーシーをいとこと呼ぶ前に、声にかすかなためらいがあったのをジョイは見逃さなかった。ドレスはまだ湿っていて気持が悪いけれど、彼らを二人きりにしたなら……。

ケーシーも興味ありげにジョイを眺めていた。

「そのドレスはどうしたんだい？」

雨で濡れたと言ってもいい。それも半分は事実だわ。ドレスは雨のせいでますますひどくなってしまった。でも、ドレスがおそらくもとどおりにならないのは、雨に濡れたためではないというのをマーカスも私もよく知っている。

「さっき、ワインをこぼしてしまって……」

「そうだったのか」ケーシーはほっとしたように言い、にやりと笑いながらジョイを見た。「さっき、君はワインのにおいをぷんぷんさせていた。だから、君まではめをはずしたのかと驚いたよ」

まったくもう。ケーシーは、一晩のうちに酔っぱらいの面倒を二人もみなければならないと思ったのね。

「二、三分だけ失礼するわ。説明は私が戻ってからしてくださらないかしら、ケ……チャールズ」名前を取り違え、もう少しでケーシーと言いそうになり、ジョイはじれったそうにため息をついた。ああ、なんてややこしいの！

「もちろんだとも」ケーシーは肩をすくめると、肘かけ椅子に身を沈め、マーカスを見上げた。「待っている間、飲み物を差し上げたいのだが、ダニーのおかげで、ミニバーの中身はほとんど空になってしまったはずだ」

ダニーはミニバーから新たにお酒を手に入れたのだ。着替えのためベッドルームに向かいながらジョイは気がついた。自分が飲むつもりはまったくなかったので、居間の隅の小さな冷蔵庫の中にあるお酒の存在をすっかり忘れていた。ダニーはいとも簡単にそれを見つけたのだろう。

ジョイはダニーやそのほかのことについてそれ以上考えて時間をむだに費やしたりはせず、すぐに昼間着ていたジーンズと黒のセーターに着替えた。ケーシーとマーカスの二人だけで長く話をさせたくない。あけっぴろげなケーシーは、私のいないところでマーカスにあれこれ余計な質問を浴びせるかもしれないわ。そんなことはさせたくない。それはマーカスについても同様だ。彼はケーシーが私のいとこだという説明を信じてはいないようだ。

居間に戻ると、二人の男性は『ピルグリムの事件簿』について話をしていた。ジョイはマーカスに会いに出かけたその理由を思い出した。マーカスはダニーの降板について自分が関係しているのをはっきり認めたのだ。彼女は再び強い怒りがわいてきた。

マーカスはジョイのほうを見た。マーカスはケーシーと向かい合って座っている。二人は同じような体格で、髪の色も同じだ。でも、似ているのはそれだけだった。ケーシーはあけっぴろげで誠実そうな顔をして、目はいつも笑っている。一方、マーカスの顔にはしわが刻まれ、辛辣《しんらつ》さが外に表れている。そして、ブルーの目にはいつも警戒の色が浮かんでいる。ちょうどいまのように……。

「コーヒーを注文しておいた」マーカスは尊大な顔で告げた。

いかにもこの人らしい。マーカスはどこにいようと、わがもの顔でふるまう習慣が身についているようだわ。ここは私の部屋で、お金を払うのは私なのに。でも彼にとっては、そんなことおかまいなしだ。

「それで？」ケーシーは待ちかねたようにジョイを促し、にやりと笑った。ジョイとマーカスとの間の緊張には気づいていないらしい。「詳しい話を聞かせてくれ」

ケーシーがここにいる理由はそれだとジョイは十分承知していた。電話をしたものの、私の受け答えがはっきりしないので、行動型のケーシーはどうなっているのか、自分で行って確かめようと思い立ったのだ。とりたてて話すようなことは何もしていない。でも、これまでに彼が見た証拠から――最初は私の部屋にいるダニー、次にマーカスと帰ってきた私の姿から、何もなかったと言ってもきっと信じてはくれないだろう。

「みんな聞きたがっているんだ」マーカスは厳しい口調で言った。

ジョイは肩をすくめてわざとマーカスを無視し、ケーシーのほうを向いた。「いつ、着いたの？」

「君の友人のダニーがウイスキーのミニボトルの四本目にとりかかっていた時だったかな。フロントの人は、君が部屋にいると思っているようだった。君がキーを預けなかったからだ。だが、部屋のドアをノックすると、ダニー・エイムズが現れた。明らかに酔っぱらっていたよ」

「泥酔していたようだな」マーカスが苦々しげにつけ加えた。

ジョイは顔をそむけたままだったので、マーカスの不快そうな表情は目に入らなかった。「それでも、二人がなぜ、ホテルの外にいたのかわからないわ」

「ドアを開けるや、彼はパンチを浴びせようとしたんだ」ケーシーはマーカスを探るように見た。「彼は僕を君だと間違えたのかな？」

「そうだろうな」マーカスは冷ややかに認めた。

「でも、一緒に仕事をしているんだろう？　まさか、二人の間のトラブルの原因は君じゃないだろうね、ジョイ？」ケーシーはからかった。

いまはちゃめっけたっぷりの冗談を言っている時ではない。ケーシーは、これまでジョイをしじゅうからかってきた。多くの場合、彼女はそれを楽しんでいたが、いまは違った。

「とんでもない」ジョイはきっぱり否定したものの、まだよくわからなかった。マーカスは、ダニーがテレビシリーズから降ろされた件にかかわっているとと認めた。でも、それは私とは本当に無関係なのかしら？

ケーシーは疑わしげにふんと鼻を鳴らした。「とにかく、エイムズは普通ではなく、完全に酔っぱらっていた。それで、彼を無理やりエレベーターで階下に降ろし、ホテルの外へ出た。残念ながら、外の新鮮な空気で彼は元気を取り戻し、再びパンチを浴びせ始めた。ついでながら、明日あのドアマンの目の周囲は黒くなっているかもしれないな。あの気の毒なドアマンは狙《ねら》いを定めた左フックが繰り出されたところに飛び込んできたんだ」

ジョイが想像していた以上にひどい状況だった。今夜のような騒動を起こした以上、出ていってくれとホテル側から言われても当然だ。ダニーは私が外出している間、私の客として部屋にいたのだから。あの状態の彼を残していけるのは自分の部屋しかないと考えたからだけれど、ホテルの支配人がそれで納得してくれるかどうかは疑問だ。

「その件については、僕が帰る前にうまく片をつけておくよ」マーカスが静かに口を出した。

ジョイは驚いてマーカスを見た。彼なら難なく処理するだろう。でも、ダニーにいい感情を抱いていないのに、どうして、わざわざそんなことまでするのだろう？

「しばらくの間、ほかの人間になって、ふだんしないことをしておいで、と僕は言った……」ケーシーはまたにやりとジョイを眺めた。「でも、ここまでとはな」

私だって思わなかったわ。それにしても、人をからかって楽しんでいるケーシーは許せない。私がこんな状況の一部始終を嫌っているのを察するべきよ。「とても妙な気分よ、ケ……チャールズ」まったくもう！　マーカスの前では、ケーシーではないことをちゃんと覚えていなくては。「ひどいものだったわ。楽しい時を過ごしたとあなたは思っているのね！」

「ああ、ジョイ。ひどいなんてことはないだろう。自分をめぐって二人の男性が争っているのをうれしく思わない女性なんかいないよ」

ケーシーは、ダニーとマーカスが私に関心を抱いていて、ダニーはマーカスと間違えて酔った勢いで殴りかかってきたのだと思っている。しらふの時のダニー・エイムズを少しでも知っていたなら、彼は自分自身にしか関心がない男だとすぐに見抜いただろう。そして、マーカスについては……。

「女性をめぐって争っているなどと言われたらマーカスは気分を悪くするわ」ジョイは皮肉たっぷりに言った。「それに、私は……」ドアにノックの音がしたので、彼女は話すのをやめた。

「コーヒーに救われたな」ケーシーは愉快そうに言うと、立ってドアのところへ行った。

ジョイは急にマーカスと二人きりなのを意識した。正確には二人きりではない。ケーシーが数メートル離れた部屋の戸口にいるのだから。でも、部屋には二人しかいないように感じられる。そして、とても落ち着かなかった。マーカスの探るような目がこちらをじっと見つめている。マーカスは、ケーシーが私のいとこだという説明を信じてはおらず、いままでのやりとりも彼を納得させるものではないのだ。

でも、彼を納得させる必要などないわ。それに、自分に関する詳しいことをあれこれ彼に説明する義務はないはずよ。ほんの昨日まで、私は彼とは知り合いですらなかったんですもの。でも本当に昨日知り合ったのかしら？　ずっと昔のような気がするわ。

「私はなんだというんだ？」マーカスは部屋の反対側から静かに促した。

ジョイは鋭い目でマーカスを見た。彼は私の話を最後まで聞きたがっている。「二人の男性が私をめぐって争っても、少しもうれしくはないわ」

「二人では不足か？」

ジョイは怒りが爆発しそうになるのをこらえた。

「私……」

「冗談さ」マーカスは口の端をゆがめ、冷ややかにさえぎった。「すべてが混乱していて、僕たちはユーモアのセンスをなくしてしまったようだ」

僕たち、というのは私のことを言っているのだ。でも、この状況が面白いとは全然思えない。それは彼だって同じはずだわ。

「さあ、コーヒーだ」ケーシーはカップののったトレイを部屋の中央のテーブルの上に置くと、おどけて尋ねた。「ジョイ、母親役をやりたいかい？」

ジョイは、二人とも帰ってほしかった。ベッドに入り、ふとんを頭からかぶってしまいたい。そして、これは恐ろしい悪夢だったと思いたい。金輪際、ケーシーの口車になんか乗るものですか。

「別に」ジョイはいらだたしげに答えた。

ケーシーは少しも動ずることなく、自分でコーヒーを注いでいた。「それに、君はいつも子供を欲しがっていたじゃないか」コーヒーがなみなみと注がれたカップを手渡しながらケーシーはからかった。

ジョイは子供が欲しかった。ジェラルドの子供が……。結婚し、家庭を持つ日を夢みていた。おだやかで分別があるジェラルドはすばらしい父親になると信じていた。でも、その夢は砂の城にすぎず、打ち寄せる波に洗われて跡形もなく消えてしまった。

「むだ口をたたかず、さっさとコーヒーを注いでちょうだい」

ケーシーはわけ知り顔でマーカスのほうを向いた。

「月経前はつらいらしい」

「それに、保護者ぶったまねはやめて！」

「僕の言う意味がわかるだろう？」ケーシーはマーカスに顔をしかめてみせた。

「月経前のヒステリーじゃありません。ロンドン病にかかっているだけよ。ここにいると気分が悪くなってくるわ！」ジョイはとまどい顔の二人の男性に無愛想に説明した。

マーカスはかすかに首をかしげ、ゆっくり言った。

「きっと……神経がまいるんだろうな」

とくに、一度に数人の男性を相手にする場合は、と彼の口調は語っている。少なくとも、ジョイにはそう聞こえた。神経過敏になっているだけかもしれない。でも、違うわ。マーカスはさっき、私に関する意見をはっきり述べた。そのあと起きた出来事は彼の印象を裏づけるようなことばかりだ。

「神経がまいるなんてものじゃないわ。あなた方二人はどうか知らないけれど、私はもうベッドに入りたいんです、今晩は十分すぎるほどいろんなことがあったから」ジョイは二人の男性にとにかく帰ってもらいたかった。これ以上、耐えられそうにない。マーカスとは二度と会いたくなかった。ケーシーは、家に帰りしだいこらしめてやるわ。いまはとにかく、気持を落ち着けたい。それに、一人だけの空間が欲しい。

マーカスはちらりとケーシーを見るとジョイに言った。「僕たちにはおかまいなく」

マーカスと視線を会わせたケーシーは、ちゃめっけたっぷりの目で応じた。「そう、僕たちにかまうことはないよ」

ジョイは腹立たしい思いで二人の男性を眺めた。私がこの部屋にこの人たちを残しておくと思ったら大間違いだわ。私はそんな愚か者ではないのよ。

「今夜はどこに泊まるの、チャールズ？」ジョイはつんと澄ましてケーシーに尋ねた。

「ああ、もちろんここさ」ケーシーは無邪気に答えた。ケーシーは、なぜ自分がチャールズと呼ばれるのかようやくわかったようだ。彼はジョイのいらだちを楽しんでいた。

いかにもケーシーらしいので、ジョイは怒る気にもなれなかった。でも、今夜はできるだけ早くお開きにしてしまいたい。さもなければ、ケーシーはこの状況をますます混乱させてしまうだろう。彼のひねくれたユーモアのセンスがうずくのだ。

「ここで？」ジョイはしかめっ面で繰り返した。

「僕たちはしばらく一緒に寝てないものな」ケーシーは平然と答えた。

確かにそうかもしれない。でも、最後に一緒に寝たのは、私が八歳で、ケーシーが十一歳の時だ。しかしマーカスの表情が不意にこわばり、目に冷たい光が浮かんだ。彼は全然違ったことを想像しているのだ。

「仲のいい、いとこか」マーカスはそっけなく言うと、空のコーヒーカップをテーブルの上に置いて立ち上がった。「それなら、二人でお好きなように」

お好きなように、というのはケーシーと私がベッドをともにするという意味だ。ああ、こんなのばかげているわ。たった二日の間に、男をたぶらかす魔性の女にされてしまうとは。でもマーカスの目にはそう映っているのだ。もっと、滑稽《こっけい》なのは、二十七歳のこの私がまだバージンだということだわ！

ジェラルドが二人の関係をもっと親密なものにしないのをジョイは時折不満に思うことがあった。四年という長い間、ほとんど毎日顔を合わせていたのに、深い関係にはならなかった。古い道徳観の持ち主であるジェラルドは結婚まで肉体関係を持つのを控えているとばかり思っていたのだ。突然別れを告げられた時、ジョイはそうではなかったのだと思い知らされた。彼にとって、私には肉体的な魅力がなかったのだ。それからというもの、彼女は自分には性的魅力はないのでは、と自信を失っていた。

でも、今日マーカスの腕に抱かれた時、それはつまらない思いすごしだとわかった。マーカスは私を魅力的だと感じてくれた。ケーシーの電話で邪魔されなければ、彼は私を愛していただろう。

その腕に抱かれた瞬間を思い出し、ジョイはぼうっとマーカスを見つめた。あの時、このソファで……。いま、彼はここから去ろうとしている。そして、もう二度と会うことはないだろう。

そう思うと、ジョイは突然悲しい気持に襲われた。いったい、どうしたのかしら？

「ロンドンを楽しみたまえ。言わなくてもいいことだろうがね」マーカスは氷のように冷たい目で突き放すように言った。

ジョイにとっては、今日がロンドンでの最後の日となる。明日ケーシーが帰る時、一緒に帰るつもりだ。

「会えてよかった、マーカス」ケーシーはマーカスをドアまで送ると、握手のため手を差し出した。

マーカスは無愛想にうなずき、握手を返した。

「それじゃあ、ジョイ」

マーカスはジョイに会釈すると立ち去り、ケーシーはドアを閉めた。ジョイはソファに身じろぎもせず座っていた。

「さてと……」ケーシーはジョイのそばに戻った。

「酔っぱらったダニー・エイムズが、なぜホテルの君の部屋にいたのか、そして、君の心になぜ怒りでおかしくなったマーカス・バレンタインが住んでいるのか、そのわけを説明してくれないかな」

ケーシーの言葉はジョイの胸にずしんとこたえた。

彼女は、わっと泣きくずれた。

6

「図書館への復帰第一日目はどうだった？」ケーシーは例のごとく、ジョイのキッチンのカウンタートップに腰かけている。

図書館復帰の第一日目は波瀾《はらん》万丈と言っても言いすぎではなかった。

ケーシーと一緒にロンドンから戻ったあと、アパートメントには着替えを取りに帰っただけで、すぐに車を運転して両親の家へ行き、休暇が終わるまでそこで過ごした。いつものように、両親は娘が帰ってきたのをとても喜んでくれた。ロンドンでの嵐《あらし》のような出来事のあと、そこで静かな数日を過ごした。それは自分の人生についてじっくり考える時でもあった。そして、ジョイはケーシーの言うとおりだという結論に達した。ジェラルドのいる図書館でこれ以上、働き続けることはできないと。

別の仕事を見つけるのは容易ではないだろう。でも、これまでどおり仕事を続けるのも難しい。ロンドンでの出来事のあと、これ以上人生のむだづかいを続けてはいけないと気がついた。前に進まなければ。ロンドンでのひとときが楽しいものではなかったとしても、ケーシーが期待したように、死んだような生活からは少し抜け出せた。

辞職願を読んだジェラルドの反応は意外だった。驚いた彼はそれについて話し合うため、仕事中のジョイを捜して自分のオフィスに呼んだ。

ジョイのほうとしては、何も話すことはなかった。もう心は決まっていた。ここまでくるのに六カ月と、心に深い傷を負ったロンドンでの数日が必要だった。でも、もう決心は変わらない。そうジェラルドに伝えたのだった。

「それで？」ケーシーは再び促した。彼はジョイが仕事から戻ってすぐにやってきた。「ジェラルドは君が先週いないのでとても寂しがり、君を見たとたん腕に抱きしめ、死ぬほど愛していると言った……なんてことはなかったんだろう？」黙っているジョイにちゃめっけたっぷりの目で笑いかけた。

ジョイは顔をしかめた。頬がかっと熱くなる。実は、ジェラルドはジョイに辞職願を撤回させようと懸命に説得したのだ。

「ばかなことを言わないでちょうだい」ジョイはいらだたしげにぴしゃりと冗談をはねつけた。

「何か変だな」ケーシーはジョイのしかめっ面を眺め、想像をめぐらしている。そして、突飛な考えを思いついた。「マーカスが君に電話してきて、死ぬほど愛していると告白したのか？」

熱くなっていた頬からすっと血の気が引いた。マーカスがホテルの部屋から出ていったあと、ケーシーはジョイにとってショッキングな感想を述べたが、それ以後、二人ともマーカスについてはいっさい触れなかった。ケーシーはどうやら、ジョイの急所をついたと気づいたらしい。ジョイがわっと泣きくずれたのだから、そう思うのも当然だろう。

なぜああなったのか、ジョイにもわからなかった。その時、マーカスはジョイの胸の中に住んではいなかった。彼をろくに知りもしないのに、そんなことがあるはずがない。でも、たとえそうだとしても、マーカスはジョイの心の何かに触れ、いままで知らなかった反応を引き起こした。そんな自分の反応にジョイはいまでもとまどっていた。

でも、マーカスとの出会いがなければ、再び人生を前向きに歩き出そうと決意はしなかっただろう。彼に何かを感じたことは、心の中で過去はすでにふっきれているという証拠だった。あとは実際に足を踏み出すだけだった。そして、辞職願を出した。これからどんな仕事をしたらいいのか、明確な考えがあるわけではない。ただ、こうしてジェラルドと一緒に働いていては、一歩も前に進めない。

「さっきの話もばかばかしかったけれど、いまのはもっとひどいわ」ジョイはいらだたしげに応じた。

「それに、そこをどいてくれない？　夕食の支度が終わらないじゃないの」ジョイはケーシーをにらみつけ、カウンタートップから下ろさせた。

「でも、君はマーカスについて何も話してくれなかったじゃないか」

「だって、話すことは何もないからよ」キッチンの中をきびきび動きながら、二人のために作っているスパゲッティ・ボロネーゼの仕上げをした。リサは今夜も仕事で、手持ちぶさたのケーシーは、いつものように夕食を食べさせてもらおうと、ジョイのアパートメントにやってきたのだ。

「何も？」

「ケーシー……」

「何？」ケーシーはくったくのないブルーの目でジョイを見おろしている。

ジョイはため息をついた。こうした時が来るのはわかっていた。じっと待っているなんて、ケーシーらしくない。数日間、両親の家に行っていなければ、こうしたやりとりはとっくの昔に行われていたはずだ。でも、まだ話す心の準備ができていない。マーカスとのひとときは思い出さないようにしていた。理性的に考えられないとわかっていたから。

「何もなかったわ」ジョイはそっけなく告げた。

ケーシーは落胆のため息をついた。「ああ、ジョイ、君は面白味のない人間だな」

ジョイは自嘲《じちょう》ぎみにほほえんだ。「ロンドンでの数日間は、私なりに十分楽しんだわ」

「少しも話してくれなかったじゃないか」

「それについて話すつもりはないわ。さあ、少しは手伝ってくれたらどうなの？　テーブルをセットしてちょうだい」

「話はここまでということ？」

「ええ、これでおしまい」

「秘密主義なんだな」

「別に秘密なんか……」玄関のベルが鳴り、ジョイは言葉を切った。「代わりに出てくれないかしら？　誰か知らないけれど、私たちはこれから夕食をとるところなんですからね」行きかけたケーシーに彼女は念を押した。

玄関からぼそぼそと声が聞こえてくる。夜のこんな時間にいったい誰だろう？　仕事が早く終わったので、リサが夕食を一緒にとりに来たのだろうか？　それでもかまわないわ。三人分くらいの料理は十分ある。

「ジョイ、君にお客様だ」背後からケーシーの静かな声が聞こえた。

その口調にジョイは振り向いた。そして、ケーシーの探るような表情に警戒するように尋ねた。「誰なの？」

ケーシーはむすっと閉じた口を開き、さりげなく告げた。「自分で行って見てきたら？」

ジョイはケーシーの態度が気にかかった。いったい、客とは誰だろう？　ケーシーは言うつもりはないようだ。それなら、自分で確かめるしかないわ。

ジェラルド！

玄関にジェラルドの姿を見たジョイは驚き、その場に立ちすくんだ。二人の関係はもう終わりだ、これからは魅力的な女性とつき合うとすまなそうに告げた夜以来、彼はぷっつりこのアパートメントに来なくなった。自分の行動は正しいと彼は信じているようだったが、四年もつき合ってきたジョイには納得できなかった。その気持はいまも変わりない。

「こんばんは、ジェラルド」ショックから立ち直ると、ジョイは冷ややかに挨拶《あいさつ》した。「なんのご用かしら？」

ジェラルドは背が高く、少し前かがみになっている。灰色がかった茶色の髪は後ろへなでつけられ、生え際がかすかに後退し始めたのがわかる。ジョイはマーカス・バレンタインと比較せずにはいられなかった。容貌《ようぼう》の点では、マーカスのほうがはるかに勝っている。ああ、ルックスは問題ではないわ。大事なのは人柄よ。『ピルグリムの事件簿』からダニー・エイムズが降ろされたことに関係していると認めたマーカスは許せない。でも、六カ月前のジェラルドの態度も許すことはできない。

ジェラルドはキッチンのほうをちらりとうかがった。

「君のいとこは、まだここに始終出入りしているんだね」

ここによく現れるケーシーはジェラルドとジョイのいさかいの種だった。ジェラルドはジョイとケーシーの密接な結びつきを理解しようとせず、いとこがジョイといつも一緒にいたがるのを変だと考えていた。ジョイはケーシーとの関係を説明するのをあきらめたのだった。そしていま、彼女はジェラルドのいやみな言い方にむっとした。

「これから夕食をとるところなの。大事な話でないのなら……」ジョイは突き放すようにジェラルドを見た。

私はかつてこの男性を愛した。結婚を望み、彼の子供が欲しいと願った。だが、いま目の前にいる彼は背の高さのわりにやせていて、髪は薄くなり、おだやかな顔だけがとりえの中年の男性だ。まったく見知らぬ男性……。

歓迎されていないのを感じ取ったジェラルドは、ばつが悪そうにもじもじした。いったい、彼は何を期待していたの？　六カ月前、彼は私から去り、それ以後、仕事場でよそよそしい態度をとってきた。それがいまになって私の家に現れ、大歓迎されると期待するなんてどうかしている。もしそうだとしたら、考えていたより無神経な男性だったことになる。

ジェラルドは沈んだ茶色の目でジョイを見つめた。「話をしなければと思って」

ジョイは彼の視線を平然と受け止めた。「何についてかしら？」

「君は今日、辞職願を出したが……」

「まさか？」驚いたケーシーがキッチンから出てきた。玄関でのやりとりを一語一句もらさずに聞いていたようだ。好奇心に勝てず、立ち聞きしていたに違いない。

ジョイはあきれ顔でケーシーを見た。「ええ、そうよ」

「ああ、それはよかった！」ケーシーは笑顔になった。

ジェラルドとの関係が終わったあとも図書館で働き続けているのをケーシーがどう思っているか、ジョイにはわかっていた。「なすべきことを悟るのに、ほかの人よりちょっと時間がかかる人もいるのよ。でも結局、同じ結論にたどり着くものだわ」

「それはロンドンでの出来事とは関係ないのかな？」

「ロンドンだって？」ジェラルドは驚いた声で口をはさんだ。「ジョイ、君は一週間ご両親のところに行っていたんじゃないのか？」

一週間の休暇願を出した時、ジョイはジェラルドにそう説明した。自分が何をしようと彼には関係ないと思ったからだ。それに、コンテストの一等賞に当選したケーシーの身代わりで、一週間ロンドンに出かけるなどとジェラルドに知られたくなかった。彼女にもプライドがあったのだ。

「一週間の何日かは両親のところにいたわ。でも、二、三日はロンドンで過ごしたのよ」ジョイは肩をすくめると、わざとケーシーのほうを見ないようにして続けた。「私がどこで過ごそうとたいした問題ではないでしょう」ロンドン行きが辞職願と大いに関係しているのをケーシーは知っている。

「向こうで仕事を見つけたのか？　逃げ出してもなんの解決にもならないよ、ジョイ」

「君に何がわかるんだ？」ケーシーは憤然と割って入った。「それに、ジョイはいままでの人生で逃げたことなど一度もない」

ありがとう、ケーシー。ジョイは内心、感謝した。私が逃げていると思うなんて、あんまりだわ！　ジェラルドもどうかしている。逃げ出すつもりなら、六カ月前にそうしているわ。ロンドンに行ったあと、前進しなければということにようやく気がついたのよ。

「ジェラルド、辞職願をそのまま認めてちょうだい」ジョイはじれったそうに言った。「そうしてくだされば、万事簡単だわ」

「だが……」

「聞こえないのか、ジェラルド」ケーシーが口をはさんだ。「ジョイは辞めると決心したんだ。それを君が止めようとするのはおかど違いだ」

「彼女の上司として、ぜひとも辞めるのは考え直してもらいたい」

「君をジョイの上司だなんて考えたこともないさ！」ケーシーは苦々しげに言い捨てた。「冗談じゃないよ」

二人の男性は互いに好感を抱いていなかった。そして、ジョイとジェラルドの関係が終わってからというもの、ケーシーはジェラルドに対する反感を隠そうともしなかった。だが、二人の男性の仲がよくないとしても、ジョイは自分の家で激しいけんかをしてほしくなかった。

「僕の言う意味はわかっているはずだ、シムズ」ジェラルドも黙ってはいなかった。「ジョイは職業人としてすばらしい。彼女に辞められると図書館が困るんだ」

「図書館は彼女がいなくてもちゃんとやっていけるさ。彼女がついに分別を見いだしたのは喜ばしい限りだ」

「だが……」

「ジェラルド、もうお帰りになったほうがいいわ」ジョイが二人の間に割って入った。「ケーシーと私は、これから夕食をとるところだったのよ」

「そして、君は招待されていない」

「ケーシーったら！」ジョイはいとこをやんわりたしなめると、ジェラルドのほうを向いた。「この件については、明日仕事場でお話ししましょう。あなたが必要だとおっしゃるなら」自分はそう思わないというニュアンスをにじませて彼女は告げた。もう気持は動かない。どんなに説得されようと、決心を変えるつもりはないわ。

なぜ、ジェラルドはわざわざ引きとめようとするのだろう？　別れた以上、このままの状態で働き続けるのはお互いにやりにくいはずだ。私同様、ジェラルドもほっとすると思ったのに。

ケーシーの無作法にジェラルドは憤然としている。

「僕は必要があると思う。明日出勤してきたら、すぐ僕のオフィスに来てくれ」ジェラルドは無愛想に告げると背を向けた。

「あんな男、二度と顔を見たくないね」ジェラルドを送りだして戻ってきたジョイにケーシーはつぶやいた。

「あなただって、彼に対して礼儀正しかったとは言えないわ」

ケーシーは考え込んだ顔になった。「いったい、あの男は何を気にしているんだろう？」

ジョイは鋭い目でケーシーを見つめた。「どういう意味？」

「彼には注意するんだ。それだけさ」ジョイのあとについてキッチンに戻りながらケーシーは忠告した。「常々感じていたんだが、彼にはどこか意地の悪いところがある」

ジョイはケーシーが何を言っているのか、興味を示すふりさえしなかった。ジェラルドにも、彼が何を考えているかにも関心がない。ジョイはスパゲッティが台なしになる前に、すばやく電熱器から下ろした。ジェラルドがやってくるなんて、少し驚いたわ。でも、辞める気持には変わりがない。一カ月の通告期間が過ぎたら、次の仕事が見つかっていようといまいと、すぐに辞めよう。

そう決心すると、ジョイは驚くほど自由な気分になった。


『ピルグリムの事件簿』でマーカスとダニーを見ている人は、本当は二人が反目し合っているなんて想像もしないだろう。とてもうまくいっている印象を彼らは与えている。もちろん、それはひとえに演技のたまものだ。実際は互いにひどく嫌っている二人の男性をテレビの画面で見るのは奇妙な感じだ。

なぜこの番組を見ているのか、ジョイは自分でもわからなかった。これまで、ほとんど見たこともない番組だ。だが、『ピルグリムの事件簿』が始まる時間になると、なぜかテレビのスイッチを入れていた。

テレビの画面でもマーカスは変わらない。彼には、磁石のように人の目を引きつけずにはおかない力強い魅力がある。ジョイは彼から目を離すことができなかった。

私はこの男性と一緒に時を過ごした。その腕に抱かれ、頭がぼうっとなるまでキスされ、意識を失いかけた。失いかけた？　いいえ本当に失ってしまったのよ。さもなければ、会って二十四時間にもならない男性と、もう少しで愛し合うところまでいくはずがないもの。

この二、三日、ジョイはジェラルドから辞職願を撤回するよう何度も説得された。なぜかしら？　ジョイには見当もつかなかった。わかっているのは、頑固に意志を貫かなければいけないこと。絶対にそうしなければ。いまは前へ進む時だわ。

どこへ行くのか、それははっきりしていなかった。これまでのところ、仕事の見通しはかんばしくない。だが、ジョイは希望を持っていた。それに、ケーシーが相談に乗ってくれている。こんなに世話をしてくれるなんて、いつものケーシーらしくない。また、何かあるのだろうか？　でも、いまは疑わしきは罰せずだわ……。

ジョイはテレビの画面に目を戻した。話の内容はどうでもよかった。すべての関心は番組を支配している一人の男性、マーカスに注がれている。彼は私を、ロンドンで遊ぶわがままな金持の人妻と思い込んだ。信じられないわ。私はそんな女では全然ないのに。これからだってなりそうにないわ。

その時、玄関のベルが鳴り、ジョイは顔をしかめた。もう夜の九時ちかくなのよ。ケーシーだわ！　きっと鍵《かぎ》を忘れたのよ。他人の迷惑など考えもしない人ね。それなのに、なぜ彼が大好きなのだろう？

「ケー……」こんな時間に、と怒ろうとしたジョイは、ドアの外に立つ男性に言葉を失った。マーカス！　ついさっき、彼をテレビの画面で見たばかりだ。その彼――本物の彼が目の前に立っているショックは大きかった。「マーカス……」ジョイはぎこちなく挨拶した。

彼は今日ブルーの服でまとめている。ダークブルーの絹のシャツにダークブルーのコーデュロイのスラックスとジャケット。全部、彼の目の色と同じだ。

「やあ、ジョイ」マーカスはハスキーな声で答えた。

彼女は最初のショックからすぐに立ち直り、頭の中に疑問を浮かべた。彼はいったい、ここで何をしているの？

それから、次に別の疑問が浮かんだ。私が住んでいる場所をどうやって見つけたのかしら？　なぜ、わざわざ私の住所を調べたのだろう？

「中へ入ってもいいかな？」黙りこくっているジョイに彼は尋ねた。

中へ？　なんのために？　彼がここにいてどうなるというの？　先週、お互いの気持ちははっきりさせたはずではなかったの。

「ジョイ」彼は静かに促した。

部屋の中はひどい状態だ。『ピルグリムの事件簿』を座り込んで見るまで、ジョイは服の整理をしていた。ロンドンへの旅で、彼女はいろんなことを考えたが、服装についてもそうだった。リサの服を着て楽しかったのだ。それで、手持ちの服を見直して気に入らない服を捨て、新しい服を買おうと決心した。新しい私になろう。さまざまな面で前進する時なのだ。

そのせいで、部屋の中はいつものようにきちんとしていなくて、がらくた市のようになっている。取っておくものと捨てるものを決めるため、椅子の上に服が山のように積まれている。そして、マーカスはその混乱した部屋に入りたいと言った。

「散らかしていてごめんなさい」彼を中へ通すためにジョイは脇《わき》へどいた。「春の大掃除をしているの」

大掃除よりもっとひどい状態だわ！

中へ入ったマーカスは目を丸くし、からかうように言った。「少し早いんじゃないかな」

少し遅かったと言うほうが、この居間の混乱を表現するにはふさわしいだろう。あちこちに散乱する服のいくつかはもう何年も着ていて、とうの昔に捨てるべきものだった。不思議だわ、とジョイは思った。この四年間、マンネリに陥っていたのに気づかなかった。服だけでなく、生活のスタイルも。いままで、いつもジェラルドが喜ぶ格好をしていた。そして、彼の好みはかなり保守的だった……。

「誰か一緒に住んでいるの？」マーカスはジョイが捨てることにした服を何着か取り上げ、最後に手にした流行遅れの茶色のコーデュロイのスカートをしげしげと眺めた。

流行遅れ——いままでの持っていた服の大半はこれに当てはまる。全部、買い換えなければ。でも、マーカスがここで何をしているのかを知るのが先決だわ。

ジョイはマーカスの手からスカートを受け取ると、彼が座れるようほかの服を床の上に払い落とした。

「いいえ」ジョイは彼の質問にぶっきらぼうに答えた。「大掃除の時期には少し早いかもしれないけれど、もう何年も整理していなかったから……」彼女はテレビのところに行ってスイッチを切った。私が『ピルグリムの事件簿』を見ていたのに、彼はきっと気づいたに違いない。

「なんのご用かしら、マーカス？」ジョイは立ったまま、ぎこちなく彼と向き合った。このほうが優位に立てそうな気がする。

しかし、自分がまだ仕事場で着ていたダークグリーンのスカートとセーター姿なのを意識せずにはいられない。それに、昼間は髪をいつものようにうなじのところでまとめていたが、服の仕分け作業でほどけ、巻き毛が顔にまとわりついている。

これが本当の私だわ。少なくとも、いままではそうだった。これから、そのすべてを変えなくては。

マーカスはジョイの最後の質問におもむろに答え

た。「せっかくだから、コーヒーでももらおうかな」

ジョイはそんなつもりで言ったのではなかった。彼も十分それを承知しているはずだ。

「自分の服にこぼさないと約束するよ」彼女の反応を見るように、マーカスは静かにつけ加えた。

怒りでジョイの頬は真っ赤に染まった。「ワインの件はわざとじゃないと説明したはずだわ……」

「君をからかうのは簡単だな」マーカスはくすりと笑い、いたずらっ子のような顔を見せた。そのブルーの目には温かみがある。

ジョイはケーシー以外、そういう態度になれていなかった。それに、ケーシーが相手だと、いいかげんにしてもらいたい時には黙ってと言える。マーカスではそうはいかない。ケーシーの場合とはまったく違うわ……。

「どうして私の居場所がおわかりになったの？」ジョイはつんと澄まして尋ねた。

「遠いところを車で来たんだ。まずコーヒーを飲んで、話はそれからにしないか？」

何について話すの？　ジョイはいぶかりながら、キッチンの中を動き回ってコーヒーを用意した。いつも一人でいる時に飲むインスタントではなく、きちんとしたコーヒーをいれる。マーカスはそういうものになれているに違いないわ。でも、彼がなれているもので、私がなれていないものがたくさんある……。

そう考えると、ジョイは悲しくなった。どうしたのかしら？

「さあ、コーヒーよ」居間に戻ると、彼女はぶっきらぼうに告げた。

マーカスは、ジョイがその日買っておいた新聞を読んでいた。だがジョイが部屋に入るとすぐに読むのをやめ、トレイが置けるようにテーブルの上のものをどけた。

「すてきなアパートメントだ」コーヒーが注《つ》がれると、彼は感心したように言った。

「大事なわが家よ」ジョイはつっけんどんに答えた。

「どうやってここを見つけ出したのか、まだ説明してくださっていないわ」コーヒーを飲むとマーカスを促した。自分の住所を彼に教えた覚えはない。どうやってここを捜しあてたのか、それを知りたい。

「ホテルだ」彼は肩をすくめた。

ホテルが問い合わせてきた人すべてに宿泊客の住所を教えるなんてありえないわ。でも、彼は普通の人ではない。マーカス・バレンタインなのだ。彼がその魅力に訴えれば、抵抗できる人間などいないだろう。

「なぜ？」

「僕が尋ねたからだ」

ジョイはじれったそうにため息をついた。「そうじゃないわ、私が言いたいのは……」

「わかっているさ」彼はジョイの言葉をさえぎり、きっぱり言った。「君にまた会いたかったからだ」

「なぜ？」

「君は同じことを繰り返しているな」

「あなたこそ、わざとはぐらかしているじゃないの！　マーカス、いったいここで何をしていらっしゃるの？」

マーカスはその姿のすべてを目に焼きつけるように、じっとジョイを見つめた。ジョイは思わず髪に手をやり、絹のようなほつれ毛を後ろへなでつけた。一日の仕事のあとでは、顔の化粧も全部はがれてしまっているだろう。この室内と同じように、私もひどい格好をしている。

「僕たちにはやり残したことがある」彼はようやく口を開いた。

唯一やり残したことといえば、彼の腕の中で過ごした時のこと——あれを最後まで終えるつもりなどないわ！

「私は、そうは思わないけれど」ジョイはかぶりを振った。この人は、いったい私をなんだと思っているの？　私に何人もの愛人がいると本当に信じているのかしら？　そして、彼はその一人になりたいというの？

マーカスはだしぬけに立ち上がり、ジョイに近づいた。「君が欲しいんだ、ジョイ」彼女の真正面に立つと、マーカスは怒ったように言った。

ジョイは息をのんだ。いまの言葉は聞き違いではないわ。でも……。

「君を心の中から追い出そうと努めた。でも、だめだった。君が欲しい。そして、僕はそうするつもりだ。君を僕だけのものに……」

ジョイは彼を凝視した。この人は私の愛人の一人になりたいのではない。特別の――ただ一人の恋人になりたがっているんだわ！

7

彼は冗談を言っているのよ！

この数日間、ジョイはロンドンのホテルでのケーシーの驚くべき発言を心の内で懸命に打ち消し、マーカスへの自分の反応を理性的に考えようとした。

彼はいろんな点で実物より大きく感じられる人だ。そして、どことなく人の心を引きつけてやまない魅力がある。それに、有名人でもある。その彼が関心を示してくれた。のぼせたのも無理はないわ。でも、マーカスは〝私の心に〟住んでなどいない。

ジョイはそう自分に言い聞かせ、マーカスに惹《ひ》かれる気持に言い訳をし、自分らしくないふるまいはジェラルドとの関係に失望した反動だときめつけた。

両親の家にいる間は、すべてがそれで説明できた。

　だが、磁石のように人の心を引きつけてやまない強烈な魅力を発散させている彼を目の前にすると、平静ではいられない自分の気持を無視することはできなかった。とくに、彼も私に惹かれていると聞かされたあとでは……。

　でも、なぜ？　私はやぼったい、ただの司書にすぎないのに。少なくとも、あと四週間はそうだ。食べるために働き、社交生活といえば、時折夕食に出かけるか、友人と映画に行くだけで、華やかな世界とは無縁の暮らしを送っている。そんな私にマーカスはなぜ興味を持つのだろう？

　きっと、本当の私を知らないからだわ。彼がロンドンで会ったのは私ではないほかの誰か、ジョイ・シムズとは別の女性だった。ロンドンでは、私は軽薄な楽しみのために町に出かけてきたケーシー・シムズだと思われていた。生活を少し変えようと決心したけれど、うわついた女性になるなんてとんでもない。どう変わろうと、彼が思っているような、派手で楽しいことが好きな女性にはなれそうにない。

「マーカス、あなたは私のことを少しもご存じないわ」もし彼がロンドンで本当の私を知っていたなら、ここまでやってこなかっただろう。「そもそも、あなたは私が既婚者だと思っているわ」ジョイは憤然と言った。

「そうなのかい？」

「いいえ、違います！」

「それなら結構」

　ジョイはマーカスを見上げた。そのかげりを帯びたブルーの目に溺《おぼ》れそうになる。でも、いけないわ。魅力的かもしれないけれど、彼には許せない部分もある。ダニーが『ピルグリムの事件簿』から降ろされた件に関与していると、マーカスは認めたじゃないの。それは時期的に見ても、私が欲しいと言ったことからしても、私とダニーとの間柄——マーカスは特別な関係にあると思い込んでいる——と関係があるようだ。権力をかさにきるような男性はまっぴらだわ。

それなら、彼の手が私の腕に伸びてゆっくり抱き寄せられる時、なぜ胸が高鳴って脚が震えるの？

「君を知りたくてたまらないよ、ジョイ」マーカスはうなるように言った。彼の唇がほんの数センチ先にある。「君のすべてを……」

キスされればわれを失ってしまうとジョイにはわかっていた。事実、彼女はマーカスの手を振り払おうとはしなかった。意志の力がなくなっていた。それに、体から力が抜けていく。彼にキスを許してはいけない。私は……。

唇がそっと触れ合うと、ジョイの膝はがくがくした。腰に回された彼のたくましい腕がなければ、床の上に倒れていただろう。

まるで溺れていくような感じだった。頭にあるのは、沈まないように、彼のたくましい肩にしがみついていることだけだった。

マーカスの唇がそっと動き、舌がジョイの唇をなぞると、彼女は唇を開いた。

押しつけられる彼の体と、その熱い欲望をジョイは感じ取った。背中を愛撫《あいぶ》する彼の手の動きにつれ、互いの体はさらにぴたりと重なり合う。

たとえやめようと思っても、もう止めることはできない。それに、いまはやめたくなかった。ロンドンでマーカスが与えてくれた喜びをまた味わいたい。酔いしれるような熱い欲望を感じたい。今度は途中でやめたくなかった。一度だけでいいから、この男性が与えてくれる喜びを知りたい。私が愛し始めたこの男性の……。

いいえ、私はこんな男性を愛することはできないわ。自らの権力を利用し、自分の都合のいいように他人の人生を支配する男性を愛するわけにはいかない！

「ジョイ……？」突然体を離し、青ざめた顔で見上げるジョイをマーカスはけげんな顔で見つめた。

「どうかしたのかい？　無理強いはしないよ」彼は片手でそっとジョイの頬をなぞった。「まず、君を知りたい……」

「私をベッドに連れ込む前にでしょう！」緑色の目に怒りをたたえ、ジョイは身をもぎ離した。「私は知りたくもないわ。ここまでいらして、むだ足だったわね。だって、あなたとの下劣なアバンチュールなんかには興味がないもの。私なら安全だとあなたは思ったんでしょう？　田舎町の無名の女性との関係など、新聞は取り上げないでしょうからね。でも、あなたの思いどおりにはならないわ。私は……」玄関ドアに鍵《かぎ》が差し込まれる音にジョイは話すのをやめた。

ケーシーだわ！　いつものように、ひどいタイミングね。でも、彼に違いない。彼以外、このアパートメントの鍵を持っている人間はいないもの。

「ジョイ、僕は……」中へ入ってきたケーシーはマーカスが一緒なのであっけにとられたが、すぐにショックから立ち直り、好奇の目で二人を眺めた。

「よくお会いしますね」ケーシーはマーカスを問いかけるように眺めた。

マーカスは冷たい目で平然とケーシーの視線を受け止めている。「同じことを言おうとしていたところだ」マーカスはジョイのほうに向き直った。「一緒に住んでいるのか？　仲のよいいとこだという話だが、これほどまでとはな」

ロンドンでも言われたけれど、マーカスが私とケーシーをどう見ているかはっきりしていた。でも、マーカスには関係ないことだわ、二人の関係がどうであろうと……。

「ハロー」ケーシーの後ろからリサが現れた。背はケーシーと同じくらいで、はつらつとした顔に笑みを浮かべ、豊かな金髪をゆるやかに背中にたらしている。「まあ、マーカス・バレンタインだわ！」リサは美しい顔をいちだんと輝かせ、しなやかな手を差し出した。「こんばんは、私はリサ・グッドリッチです。グッドリッチは善人でお金持という意味よ。でも、あとでケーシーが話すでしょうけど、私はそのいずれでもないわ」リサはくすりと笑った。

マーカスは軽く握手を交わした。この美しい女性の登場で、彼の困惑は消えるどころか、ますます深まる一方だ。

「たったいま、あなたのテレビ番組を見ていたところだったのよ」自分が突然登場する前に部屋の中に漂っていた緊張など知らない様子で、リサは軽やかにおしゃべりを続けた。ジョイに関する限り、その緊張はいまも解けていなかった。「そのすぐあとで、こうして実物のあなたと顔を合わせるなんて、不思議な感じがするわ」

数分前まで、ジョイも同じように感じていたので、リサの気持はよくわかった。ケーシーとリサは長いつき合いで、その間にジョイとリサはいい友人になっていた。ケーシーは以前、ジョイの生活に干渉していたが、それをやめさせてくれたのがリサだった。ジョイはそれについて大いに感謝していた。もっとも、最近は、ケーシーの干渉を逃れられる幸運には恵まれなかったようだけど。

「テレビで見るよりずっとやせているのね」リサはマーカスをじっと見つめて言った。「たくましくてハンサムなのは変わらないわ。でも……」

「そう、みんな同じ印象を受けるんだよ、リサ」ケーシーがそっけなくさえぎり、マーカスのほうに悲しげに頭を振ってみせた。「リサは君の熱烈なファンでね」

マーカスはジョイに視線を走らせ、思わせぶりに言った。「ここにいる、君の愛らしいいとこもそうなるように説得してくれないのは残念だよ」

よくも、ぬけぬけとそんなことを！　ジョイの頬は真っ赤になった。

「まあ、ジョイ。いったい、これをどうするつもり？」部屋の中に足を踏み入れたリサは、散らばっている服を取り上げた。「まさか、引っ越しするわけじゃないでしょう？　どこへ行くかケーシーにも言わずに？」リサはからかうように言い、ケーシーをにやりと一瞥《いちべつ》した。「そうだとしても、不思議はないわ。あなたの気持、よくわかるもの」

「リサは、僕のことをチャールズと絶対に呼んでくれないんだ」ケーシーはリサに目くばせすると、マーカスにさりげなく説明した。

「どうして、私があなたをチャールズと呼ぶの？」リサはいぶかった。「私……ああ」リサは不意に話すのをやめた。ロンドンではジョイがケーシーの身代わりだったことを思い出したのだろう。「私たち、食事に出かけるところだったの」リサは何食わぬ顔で続けた。「それで、ジョイも一緒に行かないかと思って寄ったのよ。もちろん、あなたもご一緒に」リサは親しげにマーカスにほほえんだ。

「私は……」

「僕たちに依存はない」断ろうとするジョイの先手を打ってマーカスが答えた。「君たちの一族にはケーシーという名が多いようだが、それについての話をぜひ聞かせてもらいたいな」

マーカスはぜひ知りたいに違いない。そして、真実が明かされれば、コンテストについての事実も明白になる。それだけはごめんだ、とジョイは思った。私がロンドンで古い友人たちとはめをはずして楽しんでいる、とマーカスに誤解されただけでも十分に不愉快なのに、そのうえロンドンに行ったのは、バレンタイン・コンテストの一等賞に当選したケーシーの身代わりだったと知られるなんて、とんでもない話だわ。私のプライドが許さない。

マーカスは、食事を一緒にというケーシーとリサの誘いに、私をさしおいて、行くと勝手に答えてしまった。その態度が気に入らない。傲慢《ごうまん》そのものだわ。それに、夕食をともにしたりすれば、マーカスと一緒にいる時間がそれだけ長くなる。

「私はまだ、することがたくさん残っているから」ジョイはあたりに散らかった服を指さした。「でも、あなたたち三人はどうぞ、お食事にいらして」マーカスがこうした招待を受けられるはずがない。ケーシーとリサを知りもしないのだから。

「片づけはあとにできないの?」リサが尋ねた。

「急がなくてもいいことでしょう? それに、あなたも何か食べなくては」

もう夕食はすませたと言えたらいいのに。でも、ワードローブの片づけを始めてから、食べることはすっかり忘れていた。でもこんな場合、罪のない嘘《うそ》は許されるだろう。

「もちろん、君も食べなくては」ジョイが断る前にマーカスがさっと答えた。「それに、着替えや身なりを整えるのに時間がかかるとかなんとか言って君が断るための口実を並べ立てても、みんな待つのはいっこうにかまわないと思っているはずだ」

いまいましい人! 私が次に何を言うか、彼にはちゃんとわかっているんだわ! 女性というものを知っているからよ。彼は五年間、奥さんと幸せな結婚生活を送ったかもしれないけれど、そのあとたくさんの女性がいたに違いない。

「私、着替えてくるわ」ジョイは誰にともなく、取り澄まして言った。そもそも、こんなはめに陥ったのはケーシーとリサのせいだわ。あと数分あったら、マーカスはここを出ていったはずよ。それなのに、彼とともに、さらに時間を過ごさなければいけなくなってしまった。それは私にとって危険だということもわかっている……。

「私も一緒に行くわ」リサはジョイのあとについて寝室に入った。

ケーシーとマーカスを二人きりにしておくのは、いい考えではない。でも、リサは率直にものを言う女性だ。彼女をあとに残したら事態がよくなるという保証もない。

「ねえ、ジョイ。彼って本当にゴージャスね！」リサは、ジョイがエメラルドグリーンのブラウスに黒のベスト、黒のスラックス——イメージを変えるため、その日新しく買った服に着替える間、ベッドの上に脚を組んで座っていた。「彼も、あなたのことを同じように思っているみたい」鏡の前に立って化粧をし、燃えるような髪をとかしているジョイをリサは探るように見つめた。「その服、とてもすてきよ、ジョイ」マーカスのことを言われても黙っているジョイの服をリサはほめた。「ありがとう」すてきに見えるとジョイも思った。スマートでいて、どことなく女性らしい。でも、ちょっと落ち着かない。ロンドンでリサの服を着ていた時には、一つの役を演じていたからいいけれど、ここでは、私はいつも目立たない存在だった。マーカスにエスコートされる今夜は、そんなわけにいかないだろう。この町で生まれ育ち、町の図書館で働いていたので、地元の人はたいてい顔見知りだ。彼らは、不意に登場した有名人をどう思うかしら？

「すてきだよ、ジョイ」居間に入ると、ケーシーがジョイの頬に軽くキスした。

ジョイはマーカスのほうを見ることができなかったが、着替えた服に注がれるマーカスの視線を感じた。そして、彼が気に入っていることも。彼女の頬が再び赤く染まった。

そんな自分の反応にジョイはいらだった。私の格好をマーカスがどう思おうと、かまいはしないわ。数分前、彼はずうずうしくも、私との情事をほのめかした。私を知りたがり、私を欲しがっていた。私とのひそかな関係を望んでいたのだ。でも、そうはさせないわ。私は人生を変えたいと願っている。でも、急激に変えたいわけではない。

「二人の女性がこんなにおしゃれしているんだ。ベルモントへ行くのはどうかな？」ケーシーが提案した。「ジョイ、君はそれでいいのか？」マーカスの視線はジョイの顔から離れなかった。ケーシーの提案にいささか彼女がうろたえたのを見ていたに違いない。

ベルモントはジェラルドとジョイのお気に入りのレストランだった。ベルモントに行こうと提案した時、ケーシーはそのことを忘れていたのだろう。ジョイとジェラルドは、いつもその店に行っていたわけではなかった。ぜいたくな店だったので、せいぜい月に一度くらいだった。でも、ジョイはそこを〝二人の〟レストランだと思っていた。そして、これからそこへマーカスと出かける……。

「結構よ」ジョイは依然マーカスから視線をそらしたまま、ジャケットとバッグを取り上げた。「でも、早く行かないと。さもないと遅くなって、注文ができなくなってしまうわ」ここは一晩中、食事を出すレストランがあるロンドンとは違う。ベルモントでも、通常ラストオーダーは九時半だ。

「僕の車はここへ置いていこう」外に出て、ケーシーの車に向かいながら、マーカスが言った。

「お好きなように」ケーシーは車のドアロックを開けながら愛想よく応じた。

ジョイは心中おだやかではなかった。そうなると、マーカスは自分の車を取りにここへ戻ってくる。おまけに、マーカスはリサに助手席に座るよう勧め、

自分はジョイと後部座席におさまった。その態度も
ジョイは気に入らなかった。

レストランへの道中、ケーシーとリサはずっとマーカスに話しかけていた。それはジョイにとって幸いだった。マーカスに話しかける話題を何一つ思いつかなかったからだ。ケーシーとリサと一緒に出かけるのは楽しい。でも、マーカスと一緒となると話は別だわ。彼と私たちには共通点など何もない。でも、ケーシーとリサはそんなことは意に介していない様子だ。

マーカスと並んでレストランへ入ったジョイはわが目を疑った。ジェラルドが窓際のテーブルに座っている。あの〝二人の〟テーブルに、私を捨ててつき合うことにした魅力的な女性と一緒に！

なぜ、こんなまねができるの？　ここは〝二人の〟レストランで、あれは〝二人の〟テーブルだわ。そこにジェラルドはあの女性と一緒にいる！　彼に捨てられたかつての悲しみは、いまや怒りに取って代わられていた。ジョイの目は強い光を帯び、頬は紅潮していた。

幸い、窓際とは反対側のテーブルに案内されたので、ケーシーとリサはジェラルドの存在に気づいていない。テーブルにつく時、ジョイは自分とマーカスがジェラルドと女性のほうを向いて座るようにした。ケーシーは思ったことをすぐ口に出すタイプだ。もしジェラルドの姿を見つけたら、きっと何か言うに決まっている。

「大丈夫？」低い声で尋ねられ、ジョイはマーカスのほうを向いた。探るような表情だ。彼は何かを感じ取ったらしい。

ジョイは明るくほほえんだ。「ええ」嘘をついたものの、内心では立ち上がってジェラルドのテーブル――〝二人の〟テーブルに行き、彼の連れに自己紹介したい気持になっていた。そうすれば、あの二

人の夜は台なしになるだろう。でも、そんなことをしても私の気持は晴れないし、自分がみじめになるだけだわ。

濃いブルーの目がジョイをじっと見つめている。

「何か……気になることでも？」

「彼女はおなかがすいているんだ。きちんと食べさせないと、機嫌が悪くなるんだよ」ケーシーがからかうように口をはさんだ。

「覚えておくよ」マーカスは笑った。

覚えておく必要などないわ。今夜以降、二度とマーカスに会うつもりはないもの。「さあ、注文しましょう」ジョイはそっけなく言った。

「ほらね？」ケーシーはジョイを見て笑った。「でも、おなかに食べ物が入ると、小猫のように愛らしくなる」

ジョイを温かく見つめるマーカスの目の端にほほえみが浮かんだ。「そうなるのが楽しみだな」

マーカスに対して小猫のように愛らしくなるには、かなり待ってもらわなくては。彼の目の前でそうなるには、食事をするだけでは足りないわ。

「あなたの存在にみんなが注目し始めたみたい」一同がメニューを眺めている時、リサがマーカスにそっと教えた。

リサの言うとおりだった。近くのテーブルの客はマーカスが誰だかに気がつき、ちらりと彼のほうを見て、ひそひそ話している。マーカスはメニューから目を離さなかった。

「気にならないの？」リサは不思議そうに尋ねた。

「時々、私はモデルだと気づかれてしまうの。私にはそれが……」

「前に君を見かけたのはそれか」マーカスは満足そうにうなずいた。「どこかで見た気がすると思っていたんだ」

「顔は知っているけど、名前は覚えていないというわけね」ジョイは辛辣《しんらつ》に言葉をはさみ、それからすぐに後悔した。無作法で意地悪な発言というだけでなく、リサをも侮辱したことになる。「ごめんなさい、リサ」ジョイはすまなそうに小声で謝った。今夜は緊張の連続だ。マーカスと闘わなければならないだけでなく、レストランの反対側にはジェラルドと新しいガールフレンドが座っている。でも、だからといって、いまの発言の言い訳にはならない。

「僕には謝ってくれないのかい？」マーカスがからかった。

「ごめんなさい」ジョイは怒りに満ちた目で見返し、押し殺した声で言った。

「ていねいな謝罪で恐れ入るね」彼は皮肉った。

私はとても無作法にふるまっている。ジョイにはそれがわかっていた。でも、いまは神経がぴりぴりしていて、どうしようもない。食事をすれば、いくぶん緊張も和らぐかもしれない……。

「さっきの話だが、リサ、僕は少しも気にならないんだ」マーカスはリサのほうを向いた。「こちらが彼らを無視すれば、そのうち向こうも僕を無視するようになる」

実際、大半の客は有名人がいる驚きが過ぎ去ると、やがて自分たちの食事に目を戻した。

窓際に座っている男性を除いては……。

レストランにジョイがいることにジェラルドが気づくのは時間の問題だった。皆がマーカスに注目していれば、ジェラルドとその連れもいつかマーカスのほうを見るはずだ。そして、いまジェラルドはジョイの存在に気がついたらしい。

彼は、自分がそうしていることに気づかないまま、じっとジョイたちを見つめている。

「君の知り合い？」

耳元でささやかれ、ジョイはさっとマーカスのほうを向いた。すぐに振り向かなければよかった、とジョイは後悔した。彼の顔がすぐ近くにある。マーカスの声が小さかったので、いつもの軽口でやり合っているケーシーとリサには聞こえていない。

ジョイはジェラルドのほうをうかがった。彼はまだこちらを見つめている。ジョイは口元を引きしめ、マーカスを見ると、強い口調で言った。「いいえ、いまは違うわ」四年の間、彼女はジェラルドのことをわかっていると思っていた。だが、二人の関係を終わらせたジェラルドのやり方と、そのあとの冷たい態度に、ジョイの彼に対する見方はすっかり変わってしまった。

レストランの反対側にいる男性を見るマーカスの目が険しくなった。「でも、前は知り合いだった」

「ええ」マーカスが何を考えているのか想像がつき、ジョイは頬が赤くなった。さえない司書にしては過去に大勢の男性がいたようだと思っているんだわ。でも、そこが問題なのだ。私はジェラルドと四年間、つき合ったけれど、それ以外に男性はいなかったし、ダニー・エイムズとデートしたこともない。それに、いまはもう、リサはケーシーのガールフレンドだということがはっきりしたはずだ。

マーカスはジョイから目を離さなかった。ジョイは彼の次の言葉を不安な気持で待った。マーカスの存在に好奇心を抱いているケーシーとリサの前となるとなおさらだ。二人きりになったら、ケーシーはしつこく質問を浴びせてくるだろう。

「注文しないか？」ウェイターがテーブルに近づくと、マーカスは落ち着き払って言った。

予想していた言葉とあまりにも違うので、ジョイはしばらくあっけにとられて彼を見た。それから、彼が問いかけるようにこちらを見つめ、ウェイターに注文するのを待っているのに気づいた。

四人がそれぞれ注文をし終えると、ジェラルドのほうはもう見まいとジョイは決心した。でも、ジェラルドがあの女性を〝二人の〟レストランへ連れてきたことに対する怒りはおさまっていなかった。自分がここにケーシーやリサやマーカスといるのとは話が違う。私はグループで来ている。別の男性と二人きりでいるわけではない。この町にレストランはそう多くなく、選択肢が限られているのは承知している。でも、ここは〝二人の〟レストランだった……。

「さあ、ケーシーという名前について話してくれないか」料理を待つ間、各人のグラスにワインが注《つ》がれるとマーカスはさっそく切り出した。

ジョイはケーシーに目くばせした。マーカスには、ロンドン行きがコンテストの賞品だったと、まだ知られたくなかった。彼は私に対して、すでに悪い印象を抱いている。真実が明らかになれば、もっとひどい屈辱を味わうことになるわ。

「わが一族に古くからある名前だ」ケーシーはすらすら答え、肩をすくめた。「ほかの一族にもよくあることだよ」

「そうなのか……」マーカスは答えたが、納得のいかない顔をしている。

「タクシーに乗せたわれわれの友人は元気かな？」ケーシーは話題を変えようとして、さらに厄介な話題を持ち出してしまった。ダニー・エイムズはジョイとマーカスの争いの種だった。

マーカスの表情が冷ややかになった。「翌日、スタジオで頭痛に悩まされていたよ。それに、かなり憂鬱《ゆううつ》な顔をしていた」

「私たちは二人とも、それが飲んだワインのせいではないのを知っているわ！」ジョイは挑みかかるように言った。

マーカスは冷たいブルーの目で見返した。「じゃあ、なんのせいなんだ？」

ジョイは頬を紅潮させた。「それはお互いによく知っているはず……」

「いや、僕はそうは思わないね」マーカスはおだやかにさえぎったが、かげりを帯びた目の奥にたしなめるような強い光があった。「いまは、それを話す時ではないと思う」彼はケーシーとリサを目で指し示した。

確かにそのとおりだわ。マーカスから自分の無作法さをとがめられたことで、ジョイはますますいらだった。マーカスがロンドンに帰る前に、ダニーについて話さなければ。ダニーの降板の件でマーカスが果たした役割について私がどう思っているのか、それをはっきりさせるわ。ダニーは愚かで退屈な男性かもしれないけれど、だからといって、マーカスの彼に対する行為が正当化されるものではない。

「そうかもしれないわね」ジョイはしぶしぶ賛成した。

「もちろん、そうさ」

「でも、それについてはあとで……」

「むろん、そうする」マーカスはぶっきらぼうにうなずいた。

二人はしばらくにらみ合っていたが、ジョイのほうが最初に目をそらした。そんな自分にジョイは腹を立てた。二人きりだったら……。でも、いまは違う。我慢するしかないわ。

「失礼」ジョイはだしぬけに立ち上がった。「化粧室に行ってくるわ」

「もうすぐ、料理が出てくるよ」

「すぐに戻るわ」冷静になるため、ジョイは数分間、一人になる必要を感じた。

マーカスと出かけるのは、それだけで緊張を強いられる。さっき、アパートメントであんなことを言われたあとではなおさらだ。そのうえ、ジェラルドがこのレストランで新しいガールフレンドといる場面を見てしまった。数分間で、事態が好転するなどと期待はしていない。だが、マーカスのそばにいると落ち着かなかった。数分でもいいから離れたかった。

五分後、化粧室から出てきたジョイはジェラルドとでくわした。そして、一人でいたわずかの間に取り戻した冷静さは、たちまちどこかへ吹き飛んでしまった。

8

「ジョイ……」ジェラルドはぎこちなく声をかけた。

ジョイはとっさに自分のテーブルのほうをうかがった。マーカスとケーシー、リサの三人は陽気な話題に興じているらしく、二人の男性はリサの言葉に笑っていて、誰もこちらを見ていない。

助かったわ！　マーカスは、さっきジェラルドと私の関係を疑っていたはずだもの、一緒のところを見られないほうがいい。今夜は、ただでさえややこしいことになっているのに、これ以上の面倒はごめんだわ。

「ジェラルド」そっけなく挨拶《あいさつ》を返し、ジョイは冷ややかに尋ねた。「お食事を楽しんでいらっしゃる？」

「楽しんでいるよ。君は？」

「私たちはこれからなの」ジョイはじゃけんに答えた。ああ、こんなのってないわ！　なぜ、ジェラルドはここで私に声をかけるの？　私たちには、お互い話すことなど何も残っていないはずなのに。

「君の……連れは注目の的だな」ジェラルドはマーカスのほうを硬い目で見やった。

その時、ジェラルドの視線を感じ取ったかのように、マーカスがこちらを見た。一瞬、彼は表情をこわばらせたが、すぐに何食わぬ顔に戻った。

「あれはマーカス・バレンタインだろう？」

そう、本物のマーカス・バレンタイン。彼のブルーの強いまなざしから目をそらすことができない自分をジョイは意識した。ジェラルドが私とこうして話しているのを見ても、マーカスは怒りを露ほども外に表していない。だが、彼がとても怒っているのが伝わってきた。

でも、彼には怒る権利などないはずだわ！　さっき、彼は私に対する気持を告白したかもしれない。私を欲しい、私と関係を持ちたいと。しかし、それは彼の気持であって、私の彼に対する気持とは違う。

それなら、どんな気持を抱いているというの？　この町に帰ってきて以来、ロンドンでの自分らしくないふるまいについては深く考えないようにしてきた。でも、彼が目の前に現れて……。

ケーシーとリサがあの時、アパートメントにやってこなかったら、マーカスにノーと言えただろうか？　そう言える精神力が私にはあっただろうか？　精神力？　何に対しての？

その時、ひらめいた真実にジョイは愕然《がくぜん》とした。必死に否定しようとしたが、できなかった真実に……。私は彼を愛している！

「ジョイ」ジョイの表情の変化に気づいたジェラル

ドが心配そうに彼女を見つめた。

私は彼を愛している！

ジョイはジェラルドを眺めた。この人は見知らぬ人だわ。よく知っていると思っていたけれど、そうではなかった人。愛していると思っていた人だ。でも、いま悟ったマーカスへの感情と比べれば、私はジェラルドを愛してさえいなかった。こんなふうに燃えるような熱い思いでは……。

ああ、マーカスのことをこんなふうに思ってはいけないわ。彼は私とはまったく違う世界の人なのよ。私のまったく知らない人生、私がとうてい立ち入れそうもない人生を送っている人だわ。

彼の愛人としてでさえ……。

愛人になどなれるはずがない。彼とそんなつかの間の関係を持ったりしたら、いまのこの気持を汚すことになる。でも、彼の人生と無縁でいるのも……。

ここへ来なければよかった。彼がそばにいると、自分自身に強く否定してきた感情を認めるほかなくなってしまう。いままで、私は彼に対する自分の態度を言い訳し、理由をつけて弁解してきた。そして、その間、ずっと彼を愛していた……。

「ジョイ、君と話がしたい」

「いまはだめよ、ジェラルド」ジョイは乱れる心ではねつけた。マーカスへの気持がわかったいま、どういう顔であのテーブルに戻ったらいいのかしら？

戻れるはずがないわ。

「でも、ジョイ……」

「いまはだめ」ジョイはじれったそうに手で制した。混乱のあまり、自分たちのテーブルに目を向けてマーカスがこちらをまだ見ているか確かめることさえできない。

「明日、電話するよ。いいかな？　ぜひとも話をしなくては。ジョイ、僕たちは……」

「ジェラルド、私たちは帰るところじゃなかったの？」その夜の彼の連れが、突然かたわらに現れた。クロークルームから出てきたらしく、ドレスの上にジャケットをはおり、肩にバッグをかけている。「紹介してくださらないの？」冷ややかなブルーの目がジョイに向けられた。

ジェラルドは完全にうろたえ、かすかにおびえた表情を浮かべ、おずおずと紹介した。「ドリーン、こちらは図書館の若い女性の一人、ジョイ・シムズだ。ジョイ、こちらは僕の……友人のドリーン・レーン」

ブルーの目が不意に険しくなった。ドリーンはこの〝図書館の若い女性〟が何者なのか、はっきり悟ったと、ジョイは感じた。ドリーンはジョイの手に軽く触れ――本当に触れるか触れないかくらいだった――握手をした。唇に笑みを浮かべていたが、目はほほえんでいない。

ジョイはドリーンを非難する気にはなれなかった。三人にとって、これは厄介な出会いだった。いままで起きなかったほうが不思議なくらいだ。もっとも、この六カ月間、ジョイは社交生活を避けてきたので、それが幸いしたのかもしれない。そして、いまのこの状況を考えると、最も間の悪い時に出会ってしまったと言える。

それとも、最善の時だったのだろうか？　ジェラルドとドリーンに出会っても、なんの痛みも感じない。はっきり悟ったマーカスへの思いで頭がいっぱいだからだ。結局、一番よい時だったのかもしれない……。

「お会いできてよかったわ」ジョイはドリーンと同じ儀礼的なほほえみを浮かべ、明るく言った。「楽しい夜を」ジョイはそう告げて二人と別れた。これから二人がどこかに行くことはないだろう。睡眠時間は最低八時間は欲しいと主張するジェラルドは、いつも十時半には家に帰ってベッドに入る。

ジョイはジェラルドとドリーンに答えるチャンスを与えず、レストランをまっすぐに横切り、マーカスたちのテーブルに戻った。本当は戻りたくはなかった。いますぐ家に帰り、乱れた心を落ち着かせたい。でも、食事を終えてもいないのに、帰るわけにはいかなかった。

「古い友人はどうだった？」ジョイが席につくと、すぐにマーカスは尋ねた。

ジェラルドと話をしているのを見られていたのは、ジョイにもわかっていた。レストランの向こう側からでさえ、マーカスの不快さがありありと感じられた。ジェラルドとの立ち話について尋ねられるのは覚悟しておくべきだった。マーカスは言いたいことがあるのを抑えるタイプではない。そして、目撃した場面について何も言わずにすませるつもりはないらしい。

「古い友人って誰だい？」ケーシーはきょとんとしていた。レストランにジェラルドがいたことに、まだ気づいていないのだ。幸い、ジェラルドとドリーンはレストランからすでに出ていた。

「一緒に仕事をしている人よ」ジョイは軽くかわし、それ以上追及しないようにとケーシーに目くばせした。誰のことかわかったらしく、彼は目を見張り、周囲を見回した。

「もう帰ったわ」視線を戻し、問いかけるように見るケーシーにジョイはそっけなく告げた。

「彼は一人だった？」

「奥さんと一緒のようだったな」マーカスが冷ややかに口をはさんだ。

「ああ、彼は……」

「あら、皆さん。私を待っていてくださったの？」

ジョイはさっと話題を変えた。自分のいない間にオードブルが運ばれている。「さあ、冷めないうちにいただきましょう」

マーカスはジェラルドをジョイの元恋人、それも、既婚者だと思っているのは明らかだった。ジョイは疲労感に襲われ、ジェラルドは独身だと説明する気にもなれなかった。それに、なぜ説明する必要があるのだろう？　マーカスは彼自身が私の恋人になりたがっている。相手が誰であろうと、私の過去の関係をとやかく言う権利など彼にはないはずだわ。

ジョイは注文した料理を食べるのに苦労した。レストランへ着いた時には少しあった食欲もいまは完全になくなっている。私はマーカス・バレンタインを愛している。でも、はたしてそれは愛と呼べるものだろうか？　彼をろくに知りもしないのに……。あるいは、単に性的な魅力に惹《ひ》かれているだけなのかしら？

私はジェラルドを愛していると思っていた。でも、今夜彼に会い、そうではなかったことがはっきりわかった。彼に対して何も感じなかったし、ドリーンと一緒にいるところを見ても平気だった。確かに、彼女をここに連れてきたのは不愉快だった。〝二人の〟レストランでほかの女性と一緒にいるジェラルドを見た瞬間、腹が立ったけれど、それは最初だけだった。ドリーンに対しては嫉妬《しっと》すら感じなかった。ジェラルドに対してかつて抱いていた感情が私の中に少しでも残っていれば、きっとやきもちをやいていただろう。

それに、マーカスといる時にいつも感じる興奮がジェラルドと一緒の時にはなかった。

でも、興奮を覚えるのが愛なのだろうか？　ジョイはわけがわからず、ただ混乱するばかりだった。

「ひどく静かになってしまったな」皿が片づけられると、かたわらのマーカスがおだやかに声をかけた。

実際、この十分あまり、ジョイは考えにふけっていて、ほかの三人の会話は頭の中を通り過ぎていた。彼女はマーカスのほうを向いた。うろたえが顔に出ているに違いないけれど、どうすることもできない。

私は完全に混乱してしまった。人を愛すると、特別の感情を抱いている相手を見ただけで体の内に温かいものを感じるなんて、思ってもみなかった。いま、私がマーカスを見ているように……。

私は彼を愛している！

この気持をどうしたらいいの？　彼は関係を持ちたいと言った。それは、少なくとも、そうした申し出をする程度には、私に関心を持っているということだ。でも、それで十分だろうか？　今夜、レストランを出て家に戻るまでに答えを出さなければ……。

「今夜のお泊まりは？」

ジョイのアパートメントで皆、コーヒーを飲んでいる時、ケーシーが尋ねた。その夜はジョイが恐れていたほどひどい事態にはならなかった。ケーシーとリサのおかげだ。二人の冗談の言い合いがともすれば、気づまりになりかねないその場を救っていた。

だが、ケーシーの質問は部屋の中に緊張をもたらし、一瞬沈黙が訪れた。ジョイはうつむき、コーヒーカップを見つめた。私も同じことをずっと考えていた……。

「そんなの、余計なお世話よ」リサはそっとたしなめ、彼の気のきかなさに頭を振った。

「僕が言ったのは、地元のホテルに部屋を取るには少し遅いからさ。それに、マーカスさえよかったら、僕のアパートメントに泊まってもらっても……」マーカスがどこに泊まろうとあなたの知ったことではないとリサがなぜ言ったのか、その理由を悟り、ケーシーはあとの言葉をのみ込んだ。「きっと、断られるだろうな」ケーシーはばつが悪そうに顔をしかめた。

「心配してくれてありがとう、ケーシー」

マーカスはそう答えたが、申し出を受けるとも、断るとも言っていないのにジョイは気づいた。それはどういう意味だろう？　ここに彼を泊めることはできない。本当にそうだろうか？

リサはわざとらしくあくびをした。「もう、行かなくては。ケース、あなたは？」

「もちろん、僕も帰るよ。会えてよかったよ、マーカス」

「また会おう」

「ぜひそうしましょう」リサはにこやかにマーカスの頬にキスした。

ジョイはぼうっとしながら別れの挨拶をした。リサとケーシーが帰ったあとはどうなるの？　マーカスは自分の望みをはっきりさせている。でも、私はそれを望んでいるのだろうか？

「ケースと呼ぶなと言ったはずなのに」出ていきながらケーシーはリサに怒った。

「文句ばかり言わないの」リサが軽くやり返している。

ケーシーはぶつぶつ言いながら外に出てドアを閉めた。

「あの人たちは、いつもああなのよ」ジョイはぎこちなく説明した。「本気でけんかしているんじゃないの」

マーカスと二人きりだということを意識せずにはいられない。これからどうなるのだろう？

「あの男は誰だい？」部屋の反対側からマーカスが探るようにジョイを眺めていた。

その質問に驚いたジョイは彼をただ見つめた。予想していた言葉とははるかにかけ離れている。それが何かははっきり言えないけれど、いまの言葉でないことだけは確かだった。

「さっきもお話ししたでしょう、図書館で一緒に仕事をしている人よ。私が司書だというのはご存じではなかったでしょう？」ジョイは挑むように答えた。

「僕が何を知っているか、わかったら君は驚くかもしれないな」

ジョイは体を硬くし、身構えた。「たとえば？」

マーカスは肩をすくめた。「君は二十七歳で、この五年間、地元の図書館で働いている。両親は……」

「その情報をすべてホテルの人から仕入れたわけじゃないでしょうね？」

「君の名と住所だけさ。残りは君が着替えている間にケーシーが教えてくれた」

ケーシーったら！　マーカスと二人きりにしておけば、何をしゃべるかわからないと覚悟しておくべきだった。

「彼は君の左肩にあるあざについても話したそうだったな」いとこの裏切りに怒っているジョイに、マーカスはさらに追い討ちをかけた。「だが、それについてはもう知っているからね」彼はやさしく言い、ゆっくり立ち上がった。

彼にそれを知られた状況を思い出し、ジョイは頬を染めた。「もう遅いわ。それに、私は明日の朝……」そう、明日の朝は出かける必要がないのだ。土曜日で仕事は休みだわ。「とにかく、もう遅いから」

「だから、僕に帰れというのかい？」

「それが一番いいと思うわ」

「君をせかすつもりはないと言った。ジョイ、僕は……」

「せかされるようなことは何もないわ」ジョイは強い口調でさえぎった。「お会いできてよかったわ……」

「でも、いまは帰れということか？」

「ええ」ジョイは背筋を伸ばして彼と向き合った。だが、内心は震えていた。

私はこの人を愛している。私の世界から遠くかけ離れた人、その顔と才能が世界中に知られている男性を……。ロンドンに一度出かけただけで、こんなに人生が変わるとは想像もしなかった。

「私、こういうのはいやなの」ジョイははっきり告げた。

「こういうのとは？」

「こんなことのすべてよ。あなたは頭がいい人だから、私の言っている意味はわかるはずでしょう」

マーカスはジョイをじっと見つめている。ジョイはその視線を必死で受け止めた。もし、目をそらしたりしたら……。

「わかった、僕は帰るよ」マーカスはさっき脱いだ上着を取り上げて手を通した。

ジョイにとって、それは勝ち負けの問題ではなく、これから生きていけるかどうかの問題だった。マーカスと愛し合わなかったことで、少なくとも彼への感情を乗り越えられるチャンスが生まれる。でも、もう一度、彼の腕に抱かれれば……。

「だが、このあたりにあと数日いる。気持が変わって僕に会いたくなったら、このホテルにいるから」マーカスは上着の胸ポケットからカードを取り出してコーヒーテーブルの上に置いた。「今日の昼間、ここに部屋を取っておいた」

ちゃんと今夜、泊まる場所が決まっていたなんて！　ジョイはマーカスに帰ってもらいたい気持がますます強くなった。私がここに泊まるように誘ったなら、彼はホテルの予約については黙っていただろう。自分の家に泊まればいい、というケーシーの誘いをマーカスが断ったのもうなずける。

「もうお帰りになったほうがいいわ」深い緑色の瞳に怒りをたたえてジョイは告げた。彼が今夜ずっと楽しんでいたゲームはロンドンの彼の仲間うちなら認められるかもしれない。でも、私は許せないわ。

「さあ、いますぐに！」

ジョイは何よりも自分自身に腹が立っていた。マーカスだけは違うと思っていた。違うと思いたかった。だが、結局ほかの男性と同じように、誠実ではないのがよくわかった。

「ジョイ！」マーカスは突然ジョイに近づき、腕を彼女の腰に回して引き寄せた。「僕を見てくれ」

ジョイは見たくなかった。そうしたなら、彼に帰ってほしいという気持をそのまま、持ち続けられるかどうか自信がない。

「ジョイ……」

ジョイは見上げずにはいられなかった。見るなというほうが無理だった。そして、見上げたジョイは情熱的な深いブルーの目に引き込まれ、目をそらすことができなかった。

彼の唇が下りてくる。抑制のきいたやさしいキス。激しく求められるより心が揺さぶられ、ジョイはそっとキスを返していた。

ようやく頭を上げたマーカスはジョイの顔を手で包み込んだ。「君のことを知りたい。そして、僕のことも知ってほしい。明日、昼食を一緒にどうかな？」

明日は仕事はない休みの日だ。でも、私はこの男性を本当に知りたいの？　そんなことは危険ではいかしら？　危険だろうと危険でなかろうと、どうしてこの誘いを断れるというの。

「マーカス、私はあなたが思うような……」マーカスの指がそっと唇に置かれ、あとの言葉を封じ込めた。ジョイは緑色の瞳を見開き、彼を見上げた。

「君がどういう人ではないのか、あるいは僕がどういう人間ではないのか。それはお互い知り合うまでわからない、そうだろう？　いまのところは、互いについてもっと知りたい、それで十分じゃないのかな？」

彼の望みはそれだけではない。でも、たとえそうだとしても……。

「明日、昼食を一緒にしよう。そのあと、もう僕には会いたくないと君が思ったなら、僕はそれを受け入れるほかにない。それで、君が失うものはないだろう?」

マーカスを見つめていたジョイは心の中で敗北のため息をついた。彼と一緒に昼食に出かけたい。

「わかったわ。でも……」再び、マーカスの指で唇が封じられた。

「十二時半に迎えに来る。それでいいかな?」答えられるよう彼女の唇から手を離し、マーカスは返事を促した。

ジョイは口元に浮かぶほほえみを抑えられず、緑色の瞳は輝きを増していた。「自分が望むことを人に頼むのにはなれていないのね?」

マーカスは自嘲《じちょう》ぎみに笑った。「わかるかい?」

「ええ!」ジョイも声をたてて笑った。

「ふだん頼むことになれていないと言ったら傲慢《ごうまん》かな?」

「ええ、信じられないくらい傲慢だわ!」非難がましい言葉とは裏腹に、ジョイは笑わずにはいられなかった。今晩、二人の間にあった緊張がこれで一気に解けたからだ。

「笑うときれいだよ」マーカスの目が情熱を帯び、笑顔が消えていく。

その情熱をジョイは見て取った。そして、それが危険なことも承知している。私のアパートメントで二人きり、互いの気持は高まっている。このままベッドに直行し、愛し合うのはたやすい。でも、それからどうなるの? そのあとに残される荒涼とした日々にジョイは思わずたじろいだ。

「そろそろお帰りになったほうがいいわ」そう告げると、ジョイはマーカスの腕から抜け出た。「すてきな夜だったわ」

「だが、その夜も終わりにしなければいけないのか」

「ええ、そうよ。夕食をごちそうさまでした」

マーカスはディナーの代金を自分が払うと言って聞かず、ジョイはばつが悪い思いを味わった。それはリサやケーシーも同じだっただろう。どう反論しても、マーカスを説得するのは無理だった。彼の傲慢さの表れだ。

「明日のお昼は私にごちそうさせてね」

「誘ったのは僕だよ」

「私にごちそうさせてくれるなら、ご一緒するわ」

昼食まで彼に払わせるつもりはない。

「君は条件の多い女性だな」

「まあ、そうかしら？」マーカスの視線をまっすぐに受け止めてジョイは言った。

「わかった、昼食は君にごちそうになるとしよう。だが、僕がすべてのことに簡単に屈するとは思わないでくれ」

この男性に関する限り、勝手な想像はしなかったし、これからもできそうもない。これからも？　それでは、明日の昼食のあとも会うように聞こえるわ。でも、さっき彼にはもう会わないと決めたばかりじゃないの。この男性に関する限り、私の決心はないに等しいみたいだわ！

「明日、十二時半に」マーカスはジョイの揺れる心を察したかのように迎えの時間を再度告げて念を押し、玄関に向かった。「ついでだが、君のいとこは気に入ったよ。次は、君の人生におけるダニー・エイムズと、今夜レストランで会った男の役割をはっきりさせなくてはな。あの二人についても納得のいく説明があるだろう」あるべきだと言外ににおわせている。

あっけにとられたジョイが憤然と言い返す前に、マーカスはその唇に軽くキスし、玄関を出て静かにドアを閉めた。

十二時十五分！

十二時半、とマーカスは一度ならず言った。それなのにもう、玄関のベルを鳴らしている。まだ十二時十五分だというのに。

ジョイは支度がまだ半分しかできていなかった。ほんの数分前にシャワーを浴び、短い黒のスカートに深緑の絹のオーバーブラウスに着替えたばかりだ。化粧もしていなければ、髪も乾かしていない。髪はしかたないにしても、まったくの素顔でマーカスを迎えるわけにはいかない。知り合ってからの短い期間に、みっともない格好を何度も見せてしまっている。ファンデーションを塗り、頬紅をはき、口紅をつける間、待ってもらわなくては。

手早く化粧をしている間に、せわしげにベルが二度鳴らされた。興奮で頬がほてっていて、頬紅をつける必要はほとんどなかった。

化粧の間に髪は乾き、つややかな赤毛の巻き毛がジョイの背中にたれていた。ふだんは、髪を乾かす時に巻き毛を伸ばしている。ロマのようになるのがいやだからだ。でも、いいわ。これまでの生活を一新するつもりだもの。ヘアスタイルも変えなくては。

彼女は化粧をすませて玄関のドアを開けた。その目はきらきらと輝き、頬には自然の輝きがあふれている。

訪問者の姿を見たジョイは、驚きのあまり口があんぐり開きそうになった。

ジェラルド！

ーツに白のシャツ、目立たない色の保守的な柄のネクタイ。ふだん仕事をする時の服装だ。

彼が話があると言っていたのは承知している。でも、電話をかけると言っていた。ここに直接来るとは言わなかったはずよ。いま、彼にだけは会いたくなかった。

「君が休みなのは知っていたから……」

「これから出かけるところなの」ドアを大きく開けて彼を中へ招き入れようとはせず、つっけんどんに答えた。

ジェラルドはその時、初めてジョイの身なりに気づき、たらした髪や短いスカートをしげしげと眺めている。「そうなのか。でも、ジョイ、ぜひとも君と話がしたいんだ。昨夜《ゆうべ》……」

「あれから食事をいただいたけれど、私たちの料理もすばらしかったわ」ジョイは明るくさえぎりながらも、いまにもマーカスが階段の上に現れるのではと心配で気が気ではなかった。

9

いったい、ジェラルドはここで何をしているの？　ここにいられたら困るわ！　マーカスがもうすぐ迎えに来る。ジェラルドが最初にベルを鳴らしてから、少なくとも五分はたっているはずだわ。ほかの男性といるのをマーカスだけには見られたくない。昨夜、彼がジェラルドのことをどう考えているかがわかっているだけに、なおさらだ。昨夜、いらだっていた私はジェラルドについてマーカスが勝手に想像するのを正そうとはしなかった。

いまは十二時二十分。ジェラルドはいつも十二時から一時の間に昼休みを取る。図書館からまっすぐ車を運転してきたのだろう。黒っぽいテーラードスないかとはらはらしながらジェラルドの背後に目をやった。

「料理の話がしたいんじゃない」ジェラルドはじれったそうな顔になった。「レストランを出たあと、ドリーンと僕は口論になった」

「お気の毒に」それはジョイの本心だった。あの女性をとくに好きにはなれなかったが、ジェラルドは彼女を気に入っているようだった。その二人の間がもめるのは気の毒としかいいようがない。でも、二人のけんかと私とどういう関係が……。

「実は、けんかの原因は君だった。中へ入ってもいいかな？　そうしたら、人目を気にせず、ゆっくり話ができる」

ジェラルドと人目を気にせず、ゆっくり話などしたくないし、話すことなど何もない。昨夜、私がレストランにいたせいで、ジェラルドとドリーンの間に何かの緊張が生まれたのなら、申し訳ないと思う。でも、そんなことは二人の間で解決すべき問題だわ。それに、もうすぐ十二時半になる。いまにもマーカスが現れて、私がジェラルドと立ち話をしているのを見られてしまうかもしれない。「本当に、いまは出かけるところなの」

取りつくしまのない彼女の態度にジェラルドは気分を害したようだ。「それなら、しかたがない……。今夜、寄ってもいいかな？」

それも困るわ。マーカスとの昼食から何時に戻ってくるかわからないし、一人で帰ってくるかどうかもわからない。二人の男性の鉢合わせすることだけは絶対に避けなければ。

「今日、あとで私のほうから電話をかけるわ。その時に会う時間を決めましょう」ジョイは言った。場所はここである必要はないもの。なぜ、ジェラルドは突然話があると言い出したのだろう？　図書館にこのまま残るつもりはないと、先週、繰り返し説明したはずなのに……。「それに、場所もね」

「ジョイ、去年僕が君に対してやさしくなかったのは認める……」

「お話はあとにして」ジョイはうろたえ、それが声にも表れ始めていた。とにかく、ジェラルドに帰ってもらいたい。マーカスとの間にはもう十分すぎるほどの誤解がある。私のアパートメントにジェラルドがいることで、新たな誤解を招きたくない。「電話すると言ったでしょう」

ジェラルドは深いため息をついた。「君の冷たい態度は、僕の君への仕打ちからすれば当然なんだろうな」

冷たいのではなく、ジェラルドにまったく興味がないのだ。それに、彼の言うことにも。

「僕はただ……」ジェラルドはジョイの片手を両手で包み込んだ。「君に許してもらえる日が来ることをひたすら願うだけだ」

「許しているわ」ジョイはつっけんどんに言い、手を引っ込めた。こんな場面は絶対にマーカスに見られたくない。ジェラルドがここにいるというだけでも困るのに。

ジェラルドの顔がぱっと輝いた。「僕たちの間にまだ希望があるというのかい？」

希望ですって？　彼は何を言いたいのだろう？

「君と……その、マーカス・バレンタインの間には何もないんだね？」

いますぐ、ジェラルドを帰さなければ、マーカスとの間には何もないことになってしまう。

「もちろんないわ」ジョイはあせって腕時計を見た。十二時二十九分。「あとで電話するから」

「ぜひ、そうしてくれたまえ」ジェラルドは再びジョイの手を取った。「電話を待っているよ」

ドアを閉めたジョイはほっと安堵《あんど》のため息をついた。そして、すぐにジェラルドを心の中から追い出した。ジェラルドと別れたあと、自分のどこがいけなかったのか六カ月も思い悩んできたけれど、もうそれはどうでもよくなっていた。彼は私にとって間違いだった。この数週間でそれをようやく悟った。ジェラルドと結婚したら、年齢より老け込み、生活の幅は彼の生活同様に狭くなり、決められた枠の中でしか生きられなかっただろう。いま、私は自由に自分の気持を決められる。自分が決めたように自分の人生を生きていける。

でも、その中にはマーカスの愛人になることも含まれているの？　それはまだ、なんとも言えない。いま、わかっているのは、もう一度彼に会いたいということ。彼との昼食への期待で朝から胸が高鳴っている。それに……。

今度の玄関のベルはきっとマーカスだ。約束の十二時半ちょうど。彼の到着前にジェラルドを追い返せてよかった！

マーカスを見上げたジョイは息をのんだ。黒のぴったりしたスラックスに薄いグレーのシャツ、チャコールグレーの上着、シャワーを浴びたあとらしく、かすかに湿り気を帯びた黒い髪――その魅力的な姿に胸がどきどきした。だが、何よりもジョイの心をとらえて放さないのは、じっと見つめるそのブルーの目だった。

「早すぎなかったかな？」

いいえ、とんでもない！　数分前だったなら、大変な事態になっていたけれど。

「いいえ、そんなことはないわ」ジョイはほほえみ、ドアを開けてマーカスを中へ招き入れた。「出かける前に、何か飲み物はいかが？」

マーカスは唇にからかうような笑みを浮かべて振り返り、ジョイの身なりを満足そうに眺めながらきき返した。「何かってなんだい？」

「コーヒー、それともワインという意味よ」

「コーヒーはパスするよ。ワインもだ。すでに栓が開いているのがあれば別だが」

彼は何を言いたいのだろう？　私が隠れたアルコール依存症患者とでも？

さあ、落ち着きなさい。ジョイは自分をたしなめた。この男性といると緊張のあまり神経が過敏になり、言われたことに、いちいちオーバーに反応してしまう。

「栓が開いているのはないわ」ジョイは無理に笑顔を作った。「お飲みになりたいなら、開けるけれど」

「僕ならいいよ。だが、君自身が飲みたいなら」

二人とも、見知らぬ他人のように礼儀正しく話している。でも、しばらくは、それが一番いいのかもしれない。最初に出会って以来、言い争ってばかりで、お互いの間の雰囲気はぴりぴりしていたもの。

ジョイは腕時計に目をやった。「レストランには十二時四十五分に予約をしてあるの。だから、お飲みになりたいなら、向こうに着いてからでも」

「それでいい。コートは持ったかな？　外はとても寒いから」

ロンドン行きの時にリサが貸してくれた鮮やかな赤のコサック風のコートがまだ家に置いてある。ベッドルームに取りに行って戻ってくると、マーカスがコートを受け取り、着せかけてくれようとする。ジョイの胸はどきどきした。

「きれいな髪だね」前に回ったマーカスが手を伸ばし、コートの下になったジョイの絹のような長い髪を外に出してくれる。

彼の手が長い巻き毛に触れている。ジョイは頬が熱くなるのを覚えた。彼はすぐそばに立っていて、澄んだブルーの目の中の濃い斑点《はんてん》や、意志の強そうな角張った顎に生えたかすかな髭《ひげ》まで見て取れる。

呼吸が乱れ、全身の神経がぴんと張りつめている。ジョイはかすかに震える手をポケットに突っ込んだ。

昼食に出かける前からこのありさまでは、彼と一緒に数時間過ごしたら、ぼろぼろになってしまう……。

「早く行かないと予約の時間に遅れてしまうわ」ジョイはようやく言った。すぐにここを出なければ、レストランには行けなくなってしまいそうだわ。

「どうしてもそうしたい？」

はっと顔を上げたジョイは彼の熱いまなざしに息をのんだ。彼の言葉には二重の意味が込められている、そう感じたのは思いすごしではない。その情熱的なまなざしがすべてを物語っている。ええ、そうしたいわ。もう一度、あなたのキスを味わいたくてたまらないの。体に触れるあなたの手の感触、その高まりを感じたい。

マーカスの体から発散している熱いものに引き寄せられようにジョイの体が前に揺れた。彼の手は、髪を襟の下から出してくれたあと、肩に置かれたままになっている。分厚いコート地を通しているのに、その手が焼けつくように熱く感じられる。

「僕はそうしたいな」マーカスはそう言うと、さっと体を離した。「今朝早く、人に会う約束があったのだが、寝坊してしまい朝食を食べ損ねた。だから、おなかがすいて死にそうなんだ」

ついさっきまで、二人の間に高まっていた官能を揺さぶられるような緊張にジョイはまだぼうっとしていた。

「出かけようか？」マーカスはドアのそばに立ち、ジョイを待っている。

彼の目に浮かんだ情熱と肩に触れたその熱い手は錯覚ではなかった。でも、彼を見ていると、勘違いだったのかもしれないと思えてくる。彼は冷静で、よそよそしくさえ感じられ、他人行儀の硬い表情で私を待っている。

実際は他人どころか、恋人になろうとしているとジョイは確信していた。そして、そう考えると体が震えた。

マーカスの車に乗ると、ジョイはレストランまでの道順を教えた。昼食には町はずれのホテルの中にあるレストランを選んでいた。以前、ジェラルドと一緒に、何度か夜に飲みに行ったことがあるが、レストランで食事をしたことはなかった。でも、評判がよいのは知っていた。マーカスを連れていくのにふさわしい場所を考えるのは難しい。料理が評判どおりだといいけれど……。

そこは典型的なカントリー・インだった。灰色のれんがに蔦《つた》がからまる古いマナーハウスで、中に置かれた本物のアンティーク家具が古きよき時代の魅力を引き立て、大きな花瓶に生けられた花が古風な趣の中に色鮮やかなアクセントになっている。

「とてもいい」マーカスはうなずくと、わがもの顔にジョイの腕を取り、広間に入った。

マーカスが気に入ってくれたので、ジョイは満ち足りた気持になった。彼の好みの場所を選びたかったから。

「こんばんは……じゃない、こんにちは、ミス・シムズ」ホテルのフロント係のジェニファーはにこやかにジョイに挨拶《あいさつ》した。この若い女性は読書家で、ホテルが休みの日には、きまって図書館に現れる。「申し訳ありません、昼間にここでお会いするのは珍しいから、つい……」照れたようにほほえみ、言い訳したジェニファーは、ジョイの連れが誰かわかると目を見張った。

マーカスは問いかけるようにジョイを見おろし、ほかの人には聞こえない声でささやいた。「彼女は、いつホテルで君と会うのになれているのかな?」

「私は……」

「昼食にレストランをご予約なさいましたよね」マーカスに目をくぎづけにしながら、ジェニファーは明るく続けた。

　またもや、他人からの好奇の目だわ、とジョイは いささかうんざりした。だが、マーカスはいつもどおり知らぬふりをしている。長年の経験で、そうしたことは簡単にできるのだろう。でも、私にはとても無理だわ……。

「ええ、そうよ」ジョイはさらりと答えた。

「まっすぐレストランへおいでになるなら、コートはあちらでお預かりします。楽しいお食事を、ミス・シムズ」ジェニファーはうわずった声で言い添えた。「それからミスター・バレンタインも」

　マーカスは映画やテレビでおなじみの、胸を締めつけられるようなセクシーな笑顔をジェニファーに見せた。だが、レストランへ向かうとその若い女性の存在はすっかり忘れてしまったかのようだ。

「難しく考えることはない」レストランに入り、ジョイのコートを脱がせながらマーカスはささやいた。「彼女はまず、僕が誰だかに気づいたことで、僕に何かを与えてくれた。僕はそのことに感謝し、彼女に何かを返した。人はみんな出会いから何かを得るんだ」

　ジョイはいままで、そんなふうに考えたことはなかった。マーカスはさっきのようにほほえみかけたことでジェニファーの一日を楽しいものにしたのだろう。マーカスのように才能豊かで、すぐに、ああ、あの人だと思い出してもらえるのはうれしいことに違いない。そう考えると、常に顔を知られているというのも、そんなに悪くはなさそうだ。

　二人はすぐ、テーブルに案内された。今度はジョイも、スタッフや客に気づかれても、それを無視できるようになっていた。

「ここにはよく来るの？」マーカスは満足そうに周囲を見回した。テーブルは庭に面していた。庭の先はゆるやかに下り、四百メートル離れた湖まで続いている。

「数回かしら。それより、今朝どこかへお出かけになったの？」なんて、礼儀正しく会話をしているのだろう。「朝早くに約束があったので、朝食を食べ損ねたとおっしゃったでしょう」もしかして、これはきくべきではなかったのかもしれない。かなり、個人的な質問だもの。

「実は、そんなに早くはなかったんだ。昨夜はなかなか眠れず、おかげで今朝寝過ごしてしまってね」

そのかげりを帯びた表情は、昨夜の眠れない原因がなんだったのかをはっきり告げていた。

引き込まれそうな視線にジョイは目をそらした。私も同じだったわ。マーカスが去ったあと、何時間も起きていた。彼しか静めることができない熱い思いに悶々《もんもん》として……。

「君の町には小さな劇場があるね」突然の話題の変化にジョイはいぶかしげにマーカスを見た。「ウエスト・エンドに持っていく前に、地方でやりたい芝居があるんだ。秋にここで一週間公演したくて、その件で今朝、劇場の支配人と話をした」

マーカスは話題を変えたのではなかった。質問に答えただけなのだ。

「あなたが支配人と話したの？　主演スターがそういう交渉をするのは珍しいんじゃなくて？」彼のようなスターが自ら公演準備をしなければいけないなんて、信じられない。

マーカスはにやりと笑った。「僕が主役とは言わなかったよ。実は……」ウェイターが飲み物の注文を取りに来たので会話は中断された。

「ジョイ、君は何にするの？」

マーカスの話に気を取られていたジョイは上の空で白ワインを頼んだ。秋、彼がここに戻ってくるかもしれない……。

「それで？」二人だけになるとすぐ、ジョイは話の続きを促した。

「僕はプロダクションを主宰しているんだ。そんなに大きくなくて、一年に一、二回、公演する程度だ。だが、それは僕のキャリアにとって、ある種の刺激となる。僕のプロダクションは『ピルグリムの事件簿』にも関係している」

ダニー・エイムズの解雇も含め、『ピルグリムの事件簿』に関する決定にマーカスがなぜ大きな影響力を持っているのか、これでようやくはっきりした。マーカスは主演スターの権利を乱用する必要などないのだ。ただ、プロダクションとしての決定をすればいい。そして、それは実行された。すべてがあんなに簡単に運んだわけがこれで説明がつく。でも、だからといって、なされた行為が許されるものではない。

「料理を注文しましょうか？」ジョイはそっけなく言った。ウェイターが飲み物を手に戻ってきて、注文を取るため脇《わき》で待っている。

ウェイターが去ると、ぎこちない沈黙が訪れた。少なくともジョイにはそう感じられた。ダニーのことや、彼の解雇におけるマーカスの役割についてはは考えないようにしてきた。でも、いま再び、その問題が大きく浮かび上がってきた。マーカスについてこれまでに知りえたことすべてが、彼は自分の思いどおりにことを運ぶ男性だと示している。ただ、ダニーの件で、彼があそこまでやったとは考えたくなかった。

なぜなら、マーカスを愛しているから。でも、愛している男性が不正でやましいことをしたと考えたい人間がいるだろうか？　マーカスへの気持には変わりがないけれど、ただ……。

「静かになったね」マーカスは考え込んだ様子のジョイに話しかけた。

ジョイは唇に笑顔を作った。「そう？」

「自分でもわかっているくせに。それから、無理に笑わなくてもいいよ。自分自身に忠実であればいい。君のそこが好きなんだから。いまの君を見ていると、僕には絶対にほほえみたくなさそうだ」

ジョイはテーブル越しにマーカスを見つめた。私の感情となると、この男性はどうして、正確に見抜いてしまうのだろう？　それは顔やしぐさに表れている以上のものと関係があるに違いない。だって、私の感情について、本人がそれを意識するより前に彼にはわかってしまうようだわ。

「ダニーのことなの」ジョイはためらいがちに切り出した。けんかの種を持ち出したくないけれど、でも、心にかかる問題について、これ以上黙っていられない。

マーカスはため息をついた。「ダニーは自業自得だというのをわかったんじゃなかったのかい？　彼は契約を守らないし、あてにならないし……。ああ、ダニーについて話すためわざわざここまで来たんじゃない。最近、彼の件で考えなくてはいけないことが多くて貴重な時間を取られているが、率直に言って、彼はそれに値しない人間だ」ブルーの目が怒りを帯びて強く光った。

マーカスはダニーやその態度に対して強い不満を抱いているようだ。もしかして、私は事情をよく知らないのかもしれない。

「僕はダニーより、さっき君のアパートメントから出ていった男性について話したい」

マーカスはジェラルドが私のアパートメントから帰るのを見ていた！　あの時、マーカスがいまにも現れるのではないかとはらはらしていて、とにかくジェラルドを帰すことだけを考えていた。外に出たジェラルドとマーカスが顔を合わせるかもしれないなどと考えもしなかった。

「ジェラルドとは仕事場が一緒なの」

「昨夜、君は彼を昔の知り合いだと言った。その古い友人がなぜ、今朝、君のアパートメントにやってきたんだ？」

「マーカス……」

「なぜだ？」

レストランへ着いた時から、マーカスがどこか緊張しているのが感じられた。その原因はこれだったのね……。でも、ジェラルドは私の人生の屈辱的な部分——忘れようと努めていることだわ。彼については、去年彼に捨てられて味わった苦痛についてては話したくない。

「あの……以前、彼とつき合っていたの。でも、いまは違うわ。それに、彼のことは話したくないの」

ジョイはマーカスの視線を挑むように受け止めた。

「いつか、それについて話さなくてはな」マーカスはおだやかに言った。

「どうして？」

「まだ、過去の人ではないからだ」

「あなたは、過去と現在を問わず、あなたの人生にかかわったすべての人について詳しく話してくださるわけ？」料理を運んできたウェイターにはかまわず、ジョイは頬を紅潮させて言い返した。

マーカスも目の前に置かれた料理を無視し、肩をすくめた。「過去については、君も知ってのとおりだ。僕は結婚していて、妻は死んだ。それから二、三人の女性とつき合ったが、真剣なものではなかった。最初に君と会った時、ロンドンに遊びに出かけてきた、人生に退屈している人妻だと思ったが、それは僕の誤解だとわかった。でも、君のような美人には男性の一人や二人はいたはずだ。そして、今朝の男性はその一人のようだ」

生まれてこのかた、デートした相手はジェラルドだけだわ。でも、それはマーカスが想像しているような関係ではなかった。それに、美人だとお世辞を言われてもうれしくない。自分がそうでないのはよく知っている。

「過去の話をしても、なんにもならないわ。たいていの場合、混乱を招くだけよ」ジョイはきっぱり言うと、スプーンを取り上げてスープを飲み始めた。

「今朝の男性は……」

「彼の名前はジェラルドよ」

「わかった……ジェラルドか。彼は過去の存在ではないはずだ」

ジョイに関する限り、彼は過去の人だ。

「彼は君より少し年上のようだな」マーカスはスープを飲みながら、なおも食い下がった。「若い女性が父親のようなイメージを求めて既婚者を愛するという例がよくあるが、君の場合もそうなのかな?」

ジョイは心中おだやかではなかった。そうよ、ジェラルドは私より〝少し年上〟だったけれど、年齢のことなど、つい最近まで気にしなかったわ。

「ジェラルドは既婚者ではないわ」

マーカスの顔に奇妙な表情が浮かんだ。だが、ほんのつかの間だったので、それが何を意味しているのか、はっきりしなかった。

「そうか……」ようやく彼は言った。「ところで、君のスープの味はどうかな?」

味などわからなかった。ジェラルドの話題に混乱して料理を味わう余裕などなく、ただ機械的に口に運んでいるだけだ。

「ええ、おいしいわ」彼女はぶっきらぼうに答えた。

「ジョイ……」マーカスは手を伸ばし、彼女の手に重ねた。「詮索《せんさく》するつもりはない……」

「それなら、おやめになったら!」ジョイはぴしゃりと言い返した。「それより、あなたが計画しているお芝居のことを話してちょうだい。あなたは出演しないんでしょう?」

マーカスは話題を変えるのを一瞬ためらっているかに見えたが、すぐに肩をすくめて答えた。

「僕は演出をやり、演技はしない」マーカスは最初に監督した時のことや、その興奮について語り始めた。「演じることに飽きてきたんだ。むろん、やめるつもりはない。ただ、ちょっと目先を変えたいだけさ」

私と少し似ているわ、とジョイは思った。私も陳腐な人生を変えようと決めている。二人とも、同じ時期に方向転換しようと決意するなんて不思議だわ。お互い、共通点はないものと思っていたのに。

話題がジョイの個人的な生活からそれたので、食事はなごやかなものになっていた。料理が次々に運ばれ、ワインが注《つ》がれるにつれ、ジョイはすっかりリラックスしてマーカスのユーモアのセンス、彼の長年の演技経験にまつわるエピソードを楽しんでいた。

「こうした話の大半は、世間には知られていない」二時間後、ジョイの腕を軽く取ってレストランを出ながら、マーカスは愉快そうに言った。「俳優たちにまつわる夢をこわしてしまうからね」

仲間の俳優だけでなく、マーカス自身にまつわる面白いエピソードに耳を傾けて心楽しいひとときを過ごした余韻で、ジョイの頬は輝いていた。そして、彼から君のアパートメントに戻ってコーヒーを飲もうと言われた時、ジョイはなんのためらいもなく賛成した。

キッチンでコーヒーをいれながら、ジョイは宙を飛んでいるような感じを味わっていた。このうきうきした気持は食事の時に飲んだワインのせいだけでなく、マーカスと一緒にいるうれしさのせいだわ。マーカスといると気分が高揚し、体の内に充実感がみなぎってくる。

マーカスはジョイの本のコレクションから目を上げ、ほほえみかけた。「実はお昼をいっぱい食べたあとなので、コーヒーはもう入らないかもしれない」ジョイからトレイを受け取ってテーブルの上に置きながら、マーカスは残念そうに言った。

　ジョイは何かを待ち受けるように彼を見上げた。互いの視線がからみ合ったとたん、二人はコーヒーのことなど忘れてしまった。コーヒーはアパートメントで二人きりになるための口実にすぎなかったと互いに承知していたからだ。

「昼食は楽しかった」マーカスはぶっきらぼうに言うと、ゆっくりジョイに近づいた。

　その視線、その官能的な魅力にぼうっとなりそう。

「私も楽しかったわ……」

「僕は、帰りたくない」目の前に立った彼はくぐもった声で告げた。

　ジョイも彼に帰ってほしくなかった。昼食の時間のすべてがこの瞬間、互いの腕の中へとけ込むこの時への序奏曲だったかのようだ。

　ジョイはマーカスの腕に抱かれ、顔を上げた。二人の唇が激しく重なり合う。いままで、抑えられていた情熱が一気に燃え上がった。

「君が欲しい」マーカスがジョイの喉にささやく。

　私も彼が欲しいわ。欲しくてたまらない。この数日間ずっとそうだった、といまになってわかる。もう、この気持を否定したくない。大事なのはいま、この時。明日のことなど、どうでもいいわ。

　ジョイは大きく息を吸った。「私もあなたが……」

　マーカスは顔を上げ、ジョイを見おろした。探るようなブルーの目が不安のかけらもなく、熱い思いに紅潮した彼女の顔を見つめている。「後悔はさせないよ、約束する」彼はジョイの腰に腕を回し、強く引き寄せた。

　ジョイは、先の後悔など考えてはいなかった。ただ、彼が欲しかった。「マーカス、ベッドに連れていって……」狂おしいほど彼が欲しくてたまらず、体が震えている。

「信じて、君を絶対に傷つけないから」ジョイを抱き上げたマーカスは寝室のドアの前で立ち止まった。

ジョイはじっとマーカスを見上げた。私は大きな過ちを犯そうとしている。でも、過ちでもかまわない。私はこの男性を愛している。彼に愛してほしい。彼を愛したい。いまの私にはそれがすべて……。

「信じているわ、マーカス」これから先、何があろうと、彼は私をわざと傷つけるようなことはしないだろう。

マーカスは喉の奥で何かうめくと、頭を下げてジョイの唇に激しいキスを浴びせた。「君のような女性は初めてだよ、ジョイ」

私も彼のような男性は初めてだわ。

そして、彼を愛している……。

10

ジョイは眠りからゆっくり覚めようとしていた。動くと体がかすかに痛む。でも、それは快い痛みだった。快い？　どうして……。

はっと目を開いたジョイはベッドのかたわらに横たわる男性を眺めた。マーカス！　この二、三時間の記憶が一気によみがえる。

マーカスはやさしく、そして、巧みにジョイを愛した。キスを交わし、互いの体を愛撫《あいぶ》しながら、何度もジョイを喜びの高みへと導いていった。マーカスのたくましい体の美しさ、肩や胸の筋肉、胸から腹部、腿、そして長い脚を覆う黒くて細かい毛——それらを思い出し、ジョイは身を震わせた。

彼も私の裸身を美しいと思ってくれ、きれいだと何度も繰り返しながら、体中にキスし、触れてくれた……。

男性とこうした関係になるのは初めてだった。胸にキスされ、彼の手によって全身を触れられていくうちに、体の奥が熱くうずき、彼を自然に迎え入れる用意ができていた。

痛みはなかった。マーカスの愛撫の手の心地よさに酔いしれ、かすかな不快感など気にならなかった。ゆっくり始まり、しだいに速くなる彼の動きにつれ、ジョイの喜びは急速に高まっていった。

こんな喜びがあるのをジョイは初めて知った。体が高く舞い上がり、宇宙に放《ほう》り出される感じだ。体を焼き尽くすような快感の波が次から次へと押し寄せる。ジョイの顔には信じられない思いと恍惚《こうこつ》があふれた。

それが最初だった。だが、マーカスは何度も何度もジョイを喜びの高みへと導いたあと、ついに二人して全身を揺るがすようなクライマックスに達した。二人は畏《おそ》れに似た気持で互いを見つめ合った。マーカスはジョイの顔を手で包み込み、その瞳を見おろしている。

ジョイははにかみながらも、その視線をまっすぐに受け止めた。激情に身をまかせたわが身が信じられない。マーカスもあの喜びを分かち合い、それを極限まで味わった……。

激しい興奮が静まり、マーカスの腕に抱かれて横たわっている時も、ジョイは男性と初めて愛し合った時に感じると想像していたばつの悪さや恥ずかしさを感じなかった。あるのはやさしい気持と、互いにかきたてた感情の中にくるまれている心地よさだけだ。眠気に襲われた二人はまどろみながら、やさしいキスを交わしていた。

だが、ついに疲れはてた二人は眠りに落ちた。マーカスはリラックスし、少年のように安心しきった顔で眠っている。

しばらくの間、愛する男性の顔を見つめていたジョイはためらいがちにその頬に触れた。起こすつもりはなく、ただそうすることで、この瞬間を確かめたかった。

マーカスをいままで以上に愛しているわ。いまはもう彼とは離れられない。離れられないですって！ジョイは極度の不安に襲われた。私たちは恋人同士になったけれど、彼の人生に私が必要でなくなったら……私が入る余地がなくなったらどうなるの？私はどうすればいいの？　この人なしでどうやって生きていけばいいというの？

いたたまれなくなったジョイはマーカスを起こさないようベッドを抜け出るとガウンをはおり、そっと寝室を出た。

これからどうなるの？　マーカスとの数カ月の愛人関係？　おそらく、秋までは続くだろう。このあたりに来るとマーカスが言っていたわ。

これ以上愛せないくらい愛している男性とわずか数カ月しかともに過ごせないなんて。でも、それだって、普通の人が一生かかっても経験できないものだわ。

背を丸めて椅子に座り、膝で顎を支えながらジョイは自らに言い聞かせた。たとえマーカスとのつき合いが短い期間で終わろうと、それは私自身が望んでもとうてい得られないものだ。与えられたチャンスを最大限に生かし、一瞬、一瞬を楽しめばいい。そのわずかな思い出で残りの人生を生きていけるかもしれない。

それに、いまは先のことを悲しむ時ではないわ。悲しむ時間はあとでいくらでもあるもの。この一瞬を精いっぱい生きていきたい。

心が決まるとジョイは立ち上がり、キッチンに行ってコーヒーをいれた。居間に戻り、再び腰を下ろした時、レストランから帰ってきた時に玄関の床から取り上げ、何げなしにテーブルの上に置いた郵便に気がついた。

分厚い封筒は最後に回し、いつものダイレクトメールや請求書に目を通した。それから分厚い封筒を手に取ったが、差し出し人の住所を見て、開けたものかどうか少しためらった。それはケーシーが当選したコンテストを主催した雑誌社からだった。

開けると、ダニー・エイムズとジョイの写真が膝の上にばさりと落ちた。全部で六枚ほどある。それぞれ違った角度から撮られ、二人がほほえみ合っているものもあれば、カメラに向かって笑っているものもある。だが、どの写真でも、ジョイは体を半ばダニーに向け、ドレスの背が大きく開いているのがはっきりわかる。結構な写真だこと！

封筒にはその写真のほかに二枚の紙、それにつけられた挨拶状《あいさつ》、そして、ダニーとジョイが楽しげにほほえみ合っている写真を大きく引き延ばしたものが入っていた。挨拶状の文面を読むと、大きく引き延ばされた写真は雑誌に掲載されるもので、二枚の紙は記事のコピーらしい。

あの夜の出来事の一部始終が書かれた記事をジョイは暗澹《あんたん》たる気持で読んだ。こうした詳しい情報をどこから仕入れたのだろう？　そう、ダニーに決まっているわ。仲間の俳優たちと会ったことを含め、すべてが事細かに語られている。ジョイ自身の経歴は簡単にしか紹介されていない。ジョイはがっかりするどころか、自分が読者の興味の的ではないことにほっとしていた。

写真と記事を暗い気持で眺めていると、寝室のドアが開き、マーカスが現れた。スラックスははいているが上半身は裸だ。そのたくましい胸に触れた記憶が鮮やかによみがえり、ジョイは頬が赤くなるのを覚えた。

「起こしてくれればよかったのに」マーカスはジョイをじっと見つめ、やさしく言った。

「とてもよく眠っていたから」

マーカスはうなずいてほほえむと、黒い髪をかき上げた。「僕たちは二人とも……とても、疲れた」

十分に堪能《たんのう》した——その言葉がふさわしい、とジョイは思った。何時間も愛し合った。あの長くすばらしかった時を絶対に忘れないわ。

「コーヒーをいれるわ」ジョイは郵便を腕に抱えて立ち上がった。互いに何を言えばいいのかわからず、落ち着かない。

「僕は……これはなんだい?」マーカスはジョイが立ち上がる時に落としたものを拾い上げた。

なんてことかしら。それはダニーとの写真の一枚で、雑誌に使われるはずの引き延ばしたものだった。肩を抱かれたジョイはダニーのほうに半ば向けた体を押しつけるようにして立ち、ダニーは見上げるジョイにやさしくほほえみかけている。

写真を見たマーカスの表情が険しくなった。

「これは何?」マーカスは今度は探るようにジョイを見つめて繰り返した。

どう説明しようかしら? 「あの……」その時、玄関ベルが鳴り、ジョイは救われた。

だが、二人とも客を迎える格好ではなかった。ジョイはガウンだけしか着ていないし、マーカスは上半身裸だ。

いったい、誰だろう? 夜の八時半にもなって……。ああ、ケーシーだわ! ケーシーに決まっている。昨夜、四人で夕食をとったあと、ケーシーが何か言ってくるはずだと覚悟していた。今夜、またここにいるマーカスを見てケーシーはどう思うだろう?

「きっとケーシーだわ」

「僕は服を着てこよう」マーカスは落ち着き払って答えると寝室に戻った。

マーカスが写真を持っていったのにジョイは気がついた。なんてことなの！　写真についての会話はこれで終わりではないようだ。

玄関に出る前に、ジョイは残りの郵便を引き出しにしまった。居間に戻ってきたマーカスに残りの写真や記事を見られたくない。一枚の写真でさえ、説明するのが難しそうなのに、こんなにあったら大変だ。

戸口に立っていたのはジェラルドだった。

「電話をくれなかったね」彼は非難がましく言った。

ジョイが電話をしなかったのはマーカスと一緒にいたからだ。

「ええ、あの……忙しかったから」

「君と早急に話したいことがあるんだ」ジェラルドは期待するようにジョイを見た。

ジョイは底なしの泥沼にゆっくり落ちていくような感覚を味わった。まず、ダニーとの写真、そして、今度はジェラルド。私はトラブルを抱え込む運命なの？

ジェラルドをこのまま追い返すこともできる。彼にはなんの借りもないわ。でも、なぜか今度はそう簡単にはいかないような気がする。ジェラルドの口元には強い意志が感じられる。ちょっと身構えるように立ち、面前でドアを閉めようとすれば、さっと足をはさみかねない。

「ドリーンとは別れることにした」ジェラルドは急いでつけ加えた。「友好的にだ」

この前のジェラルドとの会話から想像すると、友好的というのが真実かどうかは疑わしい。ジョイ自身の経験から考えても、実際はもっとひどい別れ方だっただろう。だが彼には、自分にとって不愉快なものはすべて締め出し、自分が信じたいものだけを信じるよう自らを欺ける能力があるようだ。

「君にまだ抱いている感情のせいだ」言葉もなく見つめるジョイにジェラルドは真剣な口調で告げた。

どんな感情を抱いているというの？　二人の関係を唐突に終わらせたジェラルドのやり方を考えると、彼が私に特別な感情を抱いているなんてありえないわ。

「僕たちにお客様かな」あまりにも聞きなれた声にジョイがぱっと振り向くと、すぐ後ろにマーカスが立っていた。

帰ってほしいと、もっと早くジェラルドに告げるべきだったとジョイは後悔した。しかし、泥沼にはまりこんだような感覚に手も足も出なくなっていた。

「僕たち？」ジェラルドは鋭く繰り返し、マーカスをにらみつけた。

「よかったら、中へ入りませんか？　僕たち、これからコーヒーを飲むところだったんですよ」マーカスは愛想よく誘うと、ドアの取っ手にかかったジョイの手を離し、ドアを大きく開いてジェラルドを中へ通した。

二度も〝僕たち〟と言うなんて、どういうつもりかしら？　マーカスはジェラルドを居間へ案内すると、促すようにジョイのほうを振り返った。ジョイはとまどいながら、二人の男性のあとに従い、居間に入った。

「あのコーヒーはどうするの？　僕がいれようか？」マーカスは軽い口調でジョイに尋ねた。

まるでキッチンの中はすべてわかっているような口ぶりだ。その不快げな表情からすると、ジェラルドはマーカスがキッチンの勝手をよく知っていると信じたらしい。それこそ、マーカスの思うつぼだわ。でも、なぜこんなことを？

男性たちを二人きりにしたくないとしたら――絶対にそうしたくはない――マーカスの言葉に従うほ

かなかった。そうなると、マーカスがキッチンの中をよく知っているという印象を強めてしまう。どうしたらいいだろう？　答えは、マーカスのお芝居どおり、彼にコーヒーをいれてもらえばいい。キッチンの勝手がわからないのがすぐにばれてしまうだろう。

ジョイはマーカスに明るい笑顔を見せた。「それは助かるわ。ぜひ、お願いします」

マーカスはジェラルドに尋ねた。「コーヒーでいいかな、ジェラルド？」

名前を呼ばれ、ジェラルドは驚いた。「ああ……もちろんだ、ありがとう」

ぶっきらぼうにうなずいたマーカスはキッチンに向かい、あとにはぎこちない沈黙が残った。

ジョイは落ち着かない気持でジェラルドを見つめた。ジェラルドの目にははっきりと非難がこめられている。でも、そんなふうに私を見る権利が彼にあるの？　六カ月前、彼は私の人生から去り、そのあとの私がどうなったかなど、気にもしなかったはずだわ。いまのようにそこに座り、私の態度に判断を下す資格などないはずよ。

ジョイはさっと立ち上がった。「服を着てくるわ」

「ジョイ、バレンタインと君の関係はどうなっているんだ？」ジェラルドはそれ以上黙っていられず、抱いている疑問を口にした。

ジョイは緑色の冷たい目で見返した。「そんなこと、あなたにはなんの……」

「ダーリン、砂糖をどこにやったの？」マーカスがキッチンの入口に立った。表情はおだやかそうだが、ジョイはだまされなかった。目には強い光がたたえられている。

ジョイはこの場の状況にいらだち始めた。今日の午後マーカスと愛し合い、そのことで二人の間は複雑になっているのに。少なくともジョイはそう感じていた。そのうえ、ジェラルドが加わり、事態はますますややこしくなってしまった。

「いつもの場所にあるでしょう。脇《わき》の赤いボウルの中よ」ぞんざいに応じたものの、マーカスの口元が引きしまったのを見てジョイはすぐに弱気になった。ジェラルドの面前でマーカスとやり合えば、私が負けるのははっきりしている。

「それがないんだよ」マーカスは首を振った。

「ちゃんと……」

「こっちに来て捜してくれないか」さりげない口調だが、その目を見ると、頼みではなく命令に近いものだとわかる。

ジョイはあきらめたようにため息をつき、マーカスの先に立ってキッチンに入った。カウンターの上に砂糖壺《つぼ》がのっているのを見ても、マーカスがキッチンのドアを閉めても、彼女は驚かなかった。

マーカスはジョイの後ろにやってきて、その肩に手を置き、耳元で言った。「何か服を着たほうがいいんじゃないかな。ジェラルドはかつてはいい友人だっただろうが、いまガウン姿で彼とコーヒーを飲むのはどうかね」

マーカスは嫉妬《しっと》している！　言葉に出して言われたかのようにジョイははっきり感じ取った。マーカスは私がガウン姿でいるのを心よく思っていないだけでなく、ジェラルドと居間で二人きりでいるのも気に入らないらしい。つまらないことを！　マーカスへの愛を悟ったいま、ジェラルドに対する感情は取るに足らないものだったとはっきりわかったのに……。でも、マーカスはそれを知らない。たぶん、永久に知ることはないだろう。彼が求めているのは単なる肉体関係でしかない。そんな男性に、この深い愛を告げられるはずがない。単なる肉体関係――私はそれをすでに受け入れ始めている！

ジョイは振り向こうとしなかった。

「そうしようと思っていたところに、あなたが砂糖壺の場所をききに来たのよ」

「それは結構」マーカスは満足そうに言うとジョイを自分のほうに向けた。「君が着替え終わるまでに、コーヒーの用意をしておくよ」

きっと、そうするだろう。マーカスはこのキッチンにはなれていないが、必要なものを見つける能力は十分にありそうだ。

ジョイはマーカスを見上げた。今日はこれからどうなるのだろう？　彼は私の愛する人だわ。そして、私は彼を愛した。でも、彼は私をどう思っているのかしら？

「あまり手間取らないで」マーカスはそっとささやくと、ジョイの唇にいとしげにキスした。「君がいないと寂しいから」

その言葉にぼうっとしたジョイは、ジェラルドのほうを見向きもせず、居間を横切った。もちろん、あれは私を命令に従わせる方便だったのかもしれない。でも、彼はこれまで、私に対してごまかしを言ったことはない。時には困惑させられるほど、いつも率直だった。だから、今度も偽りではないはずだわ。

ジェラルドが早く帰ってくれればいい。そうすれば、マーカスと話ができる。きちんと話をしなければ……。マーカスは私に嘘《うそ》は言っていないかもしれない。でも、私は違っていた。自分を守るためとはいえ、彼に対して正直ではなかった。いま、真実を言わなければ。

頭の中がいっぱいのジョイは機械的にジーンズをはき、ゆったりしたネイビーブルーのブラウスを細いウエストにたくし込むと、つやが出るまで髪をブラッシングした。頬は紅潮していて、化粧をするまでもなかった。

ジョイが居間にいる二人の男性に加わるころには、

すでにコーヒーは用意されていた。マーカスは興味深そうにジェラルドの話に耳を傾けている。どうやら、図書館の話をさせているらしい。

ジョイが部屋に入ると、男性二人は振り向いた。ジェラルドは肘かけ椅子に座り、マーカスはソファの片端に座っていた。ジョイは足を進めるのをためらった。

「トレーはここに置いたよ。君が注《つ》いでくれないか?」マーカスはやや身を乗り出し、ソファの前の低いテーブルを指し示した。自分の隣に座るように言っているのだ。「僕たち二人のコーヒーの好みは知っているだろう?」何食わぬ顔でつけ足したマーカスをジョイは鋭く見た。

もちろん、ジェラルドのコーヒーの好みは知っているし、マーカスがブラックで飲むのは昨夜の夕食で気がついている。ジョイはマーカスの挑発的な言葉を黙殺すると腰を下ろしてコーヒーを注ぎ、湯気が立つカップを二人の男性に手渡した。

仕事のことを話させて気楽にさせようとするマーカスの努力にもかかわらず、ジェラルドは落ち着かない様子で、眉間《みけん》にしわを寄せてテーブル越しにジョイを見つめている。

彼は私にどうしてほしいの？　何が望みなの？　ジョイはしだいに腹立たしくなってきた。

「そうか、君がジョイの上司なんだ」ジョイの登場で居間に流れた気まずい沈黙をマーカスが破った。

ジェラルドは眉間にいっそうしわを寄せ、じれったそうに言った。「ジョイのフィアンセでもあった」

驚きのあまり、彼女は目を見開いてジェラルドを見つめた。四年間つき合い、その間いつか彼がプロポーズしてくれるものと期待していたかもしれない。でも、実際に婚約などしていなかった。

「そして、そうなりたいと願っている」

ジェラルドはいったい、どういうつもりなの？

マーカスの前でこんなことを言い出すなんて。

「それは無理じゃないかな」ジェラルドの発言のあとの緊張に満ちた沈黙の中、マーカスが静かに言った。その言葉に今度はジョイとジェラルドがマーカスを見つめた。「なぜなら、ジョイは僕と結婚するからだ」マーカスは傲然《ごうぜん》と言い放つと、ジョイが逃げられないようソファの脇に置かれたその手を握り、指をからませた。

ジョイは逃げ出したいとは思わなかった。実のところ、そうする気力もなかった。長い間、待っていたジェラルドからの求婚のみならず、マーカスからも求婚されるなんて。

目の前がくらくらして、頭の中は混乱していた。

マーカスは本気なの？　まさか、そんなはずは……。

「ジョイ、それは本当か？」ジェラルドは憤然と尋ねた。

私に答えられるはずがないわ。ほんの数秒前まで、想像もしなかったこと、途方もない夢の中でさえ、考えもしなかったことですもの！

「もちろん、本当さ」ジョイの手を強く握ったまま、マーカスが答える。「僕がいまここにいるのは、結婚式の準備を相談するためさ」

そうなの？　彼が言っていたのは、単なる肉体関係で結婚ではなかったのでは？　ジョイはとまどっていた。もう混乱して、何がなんだかわからない。

「ジョイ」ジェラルドは非難のまなざしで彼女を見つめた。

マーカスは警告するように、ジョイの指にからませた指に力を加えた。だが、表面は落ち着き払い、彼女のほうを見ようともしない。

マーカスが本当に結婚を望んでいるのか、ジョイにはわからなかった。でも、ジェラルドの求婚を受けるつもりはないのははっきりしていた。マーカスと出会ってしまったのだもの……。

「ええ、本当よ」冷静な声にジョイはわれながら驚いた。震えてしまうと恐れていたのに。とにかく、ジェラルドには早く帰ってもらいたい。そうしたら、マーカスと二人だけで話ができる。「あなたにも招待状をお送りするわ」

「正気なのか、ジョイ？　君は……」激怒したジェラルドはマーカスを蔑《さげす》むように一瞥《いちべつ》した。「君はこの男をろくに知りもしないじゃないか！」

たぶん、そうかもしれない。でも、私はジェラルドを知っていると思っていたわ。それなのに、あんなみじめな結果に終わってしまった。マーカスについて知らなければいけないことで一番大事なのは、彼を愛しているということだわ。

「知っているかどうかは関係ないと思うよ」マーカスが口をはさんだ。「こうなることだってよくある」

「だが……」

「ジョイと僕は結婚するんだ、ジェラルド。もう決めたんだ」マーカスは挑むようにジェラルドを見た。

緊張に満ちた数秒間、ジェラルドはマーカスの視線を正面から受け止めていたが、やがて目をそらした。

「もう、話し合う余地はないんだな？」

「そうだ、何もない」

ジェラルドはさっと立ち上がり、ジョイを見おろした。「君の決断が間違いでないことを祈るよ」

マーカスも立ち上がった。「玄関まで送ろう」

ジョイは動けなかった。マーカスの宣言のショックは大きく、たとえそうしたいと思っても、ジェラルドを送り出すことはできなかった。

「彼には悪いことをしたかもしれない」ジェラルドを送って戻ってきたマーカスはすまなそうに言った。「だが、あの傲慢な態度を考えると、彼に親切にしてやる必要があるとは思えないな」ジョイが黙っているので、マーカスは心配そうに彼女を見た。「ジヨイ？　彼と結婚したかったのか？」

ジェラルドとなど結婚したくなかった。私はマーカスと結婚したい。でも、マーカスは本気で言ったのだろうか？　それとも、ジェラルドを追い出すための方便だったのかしら？　後者だとすれば、ちょっとやりすぎだわ……。

「いいえ。以前はそう望んだこともあったけれど、彼はほかの女性に走ったわ」ああ、言ってしまった。ジェラルドが私よりほかの女性を魅力的だと思ったことが知られてしまった。

「あの男は趣味が悪いな。だが、君を取り戻したいと考え直したらしい」

「そのようね」そういえば、以前、ケーシーはジェラルドを評して、〝意地汚い〟と言っていたわ。

「彼とはこれで縁が切れたよ」マーカスはジョイをじっと見つめている。

「ええ、そのようね」マーカスを見つめながらジョイはうなずいた。

「彼とはどのくらいつき合ったの？」

「四年間」

「四年間だって！　それなのに、彼と君は……。あの男の血管にはいったい、何が流れているんだ？　氷水か？」

マーカスは気づいていたのだ、さっき愛し合った時、私がバージンだったのを。結婚すると言い出したのはそのせい？　彼は責任を感じているの？

「いま何を考えているの？」ソファに腰かけるジョイの足元に座ったマーカスはその手を取った。「今日の午後、君は女性が男性に与えられる最高のプレゼントをしてくれた。それに愛もだ」マーカスは赤くなったジョイの顔を一心に見つめた。

私は彼を愛している。もちろん、愛しているわ。今日の午後、私があげたプレゼントはそれなのよ。

「君を愛しているよ、ジョイ。君と結婚したい。僕の妻になってくれるかい？」

ジョイは息をのんだ。「あなたは私のことをご存じないわ……」

「もちろん、知っているよ。君の生活、子供時代や家族、友人関係についての細かいことを言っているなら、むろん知らないさ。だが、それはこれから一生かけて知ればいいことだ。だって、僕には君という女性がわかっているから。ダニーと一緒にレストランにいる君を見た瞬間に、僕には君がわかった。君は僕が愛する女性だと」

ジョイはマーカスの顔を探るように見つめた。その目には紛れもない愛の輝きがある。この人は私を愛している！

「ああ、マーカス」ジョイは叫ぶと、温かく安全な彼の腕に身を投げ出した。「愛しているわ！　あなたをとても愛しているの！」

マーカスはジョイをきつく抱きしめた。二人はいま絨毯《じゅうたん》の上に座っている。

「愛してくれたらと願っていた……」マーカスはかすれた声でうめくように言った。「君が僕を愛してくれるよう神に願った。君を失うなんて考えられなかった。僕と結婚してくれるね、ジョイ？」

「ええ、もちろんよ」ためらいはなかった。彼の気持がわかったいま、なんとしても結婚したい。

「でも、私はあなたの世界についていけるかしら？」不安がジョイの口をついて出た。「私は……」

「君が言う〝僕の世界〟を君に合わせるさ。どこへでも一緒に行こう。子供ができたら、仕事を調整して……」

「子供？　私たち、子供を作るの？」父親そっくりの男の子が目に浮かぶ。子供……考えただけでジョイは心が躍った。

「君が欲しくないというなら作らない。ただ、君がこんなに温かく、思いやりのある人だから……ああ、いや、自分勝手に思い込むべきではないんだろうね」マーカスは頭を振った。

「もちろん、子供は欲しいわ」彼女は笑ってさえぎり、マーカスの顔をいとしげに抱きしめた。「あなたの子供を！」

それからしばらく、部屋の中には愛のささやき以外、何も聞こえなかった。

ジョイはマーカスの肩に頭をのせ、その腕の中に横たわっていた。燃えるような髪が彼の腕にこぼれている。こんな幸せは生まれて初めてだわ。心にあふれる熱い思いで爆発しそう。

互いの体を見おろしながらマーカスはからかった。「ケーシーやダニーがやってこないだろうね？　もしそうなら、ベルが鳴っても玄関に出ないようにしよう」

ジョイはかすかに顔をしかめた。「ダニーのことだけど……」

「話したくないなら、話さなくてもいい。知らなければいけないこと、君が愛しているのは僕だということを知っているから」

「あなたに見せたいものがあるの。そうしたら、すべてがわかるわ」ジョイは立ち上がると、部屋を横切り、雑誌社から届いた封筒をしまった引き出しを開けた。裸でいるのは少しも恥ずかしくなかった。マーカスの腕の中で過ごした間に、彼が私をきれいだと思ってくれているのがわかったから。そして、私も彼の体を美しいと思った……。ジョイは何も言わず、黙って封筒を渡した。

「前にあなたに話さなかったのは……」マーカスは記事を読み始めた。「このことが私自身、恥ずかしかったからなの。コンテストの一等賞に当選したのはケーシーなの。そして……」

「あとは聞かなくてもわかるような気がするよ」マーカスは記事を脇へ置くとジョイを再び腕に抱いた。

ジョイは不安そうにマーカスを見上げた。「本当に？」

「ケーシーの人柄はわかっているさ。想像はつくよ。詳しい話はあとで教えてくれればいい。あの週の出来事で大事なのは、僕たち二人が出会ったことだ。もっとも、これでケーシーという名前をめぐるややこしさに説明がついたがね。一族の古くからの名前か！」マーカスは笑った。

あのひどいどたばた劇をマーカスはなんとも思っていないらしい。ジョイはほっとした。彼の言うとおりだわ。あの週、ロンドンに出かけなければ、二人は永遠に出会うことはなかっただろう。

「それで、あの夜まで、君はダニーとは知り合いでもなんでもなかったんだね？」

「ええ」ジョイは顔をしかめた。「そして、二度と、彼に会いたくないとすぐに思ったわ」

「だが、彼は『ピルグリムの事件簿』から降ろされた件を君のせいだと思い込ませた。あれは、プロダクション側が決めたことだ。ダニーはシリーズが最初に始まって以来、プロダクションの悩みの種で、多額の損失をこうむってきた」

「説明してくださる必要はないわ」マーカスがフェアではない決定を下す人ではないとわかっている。

「いや、させてくれ。あの状況について君がどう思っていたかは想像がつく。だが、ケーシーが応募したコンテストはダニーの態度の最たる例だ。ダニーの契約では、プロダクションを通じての取材、宣伝活動はすべて認められるとなっている。だが、彼は何カ月も無断で好き放題やってきた。どんな形であれ、宣伝はないよりはいいというのは承知している。だが、規則は規則だ。ダニーがサインした契約書にはっきり記されている」

あの夜、ダニーがコンテストについてマーカスに知られたくなかったのは、自分がコンテストの賞品なのを知られたくないという男性の自尊心からではなく、契約違反をしていたからだったのね……。

「でも、雑誌の件はいつかあなたにばれるということは、彼にもわかっていたんでしょう？　雑誌に記事が出るわけだし……」

「もちろん、そうさ。だが、既成事実を突きつけられれば、われわれは非常に困った立場に追い込まれてしまう。彼は何度も警告を受けていた。あの日、撮影をすっぽかしたが、そんなことは一度だけではなかった。懲りない人間というのはいるんだ。ダニー・エイムズもその一人だろう」

「でも、彼をくびにするのは難しかったんじゃないの？　番組であなたの大事な相手役だったんですもの」

「あの役を番組から消す計画は前からあったんだ。だが、それは番組に劇的効果をもたらすような形でなければいけない。残念ながら、ダニーは最後が一番いいということを学ぶだろう。このシリーズの最終回で、僕はダニーを誤って撃ってしまうのさ」

したがって、マーカスはダニーの消滅に責任があるというわけね！

「心配しなくていい」マーカスはジョイを抱いている手に力をこめた。「彼が干されるのも長い間ではない。代わりはいくらでもいるということを身にしみてわかったなら、僕が演出する芝居の主役を与えてやるつもりだ」

「そんなことをしていいの？」

マーカスはおだやかに笑った。「百パーセント成功するという保証はない。だが、彼には才能がある。自制心と仲間の俳優への配慮を学ぶ必要があるだけさ。『ピルグリムの事件簿』が彼の教訓になればと期待している。結果はそのうちわかるさ」

マーカスは物事を処理する能力だけでなく、ダニーの扱い方も心得ている。

そして、マーカスはこの私を愛してくれている。私が彼を愛しているように。

「マーカス、私……」玄関のベルが鳴り、ジョイは話すのをやめた。「今度はケーシーに違いないわ」彼女はわざと顔をしかめ、ゆっくり立ち上がった。

「ちょうどいい」マーカスは満足そうにうなずくと服を手元に引き寄せた。「結婚式には新郎の付き添い人が必要だからな」

マーカスが玄関に出ている間に、幸福感であふれんばかりのジョイは急いで服を拾うと着替えのため寝室に入った。

結婚式……。マーカスと結婚するのね。夢が現実になるんだわ。

「ジョイ、心配しなくていい」ジョイの手をしっかり握りしめながら、ケーシーが慰めた。「ここへ来るとマーカスは約束したんだ。だから、来るよ」

「でも、ウエスト・エンドでの芝居の初日の夜なのよ」苦痛の中からジョイは弱々しくうめいた。

「自分の娘か息子が生まれる夜でもあるのよ」ケーシーの隣に座ったリサが励ましている。「マーカスはどちらが大事だと考えているか、私にはわかっているわ」

この一年はジョイにとって最高に幸せな年だった。マーカスは結婚生活だけでなく、仕事の上でもパートナーとなっていた。ジョイは愛する男性、そして、心から愛してくれている男性の行くところへはどこへでも一緒に行き、自分に何が望まれているかがわかってからは、彼のアシスタントも務めるようになっていた。

そしていま、二人の最初の子供を産もうとしている。

今日の午後遅くに痛みが始まった時には陣痛だとは思えなかった。予定日より三週間早いからだ。だが夜になると、痛みはますます強くなり、これは陣痛で、二人の子供が世界にデビューするのをこれ以上待てないのだと認めざるをえなくなった。

しかし、マーカスは初日の夜に向けて懸命に準備している。それで、病院に連れていってくれるようケーシーとリサに電話をし、劇場のマーカスには知らせなかった。だが、出産が迫っていると医師から告げられたケーシーはマーカスに知らせるべきだと主張したのだった。

陣痛の痛みはジョイの想像を超えていた。痛みに襲われるたびにケーシーの手をつかむ。きっと、彼の手には消えない傷が残るに違いない。でも、マーカスはこっちに向かっている。彼が来る前に赤ん坊を産むつもりはないわ。

だが、数分後、心配で目の周囲に隈《くま》ができたマーカスが分娩《ぶんべん》室に駆け込んでくると、ジョイは突然やすらかな気持になった。すべてはうまくいくわ。マーカスがここにいるもの。それが一番大事なことよ……。

「さあ、白馬の騎士のご到着だ」ケーシーはにやりと笑うと立ち上がってマーカスと場所を代わり、リサと一緒に足音をしのばせて分娩室から出ていった。

マーカスはジョイのかたわらに座り、片手でその手を握り、もう片方の手で顔にかかる汗ばんだ髪をそっと払った。

「芝居のほうはどう？」ジョイは彼を見上げた。

「芝居などどうでもいい」ジョイの目に非難の色が浮かぶのを見て、マーカスはわかったというように言った。「ダニーは生涯で最高の演技をしているよ。それより、もっと早く、連絡してくれるべきだったよ。万一……」

「ミスター・バレンタイン、お話をなさる時間はないと思いますよ。あなたの息子さんかお嬢さんが、もうすぐこの世に登場しますから」医者が静かに声をかけた。

　そして、最後の激痛のあと、医者の言うとおりになった。この世に登場したわが子の泣き声に、ジョイとマーカスは同時に笑い、歓声をあげた。

「きれいなお嬢さんですよ」数秒後、医者はそう告げると、ジョイの胸に赤ん坊をのせた。

　きれいな赤ちゃん。柔らかで、なめらか……。マグノリアのような白い肌と赤い髪をしているわ。初めてまぶたを開くと、そこには濃いブルーの瞳があった。

「僕たちのバレンタインだ」マーカスは感極まったように言うと、固く握りしめたそのこぶしにそっと触れた。

　ジョイはマーカスをいぶかしげに見つめた。もちろん、赤ん坊の名前は話し合っていた。でも、その中にバレンタインという名前はなかったはずだわ。

「僕たちはバレンタインの夜に出会った」マーカスはかすれた声で言った。その目は妻と子への愛で輝いている。結婚以来、ジョイはその愛を疑ったことはなかった。「僕たちが出会った夜にちなんで娘の名前をつけるのが一番ふさわしいんじゃないかな」

　そのとおりだとジョイも思った。そう、それがいいわ。私たちのバレンタイン。

ハーレクイン・ディザイア　2004年4月刊（D-1032）
ハーレクイン・ロマンス　1997年1月刊（R-1296）
『バレンタインの夜に』を改題したものです。

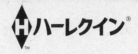

スター作家傑作選～日陰の花が恋をして～
2024年6月20日発行

著　者	シャロン・サラ　他
訳　者	谷原めぐみ（たにはら　めぐみ）　他
発行人	鈴木幸辰
発行所	株式会社ハーパーコリンズ・ジャパン 東京都千代田区大手町 1-5-1 電話 04-2951-2000（注文） 0570-008091（読者サービス係）
印刷・製本	大日本印刷株式会社 東京都新宿区市谷加賀町 1-1-1
装丁者	中尾　悠
表紙写真	© Olga Mishyna, Boonchuay Iamsumang ｜ Dreamstime.com

ISBN978-4-596-63520-4 C0297

6月28日発売 ハーレクイン・シリーズ 7月5日刊

ハーレクイン・ロマンス

愛の激しさを知る

秘書は秘密の代理母	ダニー・コリンズ／岬　一花 訳	R-3885
無垢な義妹の花婿探し《純潔のシンデレラ》	ロレイン・ホール／悠木美桜 訳	R-3886
あなたの記憶《伝説の名作選》	リアン・バンクス／寺尾なつ子 訳	R-3887
愛は喧嘩の後で《伝説の名作選》	ヘレン・ビアンチン／平江まゆみ 訳	R-3888

ハーレクイン・イマージュ

ピュアな思いに満たされる

捨てられた聖母と秘密の子	トレイシー・ダグラス／仁嶋いずる 訳	I-2809
言葉はいらない《至福の名作選》	エマ・ゴールドリック／橘高弓枝 訳	I-2810

ハーレクイン・マスターピース

世界に愛された作家たち
～永久不滅の銘作コレクション～

あなただけを愛してた《特選ペニー・ジョーダン》	ペニー・ジョーダン／高木晶子 訳	MP-97

ハーレクイン・ヒストリカル・スペシャル

華やかなりし時代へ誘う

男爵と売れ残りの花嫁	ジュリア・ジャスティス／高山　恵 訳	PHS-330
マリアの決断	マーゴ・マグワイア／すなみ　翔 訳	PHS-331

ハーレクイン・プレゼンツ作家シリーズ別冊

魅惑のテーマが光る
極上セレクション

蔑まれた純情	ダイアナ・パーマー／柳　まゆこ 訳	PB-388

※予告なく発売日・刊行タイトルが変更になる場合がございます。ご了承ください。

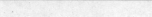